# O Enigma da Adormecida

## CRÔNICAS DO REINO DO PORTAL

Simone O. Marques

# O Enigma da Adormecida

## CRÔNICAS DO REINO DO PORTAL

© 2015, Madras Editora Ltda.

*Editor:*
Wagner Veneziani Costa

*Produção e Capa:*
Equipe Técnica Madras

*Revisão:*
Jerônimo Feitosa

---

**Dados Internacionais de Catalogação na Publicação (CIP)**
**(Câmara Brasileira do Livro, SP, Brasil)**

Marques, Simone O.
O enigma da adormecida : crônicas do Reino do Portal / Simone O. Marques. -- São Paulo : Madras, 2015.

ISBN 978-85-370-0971-0

1. Ficção fantástica brasileira I. Título.

15-05473   CDD-869.3087

Índices para catálogo sistemático:
1. Ficção fantástica : Literatura brasileira 869.3087

---

É proibida a reprodução total ou parcial desta obra, de qualquer forma ou por qualquer meio eletrônico, mecânico, inclusive por meio de processos xerográficos, incluindo ainda o uso da internet, sem a permissão expressa da Madras Editora, na pessoa de seu editor (Lei nº 9.610, de 19.2.98).
Madras Teen é um selo da Madras Editora.

Todos os direitos desta edição reservados pela

**MADRAS EDITORA LTDA.**
Rua Paulo Gonçalves, 88 – Santana
CEP: 02403-020 – São Paulo/SP
Caixa Postal: 12183 – CEP: 02013-970
Tel.: (11) 2281-5555 – Fax: (11) 2959-3090
www.madras.com.br

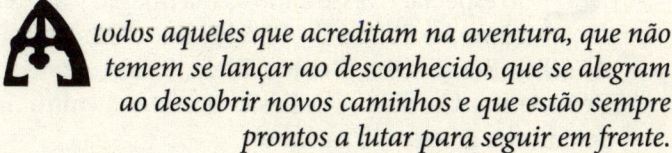  *todos aqueles que acreditam na aventura, que não temem se lançar ao desconhecido, que se alegram ao descobrir novos caminhos e que estão sempre prontos a lutar para seguir em frente.*

Esta aventura não seria a mesma sem que um grupo muito especial tivesse dado asas à imaginação e embarcado rumo ao Reino do Portal junto com os personagens: Angélica Bernardino, Benhur Melo, Rafael Azeredo, Jusciene Reis, Anitta Cardoso, vocês são grandes aventureiros! A vocês, minha gratidão e carinho.

"Atrás de uma esquina pode estar à espera um novo caminho ou uma porta secreta."

(J. R. R. Tolkien)

## Capítulo I

## Batismo de Fogo

Marcelo despertou sentindo um latejar incômodo na cabeça. Forçou os olhos tentando se lembrar de onde estava. Uma nuvem branca de fumaça saiu de sua boca. Estava frio ali. Sorte sua que usava uma jaqueta preta de couro. Na verdade estava deitado de roupas e botas. Teria bebido demais durante a festa? Uma penumbra tomava o ambiente. Havia um lampião pendurado na parede oposta de onde ele estava. *Lampião?* Estaria num sítio? Sentou-se apertando os lados da cabeça. Lentamente sua vista foi se acostumando à pouca luz e ele viu alguém sentado numa cama ao lado.

– O que tá acontecendo aqui? – ele se levantou já sentindo a adrenalina correr pelo corpo. Iria matar o desgraçado que aprontara aquele trote.

– Também não sei... – o outro rapaz, que estava sentado na cama ao lado, falou atordoado balançando a cabeça. – Juro que não bebi nada.

Marcelo olhou em volta. Havia mais gente dormindo ali. O que era aquele lugar? Um albergue? Teria caído de bêbado na rua e o teriam levado até ali?

O rapaz da cama ao lado também se levantou e foi até outra cama. Marcelo seguiu com os olhos seus movimentos no ambiente pouco iluminado. Era um completo estranho, nunca o vira antes.

– Ei, cara... pode vir aqui? – ele chamou Marcelo que, desconfiado, se aproximou da cama. Havia um rapaz deitado ali, era negro, com cabeça raspada e dormia de óculos. – Será que está morto? – o rapaz perguntou ao lado da cama.

Marcelo inclinou-se e colocou a mão diante do nariz do jovem negro.

– Não. Está respirando.

– E os outros? – o rapaz olhou para ele. Deveria ter sua idade, tinha os cabelos loiros levemente encaracolados, os olhos eram castanhos e estavam assustados.

– Não sei – Marcelo correu os olhos pelo aposento. Era um lugar grande, não dava para ver o teto por causa da escuridão. Havia uma pequena janela a uns dez metros do chão, por onde podia ver o céu escuro. Era noite e estava frio. O rapaz loiro ao seu lado esfregou os braços vigorosamente. Usava uma blusa de malha de mangas compridas, mas, com certeza, não era suficiente para esquentá-lo. Marcelo agradeceu a si mesmo por nunca se separar de sua jaqueta.

– Como viemos parar aqui? – o rapaz perguntou olhando em volta.

– Não faço a mínima ideia – Marcelo começou a caminhar por entre as camas. Vira uma porta do lado direito daquele galpão e iria testá-la. O rapaz caminhou atrás dele e os dois chegaram à porta. Era de ferro e estava trancada. Ele tentou empurrá-la, mas definitivamente estava fechada por fora. Olhou para as dobradiças, eram novas. A parede daquele lugar era de madeira, mas estava bem firme.

– Como vamos sair? – o rapaz falou apalpando a parede ao lado da porta.

– Não faço a mínima ideia.

– Quem é você? – de repente o outro parecia interessado em conhecê-lo e ele não gostou daquilo. Não era de muitos amigos, não era sociável e não gostava de gente andando atrás dele. Parou e encarou o outro jovem.

– Por que quer saber? – falou ríspido, mas o outro pareceu não se incomodar com sua falta de educação.

– Cara! Vê esse lugar? Vê essas pessoas? Conhece algumas delas? Eu não! Não conheço você! – falou aflito apontando para as outras camas e depois apontou para o peito de Marcelo, que se virou suspirando.

– Você fala demais.

– E você fala de menos! Qual é cara! Estamos numa fria! Tá vendo que só tem aquela janela lá em cima? A porta é de aço! E não sei quanto a você, mas eu não faço ideia de como vim parar aqui! – o rapaz parecia querer entrar em pânico e Marcelo só conhecia uma maneira de fazer alguém se controlar, dando-lhe um soco na cara. Segurou-se para não ceder à tentação. Viu que uma outra pessoa havia se sentado na cama.

– Tem mais um acordando ali – Marcelo apontou na direção da cama e os dois ficaram olhando naquela direção.

– Cacete! Ai... minha cabeça! – era um rapaz, usava uma camiseta de mangas curtas bem justa no corpo. Ele esfregava as mãos na cabeça. Seus cabelos eram curtos e castanhos.

– Logo melhora, cara! – o acompanhante de Marcelo falou animador. Marcelo olhou para ele, era um rapaz esquisito, certamente.

– Que *porra* tá acontecendo aqui? – o recém-despertado se levantou nervoso olhando para os lados. Era bastante alto, musculoso e intimidador.

— É o que estamos nos perguntando... quer dizer, eu, pelo menos... – novamente o *tagarela* se pronunciou.

– Que lugar é esse? – o dono da camiseta apertada perguntou olhando em volta e para cima.

– Não sabemos... – o *tagarela* falou e suspirou.

– Ai... quem são vocês? O que... estou fazendo aqui? Fui sequestrada! – uma jovem gritou desesperada na cama do outro lado do aposento. Ela apertou o lençol diante do corpo e arregalou os olhos azuis.

– Calma... precisamos descobrir! – o *tagarela* se manifestou novamente e Marcelo fez uma careta.

– O que podem querer comigo? Eu não estou gostando disso! Eu tenho que sair daqui! – a garota começou a respirar com dificuldade.

– Como viemos parar aqui? – outra garota sentou-se na cama e falou colocando a mão na cabeça.

– Ei!! Todo mundo! – o *camiseta apertada* gritou chamando a atenção. – Obrigado por sua atenção! Agora... estão todos acordados? – ele perguntou como se fosse o comandante de alguma coisa e Marcelo não gostou daquilo.

– Não... essa aqui ainda dorme. – mais uma garota que havia despertado falou sentando-se na cama ao lado.

– Está viva? – o *tagarela* perguntou.

– Parece. Pelo menos respira. – a garota parecia aliviada.

– Deixe-me ver se está machucada. – Marcelo se manifestou e se aproximou da cama. A garota que ainda dormia tinha os cabelos escuros e a pele muito clara. Os lábios estavam rosados, assim como as bochechas. Ele olhou na cabeça dela para ver se havia algum ferimento, mas não achou nada.

– E então? – a outra garota, com a pele cor de jambo e olhos escuros amendoados o olhava ansiosa.

– Não tem nada visível... – Marcelo respondeu sentado na cama.

– Bom... é o seguinte! Não sei se todos perceberam que estamos presos neste galpão. Todos veem aquela janela e aquela porta. Alguém já testou a porta? – o rapaz da camiseta justa falou novamente num tom alto o suficiente para chamar bastante atenção para si.

– Claro! Não tem nenhum idiota aqui! – Marcelo resmungou mal-humorado.

– Idiotas ou não, temos que arrumar uma maneira de sair daqui. – o *senhor exibido da camiseta justa* respondeu.

– Nossa! Esse era o meu sonho! Apesar de o ambiente aqui ser agradável... Mas, como a inteligência suprema pensa em fazer isso? – Marcelo se levantou e encarou o rapaz mandão.

– Podíamos subir uns nos ombros dos outros... fazer tipo... uma escada humana? – o rapaz, olhando-o nos olhos, respondeu, mas não conseguiu passar a segurança pretendida.

– Ah, claro! E quem é o Hércules que vai ficar na base dessa escada? Você? – a voz foi do jovem negro que despertara e observava a discussão.

– Podíamos fazer uma corda com esses lençóis... – foi a vez do *tagarela* falar de novo.

– Tá, e quem vai prender ela lá em cima? Ou é só jogar e rezar para que enrosque em um prego? – uma jovem bem loira e miúda, o encarou desafiadora.

– Socorro! Alguém está ouvindo? Socorro! – a *desesperada*, que ainda se agarrava aos lençóis, começou a gritar.

– *Nós* estamos ouvindo alto e claro, querida – a jovem loira respondeu num misto de sarcasmo e delicadeza. Marcelo sorriu com aquela atitude. Ela era espirituosa. Em seguida se levantou e olhou na direção da porta.

– Chega de devaneios. Estamos nessa caixa e fomos colocados aqui por alguém. E... se alguém estiver nos observando agora, quero que saiba que quando eu sair daqui vou enforcá-lo nas próprias tripas – a voz de Marcelo soou o mais ameaçadora que ele conseguiu.

– Argh! – a *desesperada* parecia que ia vomitar.

– Realmente não seria uma boa visão... – o *tagarela* falou baixo ao lado dele.

– Será que tem alguém nos observando? Acha que há microcâmeras? – a garota *cor de jambo* perguntou olhando em volta.

– Será um *reality show*? Eu não me inscrevi em nada... – o rapaz negro falou em tom de brincadeira.

– O que está fazendo? – a jovem loira virou-se para a porta de onde viera um estrondo.

– Tentando arrombar essa porta! – o *camiseta justa* falou depois de bater na porta com um pedaço de madeira que encontrou caído no chão.

– Eu assisti tantos filmes de terror que tem esse cenário! Já viram aquele que prendem pessoas num cômodo e... – o *tagarela* falou e foi interrompido pela *loira espirituosa*.

— Já! E garanto que se isso fosse um filme, sua língua já teria sido arrancada! – ela colocou as mãos na cintura.

— Vão deixar a gente aqui para morrer? Vão jogar algum gás letal? Nos envenenar? Ou esperam que comecemos a comer uns aos outros? É um teste! – a *desesperada dos olhos azuis* falou levantando-se da cama.

— Eu comeria algumas por aqui... – o *camiseta justa* falou com um sorriso lupino no rosto olhando diretamente para a loira aprumada, que lhe devolveu um olhar mortífero.

— O que faremos? – a garota *cor de jambo* interferiu.

— Que tal fazermos um círculo e cantarmos *kumbaia*? – o *negro* falou e riu.

— Que situação ridícula. – Marcelo murmurou encostando-se à parede.

— E se ela não acordar? – a *garota jambo* falou segurando a mão da *garota adormecida*.

— Do jeito que a coisa vai é melhor que ela não acorde mesmo... eu tô pensando em voltar a dormir – o *jovem negro* falou deitando-se na cama novamente.

— Vamos ficar de braços cruzados? Aceitar essa prisão assim? Sem reagir? – o *camiseta justa* falou mexendo os braços fortes com vigor. Talvez só quisesse mostrar os músculos, observou Marcelo.

— Meus pais vão sentir minha falta! Já devem ter colocado alguém atrás de mim! A polícia deve estar me procurando! – a *desesperada dos olhos azuis* falou andando nervosa entre as camas.

— Nossa! Que bom que temos alguém da nobreza entre nós! Por um acaso você não tem um chip implantado no corpo com um GPS? Isso ajudaria muito! Eu posso procurar pra você... – o *camiseta justa* segurou-a pelo braço.

— Pega leve, cara... – o *tagarela* foi em defesa da garota.

— Grosso! – ela falou puxando o braço com força e ficando do lado do *tagarela*. Marcelo não pôde deixar de pensar na esperteza do *língua solta*.

— Você não faz ideia! – o *camiseta justa* falou fazendo uma cara pretensamente sensual.

— Shhh!! – Marcelo ouviu sons que vieram do outro lado do barracão. Pareciam cascos de cavalo.

— O que foi? – o *tagarela* aproximou-se dele.

Todos ficaram calados por um momento e puderam ouvir o que parecia ser alguns cavalos do lado de fora, mas não ouviram vozes.

– Socorro!! – a *desesperada* começou a gritar e o *camiseta justa* agarrou-a pelo braço e cobriu sua boca com a mão. Ela esperneou olhando-o apavorada. A jovem *loira* se aproximou e tocou no braço dela e fez sinal para que se calasse. Ela concordou com a cabeça, e então a *loira* olhou para o *camiseta apertada* e ele soltou a *desesperada*, que se agarrou assustada ao braço da loira.

Os cavalos pareciam circular aquele galpão onde eles estavam. Marcelo acompanhou o som com os olhos e viu quando, o que parecia ser uma tocha, iluminou por entre uma falha na madeira da construção. Ele correu naquela direção passando por cima de um monte de feno que havia no canto. Olhou pela fresta. Sentiu a brisa fria da noite que passou por um vão de mais ou menos 20 centímetros. Viu dois homens caminhando entre os animais. Usavam capas longas que cobriam até suas cabeças. Um deles riu e jogou a tocha contra a parede de madeira e um monte de palha.

– Vai queimar – Marcelo falou olhando para seus companheiros de prisão e todos o olharam num misto de medo e apreensão. – Temos que sair daqui – olhou em volta procurando algo com que pudesse abrir aquela falha que encontrara na parede. – Procurem alguma coisa para arrebentar essa parede! – falou baixo e todos saíram procurando alguma coisa pelo chão e pelas camas.

Marcelo viu quando as chamas começaram a aumentar do lado de fora atingindo a palha. Não queria entrar em pânico, mas todos iriam virar churrasco ali dentro, isso se não morressem asfixiados antes.

– Tente isso! – a jovem *loira* lhe entregou um machado sem o cabo. Marcelo enfiou o fio do machado pela fresta tentando aumentar a abertura e ferir a madeira, enquanto a fumaça começava a entrar pelas frestas das paredes.

A jovem *cor de jambo* começou rapidamente a rasgar pedaços dos lençóis que estavam sobre uma das camas e os estendeu aos amigos de cárcere.

– Coloquem sobre a boca e o nariz – ela falou amarrando um pedaço de lençol em seu rosto.

Marcelo conseguira abrir um pequeno buraco na madeira. Trabalhar com um machado enferrujado sem o cabo não era nada fácil. O rapaz da *camiseta apertada* apareceu com um pedaço grosso de madeira que havia usado para bater na porta e o enfiou pelo buraco recém-aberto, usando a madeira como alavanca. Os outros rapazes pegaram na madeira e o ajudaram a fazer o movimento. Ouviram quando a madeira da parede se partiu revelando um espaço de quase um metro de largura.

Marcelo e o *camiseta justa* começaram a chutar os pedaços de madeira tentando abrir mais espaço para que pudessem passar. Marcelo não havia coberto a boca e começou a tossir sentindo a fumaça queimar seus pulmões. Mas agora o que ele queria era sair dali. Eles empurraram a madeira usada de alavanca ainda mais e uma grande lasca se soltou da parede ao mesmo tempo em que o fogo penetrou por uma das frestas jogando uma enorme labareda para dentro do galpão. Tudo se iluminou e o ambiente foi totalmente revelado. Era uma espécie de celeiro, com oito camas de madeira forradas com palha e cobertas por lençóis. Havia um monte de feno ao lado de onde eles abriam a parede e mais nada naquele lugar.

O rapaz da *camiseta justa* foi o primeiro a sair. Ele arranhou os braços descobertos nas farpas de madeira, mas se colocou para fora olhando para os lados verificando se não havia ninguém e então apareceu diante da fenda da parede.

– Venham! – chamou e a jovem *cor de jambo* passou pela abertura, seguida pela *desesperada*.

O rapaz negro passou em seguida.

– Não podemos deixá-la aqui! – a jovem loira falou ao lado da cama da adormecida e tentou erguê-la. O *tagarela* foi até ela. As chamas tomavam conta do ambiente e a fumaça circulava em enormes rolos escuros.

– Sai! – Marcelo gritou para a jovem loira e foi ajudar a pegar a jovem adormecida que tinha a pele clara salpicada por cinzas. Ele e o *tagarela* levantaram-na e foram até a fenda.

Um enorme caibro do telhado caiu sobre as camas e as chamas tomaram conta de tudo. Marcelo, junto à parede, segurou a jovem adormecida por baixo dos braços, enquanto o *tagarela* a pegava pelas pernas. Eles a passaram pela fenda com enorme dificuldade. Do outro lado, o *camiseta justa* ajudou a pegar a garota e Marcelo passou por último pelo buraco. Eles correram em direção ao que parecia ser um estábulo. O ar gelado da noite penetrou nos pulmões de Marcelo, criando uma sensação contrastante com a da fumaça que ele inalara. Ele puxou o ar tossindo. Precisava de água...

Quatro cavalos se agitaram nas baias quando o grupo entrou no estábulo. Não havia nem sinal dos dois encapuzados que haviam incendiado o celeiro. Todos do grupo tossiam e ofegavam. Agora o jovem da *camiseta justa* carregava a jovem adormecida. Eles pararam à porta do estábulo e viram o grande celeiro queimar fazendo uma fogueira gigantesca e assustando os cavalos.

Marcelo arrastou-se até um balde de madeira junto a uma das baias. Não queria saber se a água era limpa ou suja ou se algum dos cavalos havia enfiado o focinho ali. Pegou com as mãos uma quantidade generosa de líquido e jogou no rosto, esfregando os olhos que ardiam muito e depois bebeu.

O *tagarela* imitou-o e jogou a água gelada no rosto esfregando os olhos, mas não conseguiu bebê-la. Logo, todos estavam lavando o rosto com a água de origem duvidosa. Marcelo pegou o balde com o restante da água e foi até a jovem adormecida que estava jogada sobre o feno. Ele encheu a mão de água e passou no rosto dela. A jovem *loira* e a *cor de jambo* estavam ajoelhadas ao lado dele. A jovem *cor de jambo* molhou o pedaço de lençol que cobrira seu rosto e passou água mais generosamente no rosto da garota adormecida. Apesar daquilo ela não despertou. Marcelo debruçou-se sobre a jovem e encostou o rosto contra os lábios cor de rosa e sentiu o hálito quente dela. Por que ela não acordava?

Por bastante tempo ninguém disse nada. Nem o *tagarela*, para surpresa de Marcelo. Todos procuravam controlar a respiração, esfregavam os olhos ardidos e olhavam para o galpão em chamas. Estavam vivos, mas onde? O jovem *negro* acalmava os cavalos com a jovem *loira* e a *desesperada* chorava baixinho encolhida sobre o feno. A garota *jambo* foi até ela e a abraçou. Marcelo ficou sentado ao lado da jovem *adormecida*, viu que ela usava um vestido de tecido fino e seus poros estavam todos arrepiados. Tirou a jaqueta e a colocou sobre ela. O *tagarela* e o *camiseta apertada* vieram sentar-se ao lado dele. Os três ficaram olhando para as labaredas que se levantavam do já destruído celeiro.

– Havia dois homens aqui... – Marcelo se levantou esfregando os braços. Fazia muito frio.

– Saíram correndo quando colocaram fogo na gente? – o *fortão da camiseta apertada* falou olhando em volta. Não havia nada ali além de feno e quatro cavalos.

– Mas deixaram os cavalos? Pra quê? Ajudar a gente a fugir? – o *tagarela* falou arqueando as sobrancelhas.

– Vou descobrir para onde foram e onde estamos. – Marcelo foi até a porta olhando para fora. O *tagarela* parou ao lado dele.

– Vou com você. – falou com os lábios roxos de frio.

– Eu também. – o *camiseta justa* também parou ao seu lado.

Marcelo olhou para o jovem *negro* e para as garotas dentro do estábulo. Era um grupo estranho e desconhecido.

– Esperem aqui que já voltamos. – ele falou indo para a porta.

– Tomem cuidado. – a *garota jambo* falou e ofereceu um sorriso sincero ao trio.

– Tome conta delas. – Marcelo olhou para o rapaz magro e negro que ajeitava os óculos no rosto. Sabia que ele não conseguiria fazer nada caso alguém as atacasse.

– Não precisamos disso. – a *garota loira* o olhou desafiadora.

– Que seja. – Marcelo deu de ombros e saiu do estábulo com o *tagarela* e o *camiseta justa* na sua cola.

– Ei! – o *camiseta justa* falou baixo atrás dele. Marcelo se virou. – É melhor prevenir... – disse jogando um pedaço de madeira na mão de Marcelo, ele já segurava outro pedaço, assim como o *tagarela*.

Marcelo não estava acostumado a receber ordens e não gostava daquilo. Era sempre um *cavaleiro solitário*, não era muito a favor de grupos. Agora se via envolvido com aquele grupo estranho. Eles escaparam da morte juntos. Nenhum deles sabia o que fazia ali ou como havia chegado ao celeiro, mas precisavam sair daquele lugar. O celeiro agora se parecia com uma enorme fogueira, um amontoado de lenha que queimava. Marcelo estava cismado. Ninguém mais vira aquele fogaréu? Ninguém aparecera ali para tentar apagar o incêndio?

– Você... acha que botaram fogo no celeiro de propósito? – o *tagarela* falou ao lado dele batendo o queixo e Marcelo não sabia se era de frio ou de medo.

– Acho. – Marcelo respondeu e eles se aproximaram das chamas do antigo celeiro. Esquentou bastante ali e ficou até agradável.

– Eu não tô vendo ninguém se aproximar desse lugar, não acha isso estranho? – o *camiseta justa* falou do outro lado dele brandindo seu pedaço de madeira, como se lutasse, mas talvez só estivesse tentando esquentar o corpo, já que estava sem qualquer tipo de agasalho.

– Acho. – Marcelo tinha que concordar que também estranhara aquilo.

Olharam para trás e viram três figuras paradas à porta do estábulo.

– Não entendo por que deixaram os cavalos... – o *tagarela* falou com a voz trêmula.

– Talvez duvidassem que a gente conseguisse sair vivo do celeiro – Marcelo falou pensativo olhando para os lados, mas estava bastante escuro longe das chamas e uma névoa começava a cair. Não dava para ter ideia de como era aquele lugar. – O que não justifica esse desaparecimento. Se nos queriam mortos estariam aqui fora esperando para nos pegar...

– E esse frio? – o *tagarela* esfregava os braços vigorosamente – Até parece que vai nevar! Mas não estávamos no verão? – ele falava confuso.

– É muito estranho mesmo... – o rapaz grande com a *camiseta apertada* falou olhando desconfiado para os lados, enquanto de sua boca saía uma fumaça branca.

Marcelo forçou a vista mais à frente. Viu o vulto de uma construção sobre um morro.

– O que é aquilo? – apontou à frente.

– Um... castelo? – o *tagarela* falou olhando para o local com os olhos apertados tentando enxergar através da escuridão.

Marcelo tentou focar o olhar. Havia uma muralha de pedras certamente. Ele viu... *uma torre?*

– É um castelo! – o *tagarela* afirmou já convicto e admirado.

– Impossível! Onde estamos? – o *camiseta justa* falou tentando não parecer assustado, mas sua voz tremeu levemente. Poderia ser efeito do frio que começava a gelar os ossos dos três.

– Vamos olhar – Marcelo apressou o passo em direção à muralha. Afinal, o que devia fazer? Voltar para o estábulo e ficar lá esperando? Esperando o quê? Que os dois homens que haviam incendiado o celeiro fossem terminar o serviço?

O *tagarela* e o *camiseta justa* se olharam rapidamente, se perguntando se realmente deveriam ir até aquele lugar, mas saíram com os passos apressados ao lado de Marcelo.

Perceberam que caminhavam por uma estreita trilha de pedras. A subida era bastante íngreme e a escuridão assustadora. Que falta fazia a luz elétrica! Caminharam por cerca de 500 metros. Estavam ofegantes e trêmulos de frio. De suas bocas saíam fumaças brancas que pareciam condensar-se rapidamente. Eles viram mais à frente um enorme portão de madeira numa grande parede de pedras. Marcelo olhou para trás. Dali podia ver ainda as chamas do celeiro incendiado. Se houvesse alguém naquele lugar, certamente teria visto o incêndio dali e aquilo o deixou apreensivo.

Somente quando se aproximaram da muralha perceberam sua dimensão. Era bastante alta, talvez a altura de um prédio de dez andares. O portão de madeira era igualmente alto, mas estava arrebentado, como se algum aríete tivesse sido lançado contra ele. O silêncio era sepulcral.

– Acho que devemos voltar para o estábulo e vir para cá com todos... – o *camiseta justa* falou ofegante antes de cruzarem o portão. – Vamos explorar esse lugar com a luz do dia. – ele disse olhando com desconfiança para o enorme portão.

– Agora ninguém irá nos ver... podemos explorar – Marcelo disse passando pelo portão quebrado.

– Também não podemos ver se alguém está nos espreitando. – o *camiseta justa* falou segurando Marcelo pelo braço. Marcelo olhou furioso para a mão que o segurava e o rapaz o soltou.

– Está com medo? – Marcelo levantou a sobrancelha.

– Acho que ele está certo... – o *tagarela* falou tentando evitar a entrada naquele lugar escondido por uma escuridão absurda e envolto por um silêncio assustador. Que seres das trevas poderiam estar escondidos ali?

– Não acham que se quiserem acabar com a gente, basta botar fogo no estábulo também? – Marcelo parou e os encarou.

– Mas é diferente... agora não estamos presos – o *tagarela* ponderou e Marcelo tinha que concordar pelo menos com aquele ponto. – Amanhã exploramos esse lugar. Parece que não tem ninguém em casa mesmo... – disse olhando para o pátio enegrecido além dos portões.

Marcelo podia mandá-los embora e tentar descobrir que lugar era aquele, mas não estava preparado para enfrentar algum bandido sozinho. Ele suspirou.

– Tudo bem. Voltamos amanhã pela manhã... se ainda estivermos vivos... – falou num tom sinistro.

Os três então pegaram a trilha de volta em direção ao estábulo.

– Eu não sei quanto a vocês, mas eu tô morrendo de frio – o *tagarela* esfregava os braços enquanto desciam pela trilha.

– Temos que fazer uma fogueira – o *camiseta justa* falou também esfregando os braços fortes e arranhados.

– Irônico – Marcelo sorriu. – Acabamos de sair de uma enorme fogueira.

– Mas a gente ia ser a carne do churrasco! – o *tagarela* falou rindo. – Por falar nisso... tá batendo uma fome e nem quero pensar nisso... – concluiu desanimado.

– E também não fale nisso. – Marcelo o cortou secamente. Também começava a ficar com fome e não fazia a menor ideia se iriam conseguir alguma comida.

Eles passaram pelo incêndio que agora estava enfraquecido e viram que o estábulo estava iluminado. Alguém já fizera a fogueira. Marcelo só esperava que não tivessem aproximado as chamas do feno.

– E então? – o *jovem negro* os esperava à porta do estábulo.

– Tem um castelo lá na frente... mas tá tudo abandonado e sinistro pra gente entrar agora. Vamos amanhã – o *tagarela* deu a notícia e se aproximou do fogo da pequena fogueira. Esticou as mãos na direção das chamas e começou a esfregar os braços gelados.

As três garotas que estavam em volta da fogueira olharam para o grupo que retornou da expedição. Estavam com a aparência de exaustão. A *desesperada* estava com os olhos inchados depois de chorar, mas parecia que finalmente percebera que de nada adiantava seu rio de lágrimas.

Marcelo viu a *jovem adormecida* aninhada debaixo de sua jaqueta e se sentou ao lado dela sobre o feno. O lugar estava se aquecendo, talvez devido à combinação de fogueira e bafo dos cavalos. Ele ficou olhando pensativo para a chama da fogueira. A *jovem loira* sentou-se ao seu lado. Ele viu que seus cabelos claros estavam salpicados de fuligem e feno, mas ela era bastante bonita. Tinha o rosto delicado, mas demonstrava um gênio difícil. Suas sobrancelhas eram castanhas e estavam arqueadas enquanto ela olhava para o fogo. Seus lábios estavam apertados e ligeiramente pálidos. As chamas da pequena fogueira refletiam-se nos olhos verde-escuros. Ele sentiu que os braços dela, cobertos apenas por uma blusa fina, estavam gelados.

– Bem... acho que há uma coisa que precisamos fazer – o *tagarela* se manifestou sorrindo e todos olharam para ele. – Meu nome é Eduardo. Não sei se pra vocês isso faz alguma diferença, mas gostaria de chamá-los pelo nome.

– Eu disse que ainda iríamos cantar "kumbaia"... – o *jovem negro* sorriu expondo os dentes muito brancos. Ele ajeitou os óculos no rosto. – Eu me chamo André.

– Eu sou Adriana – a *jovem cor de jambo* falou em seguida, enquanto molhava um dos pedaços de pano rasgados que usara para cobrir a boca e, com um gesto, se ofereceu para limpar o braço arranhando do *camiseta justa*..

– Eu me chamo Fernanda – a *jovem desesperada* também se apresentou depois de fungar e passar a mão pelo rosto. Ela tinha os cabelos castanhos e grandes olhos azuis, que agora estavam vermelhos de tanto que ela chorara.

– Eu sou Eric – o jovem da *camiseta justa* falou sem muita vontade e olhou para a jovem que limpava seus arranhões.

– Meu nome é Mônica – a *loira* ao lado de Marcelo falou em seguida e depois olhou para ele.

– Marcelo – ele disse simplesmente.

– E ela deve ser a *Bela Adormecida* – Eduardo, o *tagarela*, falou e apontou para a jovem que dormia ao lado de Marcelo. – Como acham que viemos parar aqui? – ele olhou para o grupo que estava perto dele. Não conhecia ninguém ali, nunca os vira em lugar nenhum. – Alguém se lembra de alguma coisa? Eu tenho certeza de que tinha ido pra cama... – ele balançou a cabeça confuso.

– Minha última lembrança foi a de ter ido para a cama também – Adriana o olhou séria.

– Morremos? É isso? – Fernanda arregalou seus olhos azuis assustados. – Eu também tinha ido para a cama!

– Talvez seja um sonho... o *meu* sonho e todos vocês são apenas visões – Eric levantou os ombros com aparente arrogância.

Mônica se levantou, parou diante dele e deu um tapa com força em seu rosto. Eric foi surpreendido e deu um passo para trás olhando para ela sem acreditar. Seu rosto ficou vermelho e ela o encarou com os olhos verde-escuros brilhantes.

– Está acordado agora? – ela falou ácida. – Eu jamais teria alguém como você no *meu* sonho! – seus lábios se contraíram.

Eric a segurou pelo braço com força e a olhou furioso.

– Mônica... – Adriana ficou ao lado dos dois, que se encaravam como se fossem se bater. – Eric... por favor – ela colocou a mão sobre o peito dele.

– Ei, cara... ela só tá nervosa – André se colocou ao lado dele.

– Eu também – Eric falou entre dentes.

Eduardo se colocou entre os dois sem qualquer cerimônia.

– Então já sabemos que não é sonho e que não estamos mortos. Precisamos esfriar a cabeça – sentia-se responsável pelo início daquela discussão. Sua avó sempre dizia que ele falava demais...

– É só largar o braço dela – Marcelo falou com a voz impassível de onde estava, sentado sobre o feno ao lado da *Bela*.

Eric respirou fundo duas vezes, soltou o braço de Mônica e virou as costas indo para a porta do estábulo.

– Você... não devia ter feito isso – Adriana falou ao lado de Mônica, que se virou e foi se sentar ao lado de Marcelo novamente.

– Eu... estou com fome... – Fernanda falou com a voz trêmula. A temperatura caía sensivelmente.

– É melhor não pensar nisso agora – Eduardo se sentou ao lado dela. Ele também estava faminto, mas lutava para não pensar em comida.

– E agora? O que fazemos? – Adriana falou mais para si mesma e sentou-se ao lado deles. O feno era mais quente e a proximidade de outra pessoa ajudava a esquentar o corpo.

– Descansamos... Esperamos amanhecer... alguém precisa ficar de guarda caso queiram botar fogo na gente novamente – Marcelo disse deitando-se sobre o feno deixando claro que não seria o primeiro a ficar de guarda.

– Eu fico com o primeiro turno – Eric falou da porta enquanto esfregava os braços, mas não se virou.

– Vou ficar com você – André falou prestativo.

– Me acordem quando estiverem cansados – Marcelo falou deitado. – E não deixem o fogo apagar –puxou um pedaço de sua jaqueta que cobria *Bela*, depois decidiu que seria melhor mantê-la junto ao corpo para se aquecer e aquecê-la. Não sabia explicar por que se preocupava tanto com ela. Não era homem de se preocupar com os outros, mas ela estava ali tão entregue e indefesa... E também tinha uma excelente qualidade para aquele momento: estava calada.

Então, ele a puxou para junto do corpo, a abraçou e cobriu os dois com sua jaqueta de couro. Os cabelos escuros dela cheiravam a fumaça. Ela estava fria, mas respirava.

Todos no estábulo ficaram olhando para Marcelo, que se abraçou à *Bela* e cobriu-se com a jaqueta, depois trocaram olhares de constrangimento.

– Acho que é uma boa ideia para nos mantermos aquecidos... – Adriana falou e viu o sorriso no rosto dos outros rapazes. – O que acham meninas? Vamos ficar juntas e assim nos aquecemos – ela os ignorou e olhou para Mônica e Fernanda.

– Acho isso uma covardia... – Eduardo murmurou esfregando os braços. A fome começava a apertar e não sabia se conseguiria pegar no sono com o estômago roncando.

– Só precisamos nos manter aquecidos – Mônica falou encostando-se ao corpo de Marcelo e sentiu como ele estava quente. Ele não disse nada, nem se manifestou ao comentário e aproximação dela.

Mônica abraçou Marcelo apoiando-se em suas costas e enfiou a mão debaixo da jaqueta de couro e a espalmou sobre o peito dele. Sem se virar, ele segurou na mão fria dela. Adriana se deitou ao lado de Mônica e Fernanda se deitou ao lado de *Bela* e colocou suas mãos debaixo da jaqueta de Marcelo e sentiu o braço dele que envolvia a cintura da adormecida. Ela deixou a mão fria sobre o braço dele.

– Não acredito! – Eduardo murmurou admirado, olhando para Marcelo num verdadeiro harém.

– Tem gente que nasceu virado pra lua... – André balançou a cabeça inconformado.

Eric olhou com raiva para a cena. Como Marcelo podia atrair todas as garotas para o lado dele sem sequer ter sugerido aquilo? Ele trincou os dentes enquanto se aproximava mais do fogo.

– Me chamem quando quiserem trocar a guarda – Eduardo se ajeitou ao lado de Fernanda e ela o olhou assustada. Seus grandes olhos azuis estavam arregalados.

– Prometo que é só para esquentar – ele falou ficando com o rosto vermelho e se virou de costas para ela, apenas encostando o corpo ao seu, mostrando que não iria atormentá-la. Sentiu que ela estremeceu, mas não saiu dali. Ao contrário, ela se virou e o abraçou pelas costas aconchegando-se ao corpo dele.

André e Eric se olharam, concordavam que ficar de guarda no primeiro turno os tinha prejudicado...

## Capítulo II

## Uma Trilha

Foi o canto de um galo que fez Marcelo despertar. Seu corpo estava dolorido, mas estava quente. Ouviu o som dos cavalos que despertavam nas baias. Ele tinha duas garotas aninhadas junto ao seu corpo. *Bela* estava aconchegada em seu peito. A respiração quente e suave dela em seu pescoço era algo reconfortante e excitante. Mônica estava com a cabeça apoiada em suas costas e uma das mãos pousava em sua cintura. O corpo miúdo dela estava totalmente encaixado ao corpo dele. Marcelo respirou fundo, sentindo o coração batendo forte e tentou não ficar tão excitado pela situação e concentrar-se no que realmente estava acontecendo ali. Da posição em que estava pôde ver Fernanda que estava abraçada ao corpo de Eduardo.

Marcelo tentou reconstituir as últimas horas antes de acordar naquele celeiro. Fora a um bar. Estava acontecendo uma festa. Alguns conhecidos do curso que ele deixara na faculdade, medicina. Conhecia algumas garotas que estariam lá e via a oportunidade de relaxar um pouco. Havia bebido, mas não chegara a ficar bêbado. Saíra da festa com uma das garotas, Ivana, acreditava ser o nome dela. Eles foram para o apartamento dela...

Alguém tossiu e dispersou sua atenção. Ele liberou o corpo da *Bela* e a cobriu com a jaqueta. Afastou delicadamente o braço de Mônica e ela se virou murmurando alguma coisa e apoiando-se em Adriana.

Levantou-se e olhou em volta. Todos dormiam. Ninguém ficara de guarda afinal, mas a fogueira ainda crepitava com uma chama tímida e ele jogou mais dois tocos de madeira para aumentá-la. Eric e André estavam dormindo debaixo das cabeças dos cavalos, sob seu hálito quente. A porta do estábulo estava fechada, mas não estava trancada, como ele pôde constatar ao empurrá-la. Os dois homens não haviam voltado e aquilo o intrigava. Saiu do estábulo.

Havia uma bruma cobrindo todo o lugar, não era possível ver um palmo diante do nariz. Fazia muito frio e ele sentiu o choque térmico. O galo voltou a cantar e ele percebeu que o som vinha de trás do estábulo. Passou a mão pelo cabelo castanho escuro que gostava de usar um pouco comprido e voltou para dentro. Pegou sua jaqueta tirando o calor de cima de Bela, mas não podia sair naquele frio sem algum agasalho. Vestiu o agasalho quente e saiu do estábulo. O ar gelado fez seu nariz doer quando respirou profundamente. Deu a volta na construção de madeira. O silêncio do lugar só era quebrado pelo som do galo vez ou outra e pelo que parecia ser o som de um vento constante. Aproveitou para urinar. Apesar do frio, precisava. Saciada a necessidade, ele caminhou para trás do prédio. A névoa branca encobria a paisagem. Ele viu o galo, que começou a ciscar ao lado dele, e duas galinhas apareceram para acompanhá-lo. As aves se deliciavam com uns pequenos vermes que apareciam na grama rala. Marcelo deu alguns passos em direção à bruma, havia alguns cascalhos ali e ele chutou uma pedra para frente. Esperou, mas não ouviu o som da pedra caindo na terra novamente ou batendo em alguma coisa. Parou. Deu mais um passo cauteloso. Agora olhava para o chão... ele viu que as pedras escorregaram sob seus pés e caíram. Assustado, ele deu dois passos para trás. Pegou uma pedra e a jogou em direção à bruma, mas apontada para o chão. A pedra sumiu e não houve som algum...

As galinhas se assustaram com o som que veio de trás dele e Marcelo, virando-se, viu Eric.

– Pelo menos teremos frango – Eric falou olhando para aquela parede branca diante deles.

– Não há terra à frente – Marcelo falou sério olhando na direção em que atirara as pedras.

– Como assim? – Eric deu um passo à frente e Marcelo esticou o braço diante dele impedindo-o de prosseguir.

– É um abismo, cara... a pedra caiu e não a ouvi chegar ao fundo – Marcelo recolheu o braço e viu o olhar assustado de Eric que deu um passo para trás.

Eric pegou uma pedra no chão e olhou para Marcelo, que sinalizou para que a atirasse à frente. Ele a jogou com força fazendo-a passar pela bruma. Não ouviram qualquer som.

– Cacete – Eric praguejou.

Os dois caminharam um pouco acompanhando a parede do estábulo com extremo cuidado, olhando bem onde pisavam. Levavam nas mãos algumas pedras que atiravam para frente testando o terreno. Pararam quando encontraram uma grande rocha, era um muro de pedras, mas feito pela natureza... uma montanha.

– Não vou ficar tateando às cegas... – Marcelo falou perdendo a paciência de explorador. Aquele lugar já o estava irritando demais. – Vamos esperar essa neblina dissipar.

– Pelo menos sabemos que à frente tem terreno – Eric falou quando viraram para voltar ao estábulo. Estava frio e ele tossiu.

– Era você que estava tossindo? – Marcelo o olhou sério.

– Acho que foi o frio... nem todo mundo tem um harém para se esquentar – falou com a cara amarrada e Marcelo levantou a sobrancelha.

– Não tenho culpa se sou irresistível e quente – ele sorriu com ironia.

– Eu sou quente... mas não é pra qualquer uma – Eric fez uma careta contrafeito, mas não poderia ficar por baixo.

– Claro – Marcelo falou entortando os lábios.

Encontraram André urinando ao lado do estábulo e ele pareceu ficar sem graça com a aparição dos dois ali.

– Tá muito frio... – André falou fechando a calça rapidamente. – Precisamos de alguma coisa para comer e beber...

– Talvez um vinho... – Marcelo sorriu balançando a cabeça. – Mas temos um galo e duas galinhas, você é capaz de matá-los, depená-los e depois cortá-los sem ter uma faca? – perguntou e viu André ficar pálido.

– Meu Deus... – André balbuciou assustado.

Mônica despertou sentindo frio. Marcelo não estava ao seu lado. *Bela* dormia encolhida. Ela tocou no braço de Adriana que abriu os olhos e os esfregou. Viu que Fernanda e Eduardo estavam muito bem abraçados e dormindo.

– Amanheceu? – Adriana falou baixo olhando para os lados.

– Parece que sim – Mônica respondeu esfregando os braços. Se não fosse por Marcelo tinha certeza de que congelaria àquela noite.

– Onde estarão os rapazes? – Adriana se levantou ajeitando a camiseta toda suja e amassada. Seus cabelos encaracolados estavam cheios de feno. Ela passou a mão pelos fios desgrenhados e suspirou irritada.

– Não sei... acho que foram explorar – Mônica também tentava tirar o feno dos cabelos lisos. Sua blusa de malha fina estava chamuscada. – Eu preciso fazer xixi... – disse mexendo as pernas vigorosamente. – Que tortura! Como faremos isso? – olhou angustiada para Adriana, que fez uma careta atormentada.

– No mato – Adriana falou desanimada.

– Meu Deus! – Mônica exclamou, mas não conseguia mais segurar. – Vamos procurar um lugar? – propôs e Adriana assentiu e as duas foram para a porta.

Encontraram os três rapazes que voltavam e repararam que havia uma neblina muito densa do lado de fora.

– Não dá pra enxergar nada lá fora – André falou enquanto entravam.

– Não vão para os fundos desse estábulo, há um abismo lá pra trás. – Marcelo disse esfregando as mãos diante do fogo.

– Abismo? – Mônica arregalou os olhos.

– Pelo que pudemos perceber só nos resta seguir para frente em direção ao castelo – Eric falou chegando perto do fogo, seus braços estavam congelando. Ele tossiu novamente.

– Precisamos fazer xixi – Mônica falou olhando para fora.

– Fiquem perto do estábulo – Marcelo falou sentando-se ao lado da *Bela* e passando a mão pelos seus braços. Ela estava muito gelada e ele não entendia por que ela não acordava. Estaria em coma?

Eduardo e Fernanda acordaram com a conversa e se olharam sem jeito quando perceberam como estavam enroscados um no outro. Separaram-se rapidamente e Fernanda correu atrás das outras garotas que saíam. Eduardo olhou para Marcelo que analisava a *Bela Adormecida* com o cenho franzido.

– Está viva? – perguntou curioso.

– Sim... mas... não entendo... – respondeu irritado.

– Isso é nojento! – Fernanda falou fazendo uma careta depois de ser obrigada a urinar junto à parede do estábulo. – Preciso de um banho e é urgente!

– Não é só você, querida! – Mônica falou ao lado dela.

– Oh... uma água quentinha... um sabonete... – Adriana suspirou.

– E uma omelete de queijo... – Fernanda completou e elas acabaram rindo. Fernanda estava demonstrando seu desespero por comida.

– Será que aquelas galinhas botaram algum ovo? – Adriana apontou para as galinhas que vieram ciscar perto delas.

– Vai querer achar um ovo no meio dessa neblina? – Mônica afirmou olhando em volta. – Marcelo disse que tem um abismo ali para trás – disse apontando para trás do estábulo.

– Eu ainda não sei como viemos parar nesse lugar! – Fernanda falou com seus olhos azuis assustados.

Abdução está fora de cogitação? – Mônica falou entortando a boca.

– Será possível? – Fernanda arregalou os olhos mais uma vez, o que parecia ser uma mania.

Quando entraram no estábulo, os rapazes estavam ajeitando as selas nos cavalos e discutiam se as haviam prendido corretamente.

– Você não prendeu a cinta por baixo! Quando montar vai cair! – Eric falava com André.

– Eu nunca montei na minha vida! Eu gosto de cavalos, mas não sou capaz de subir e me equilibrar! – André ajeitou os óculos no rosto, estava aparentemente nervoso.

– Vai preferir andar? – Marcelo perguntou amarrando a segunda cinta sob a barriga de uma égua baia.

– Eu mostro como fazer – Fernanda se aproximou e começou a ajustar as selas nos animais com invejável habilidade. – São animais de montaria. Calmos o bastante para que não nos derrubem – ela apertou uma das cintas soltas sob a barriga de um garanhão.

– Você parece saber bem do que está falando – Eduardo sorriu enquanto a observava.

– Eu faço equitação desde os 5 anos de idade – ela levantou os ombros como se aquilo não fosse nada incomum ou importante.

Eduardo sorriu e levantou o braço.

– Encontrei minha companheira de montaria! – ele falou animado e ela o olhou assustada.

– Oh... não, não... – ela ficou com o rosto vermelho e olhou em volta o suficiente para ver que estavam todos rindo. Menos Marcelo, que apenas deu um sorriso torto e balançou a cabeça percebendo a "manobra" que Eduardo, o *tagarela*, fazia.

– É algo que precisamos fazer – Marcelo alisou o pescoço da égua que acabara de selar. Ele nunca havia montado em um cavalo antes, mas tinha uma moto e não acreditava ser muito diferente e sempre tivera um desejo secreto de cavalgar.

– O quê? – Mônica o olhou interessada.

– Como podem ver temos quatro cavalos e somos oito pessoas... então... – ele levantou os ombros e uma das sobrancelhas.

– Dois em cada cavalo – Eduardo concordou animado permanecendo ao lado do garanhão marrom e branco que tinha acabado de ser selado por Fernanda.

– Um leve e um pesado – Eric também concordou rapidamente.

– Eu vou levar a *Bela* – Marcelo falou antes que qualquer um se manifestasse e viu os olhos verdes de Mônica estreitarem olhando para ele. Pensou ter visto raiva neles, mas aquilo era impossível, ele a conhecia tão bem quanto conhecia aquela jovem que dormia sem qualquer explicação possível.

– Ela tá viva? – Eric perguntou olhando para o corpo da jovem sobre o feno. – Por que não sei se vale a pena levar peso morto.

– Não interessa o que você acha – Marcelo falou virando-se novamente para a égua.

– Acho que tem que ser alguém que tenha o mínimo de noção de como montar com quem não tenha o menor jeito... – André entrou na conversa. Não queria assumir que tinha medo de subir no lombo de um cavalo.

– Quem aqui além da Fernanda sabe montar? – Adriana perguntou e Eric fez sinal de que também sabia, mas ninguém mais se manifestou. – Eu tenho medo – ela assumiu. – Não dá pra ir a pé até o castelo? – ela olhou para Eric.

– Dá, claro – Eric respondeu apoiado na coluna de madeira do estábulo e tossiu.

– E depois? Pretendem ficar no castelo? Vão ficar esperando o quê? O resgate? Um helicóptero que apareça guiado pela mensagem de fumaça que vão mandar? Ou vão mandar um esquadrão especial? – Marcelo elevou o volume da voz. Não pretendia ficar preso onde quer que fosse. Pegou a égua pelas rédeas e começou a sair com ela.

– Vai sair agora? Não vai esperar a neblina sumir? – Mônica perguntou segurando no braço dele quando passou ao lado dela.

– Não sei quanto tempo isso vai demorar para acontecer – olhou na direção da porta e aquele paredão branco continuava inalterado. – Alguém tem relógio aqui? – perguntou, dando-se conta que não estava com seu relógio que não tirava sequer para dormir.

Todos se olharam e perceberam que ninguém estava com o acessório.

– Quem quer que tenha colocado a gente nessa fria, não queria que tivéssemos a noção de tempo – Marcelo apertou a mão nas rédeas de couro. Seu sangue fervia de raiva ao imaginar quem poderia estar por trás daquela situação absurda. Respirou fundo. – Eu estou com fome e não tenho sequer uma faca para cortar uma galinha! Não vou ficar parado! – puxou a égua para fora do estábulo sob os olhares atônitos e confusos de todos.

– Eu... concordo com ele – Eduardo falou procurando não tremer de frio. Estava faminto também e aquilo o assustava ainda mais. Olhou para Fernanda, que segurava as rédeas do cavalo. – Fernanda... pode me dar uma carona? – ele pediu fazendo uma careta. – Prometo que serei uma companhia bem comportada. Por favor...?

Fernanda o olhou e viu uma cara de menino desamparado no rosto dele. Onde ele aprendera a fazer aquela cara? Ela sempre achara que aquilo era uma coisa dela... ela convencia seus pais a tudo daquela maneira! Ela suspirou, virou-se e passou a mão pelo pescoço do cavalo.

– Tudo bem – afirmou e ele sorriu.

– Me ajude a colocar a *Bela* sobre o cavalo – Marcelo pegou no braço de Eduardo e ele correu para ajudá-lo. André se ofereceu para ajudar.

Marcelo subiu na égua e os dois ergueram a jovem adormecida, e Marcelo a segurou diante do corpo e pegou as rédeas. Como Fernanda dissera, a égua era mansa e atendeu prontamente aos comandos. Sem olhar para trás, Marcelo conduziu a égua no meio da neblina na direção em que estava o castelo.

– Vamos! – Fernanda olhou preocupada para Eduardo. Não queria ficar perdida naquela neblina e o argumento que Marcelo usara quando falara da fome a estava impulsionando, pois ela não podia ficar muito tempo sem comer que passava mal e já fazia tempo demais que não comia nada. Ela montou no cavalo com extrema facilidade e esperou Eduardo subir. Ele era desajeitado e teve enorme dificuldade em apoiar o pé no estribo e passar a perna sobre a sela. Fez três tentativas e já estava com o rosto vermelho e com a panturrilha dolorida. Fernanda, segurando com força na sela, pegou na mão dele ajudando-o a se firmar. Ele montou e a agarrou pela cintura com força demais. Ela reclamou.

– Desculpe – ele falou sem graça afrouxando o aperto e sorrindo envergonhado, deveria ter parecido um pateta.

Então, o cavalo marrom e branco também sumiu lentamente no meio da neblina em direção ao castelo.

Adriana e Mônica se olharam. Haviam ficado ali com Eric e André. André já se manifestara incapaz de conduzir um cavalo, assim como Adriana. Mônica encarou Eric por um momento. Aquele homem a irritava, a fazia se lembrar, e muito, de alguém que ela odiava.

– Vem Adriana, eu levo você – Eric falou depois de encarar os olhos verde-escuros de Mônica. Aquela garota despertava nele a violência que continha há muito tempo.

Ele pegou uma égua branca que estava na baia perto da porta e a puxou pelas rédeas para o lado de fora. Fazia bastante tempo que não montava, fizera isso várias vezes quando era adolescente e ia para a fazenda da família, mas há algum tempo não participava de programas familiares. Segurou na sela e elevou seu corpo pesado para cima do animal, que aceitou seu peso sem reclamar. Eric estendeu a mão para Adriana que o observava com os olhos escuros arregalados.

– Me dá a mão, que eu te puxo – ele disse e ela segurou na mão dele. Adriana se sentiu ejetada sobre a sela e meio atrapalhada, passou uma das pernas para o outro lado do cavalo e se agarrou ao corpo de Eric.

– Venha, Mônica! – Adriana falou quando Eric virou o cavalo pronto para ir em direção à neblina. – Eric... por favor, espere um pouquinho... – pediu com jeito. – Você sabe pra que lado fica o castelo, mas o André e a Mônica não... por favor – falou apertando a mão sobre o abdome dele e o ouviu respirar fundo.

– Vamos logo! – ele falou exasperado, e André correu para pegar o garanhão negro que sobrara.

Mônica ficou impaciente quando André começou a olhar para a sela sem saber como fazer para subir. Ela, que havia observado os outros montando, segurou na parte de cima da sela e fez uma força enorme para puxar seu corpo para cima, mas conseguiu passar uma das pernas para o outro lado e agarrou as rédeas com força. Tremia, mas provara que conseguia fazer aquilo sem ajuda.

– Não tem segredo, André – ela falou e sorriu para ele. André estava pálido. – Segure aí do lado, apoie o pé ali... – apontou para o estribo – dê um impulso e jogue a outra perna por cima do corpo do cavalo. Só cuidado para não me derrubar daqui.

André estava tremendo. Não era adepto de nenhuma atividade física e isso incluía erguer seu corpo sobre um cavalo. Mas estava envergonhado por ser o último a tentar subir e viu o olhar impaciente que Eric lhe dirigiu.

– Só um pouquinho de paciência, sim? – ele sorriu sem graça passando a mão pela cabeça.

– Vamos logo com isso! – Mônica falou impaciente e o cavalo agitou a cabeça como se também já estivesse ansioso para sair dali.

André prendeu a respiração e seguiu as instruções que Mônica lhe dera. A sela balançou quando ele fez a primeira tentativa de subir, mas não ergueu a perna o suficiente. Mônica brigou com ele, pois quase a derrubara da sela. Com as mãos completamente geladas e molhadas de suor, ele segurou na sela novamente e repetiu o movimento, e quando conseguiu passar a perna por cima do cavalo agarrou-se atrapalhadamente em Mônica apertando os seios dela e ela deu uma cotovelada na barriga dele.

– Me perdoe, por favor! – ele falou com a voz tremendo.

– Vamos embora! – Eric conduziu o cavalo e Mônica testou o comando com a rédea e bateu o pé no corpo do cavalo como vira fazerem em muitos filmes. O cavalo se deslocou lentamente e ela deu um sorriso de satisfação. *Quem iria chamá-la de incompetente agora?* Pensou erguendo o queixo e conduzindo o cavalo lado a lado com o de Eric.

# Capítulo III
## O Castelo do Portal

Marcelo respirou fundo quando, do meio da neblina, avistou os portões que davam acesso ao castelo. Automaticamente apertou *Bela* nos braços e o rosto dela encostou-se ao seu pescoço. Ela estava gelada, mas a respiração era quente. Ele havia envolvido os braços dela dentro de sua jaqueta, mas não tinha como evitar que o resto do corpo ficasse exposto ao frio.

Os cavalos pareciam conhecer bem o caminho, pois haviam chegado até ali sem exigir maiores comandos, caminhando lentamente e sem medo da espessa cortina branca diante deles. Agora os cascos faziam barulho sobre as pedras do caminho que subia até os enormes muros diante deles. Quando chegaram junto aos portões eles pararam.

– Será que não tem ninguém mesmo? – Marcelo ouviu a voz de Eduardo ao seu lado. Virou-se e se viu encarado pelo *tagarela* que estava com as mãos apoiadas na cintura de Fernanda e ela olhava para o portão com espanto e incredulidade.

– Temos escolha? – Marcelo voltou a olhar para o portão, que estava com um dos lados abertos.

– Acho que não – Eduardo falou sério e preocupado.

"*Tem que ser melhor que aquele estábulo*", Marcelo pensou sentindo uma repentina insegurança. Ele detestava se sentir inseguro. Queria sempre estar um passo à frente, tomar a dianteira, resolver as coisas sem que precisasse da ajuda de ninguém. Não se expunha para não ficar fragilizado. Mas aquela situação totalmente surreal o estava deixando inseguro. Detestava não saber em que terreno pisava. Para sua surpresa, ter *Bela* ali junto dele trazia um alento que não era algo comum. Ela não estava acordada. Mas sentir sua respiração suave e quente junto à sua pele deu-lhe o fôlego para ultrapassar aqueles portões.

Os dois cavalos passaram pelo portão aberto e o som dos cascos ecoou pelo grande pátio interno. O chão de terra batida estava coberto por uma fina camada de mato e musgo, como se há muito tempo ninguém andasse por ali. Do lado leste do portão havia uma carroça de madeira, com uma roda faltando. Uma pilha de lenha úmida repousava do outro lado. Debaixo de uma pequena cobertura de palha e madeira havia um cocho, indicando ser um local de descanso para montarias.

Ao norte do pátio, havia um poço de pedras esverdeadas pelos musgos, coberto por um pequeno telhado de palha e um balde de madeira jazia jogado ao chão. O silêncio daquele lugar só foi quebrado pelo som dos cascos que ecoava quando encontrava as paredes de pedra do castelo.

O castelo não era gigantesco, mas impressionava pela aparência da construção. As paredes de pedra estavam quase todas cobertas por musgos e plantas trepadeiras que se enroscavam entre as frestas. De onde estavam parados, no meio da neblina, viam-se três janelas lado a lado, que não passavam de reentrâncias retangulares com um arco na parte superior, cobertas de plantas. Ao sul do castelo estava a torre que Marcelo e os rapazes tinham visualizado na noite anterior. Era quadrada e bem mais alta do que o resto da construção, possuía uma única janela coberta de musgos bem ao alto e o telhado de madeira parecia danificado.

– Rapunzel estará em casa? – Eduardo falou com a voz trêmula. Queria aliviar aquele medo que sentia ao adentrar naquele lugar que parecia ser habitado por fantasmas, na melhor das hipóteses. Era realmente assustador.

– Chame por ela – Marcelo falou e viu Eduardo dar um sorriso nervoso.

– Não, não... prefiro pensar que estamos com a *Bela Adormecida*... – ele apontou para *Bela*, que dormia nos braços de Marcelo.

O som dos cascos aumentou e Marcelo olhou para trás e viu os outros dois cavalos com o restante do grupo que acabava de entrar e olhava boquiaberto para a paisagem.

– Nossa! – Adriana exclamou olhando em volta e sua voz tremia de medo e de frio, pois a temperatura havia caído demasiadamente e a neblina não dissipava.

Por um minuto ninguém desmontou dos cavalos, apenas observavam aquele lugar perdido no tempo e no espaço. Um cenário perfeito para filmes medievais, histórias de terror e contos de fada. Era possível imaginar guerreiros lutando ali com espadas, escudos, e mulheres arrastando longos vestidos... Como também era possível imaginar algum fantasma guardando aquele castelo, perambulando pela torre e pelos aposentos, arrastando correntes e disposto a acabar com qualquer intruso que se atrevesse a entrar. Ou ainda a existência de um dragão guardando alguma princesa trancafiada naquela torre.

Marcelo respirou fundo. Tudo o que tinha a fazer era enfrentar seus temores e encarar aquela situação. Olhou para o grupo que estava ao seu lado. Todos estavam boquiabertos, receosos e morrendo de frio.

– Eduardo, me ajude aqui – Marcelo pediu ao tagarela sinalizando para que o ajudasse a tirar a *Bela* de cima do cavalo.

Prontamente, Eduardo o atendeu e, trôpego, desceu do cavalo. Então todos desmontaram. Assustaram-se quando um porco saiu detrás de um monte de feno e correu para o outro lado do castelo.

– Precisamos de uma faca... – Eric falou já imaginando as costelas daquele porco sobre uma brasa.

– Tem animais, mas não tem gente? – Eduardo falou segurando *Bela* enquanto Marcelo descia do cavalo. A garota estava gelada, cheirava a fumaça, mas ele sentia sua respiração.

Marcelo parou olhando para os lados. Claro que se havia animais haveria gente por ali, mas por que ninguém aparecia? Com certeza haviam escutado os cavalos e o grupo que falava e suas vozes ecoando pelas paredes. Olhou para a única porta que havia naquele lado do castelo. Ela estava sob um arco de pedras e ficava em um pequeno alpendre de madeira a alguns metros do chão, cujo acesso era possível através de uma rampa de madeira.

– Não é melhor chamarmos o possível morador primeiro? – Fernanda falou precavida e assustada.

– É melhor prendermos esses cavalos primeiro – Marcelo falou preocupado, não podiam perder aqueles cavalos. Passou a mão no pescoço da égua e, seguindo até a pequena cobertura de tábuas, amarrou as rédeas na trave de madeira. Olhou para os outros que amarravam os cavalos e viam que o cocho estava seco, apenas com folhas e musgo, indicando que os animais não se alimentavam por ali fazia algum tempo.

Marcelo caminhou vigorosamente de volta até o pé da rampa de acesso, onde o resto do grupo aguardava. Eduardo ajeitava *Bela* nos braços e os olhava com preocupação.

– Vamos bater – Marcelo levantou a sobrancelha e olhou para Eric, que assentiu e pegou um toco de madeira na mão, armando-se imediatamente. – Fiquem aqui um pouco, nós os chamaremos se estiver tudo bem – falou para os outros que concordaram em silêncio.

Marcelo e Eric subiram a rampa de madeira que parecia bastante firme, apesar de algumas tábuas estarem partidas. Caminharam alguns metros subindo cuidadosos e apreensivos até a grande porta de madeira junto ao arco. Olharam-se em silêncio. A porta não tinha qualquer tipo de tranca externa, a madeira parecia bastante grossa e era desenhada com os nódulos dos troncos de que foi feita.

Respirando fundo, Marcelo empurrou a porta, primeiro levemente e ela resistiu um pouco, mas não parecia trancada por dentro, então a empurrou com força. Eric mantinha o toco de madeira erguido em posição defensiva esperando a aparição de alguém ou de algum animal. A porta rangeu nas dobradiças de metal enferrujadas e um ar quente bateu no rosto deles. Ao menos lá dentro estava aquecido. Havia um cheiro de fumaça no ar, indicando que alguém, ou havia queimado lenha ou ainda a estava queimando. Eric não conseguiu segurar a tosse e o som ecoou pelas paredes internas da entrada escurecida. Ele respirou fundo e sentiu o peito chiar. Marcelo olhou para ele arqueando uma sobrancelha.

– Desculpe – Eric falou baixo.

Eles ficaram parados junto à porta esperando seus olhos acostumarem-se ao ambiente interno e escuro diante deles. Deram dois passos para dentro.

Mônica, Fernanda, André, Adriana e Eduardo se olharam temerosos quando Marcelo e Eric sumiram de suas vistas...

Era um *hall*. As paredes de pedra formavam um pequeno salão quadrado, cujo pé-direito devia ser bastante alto, mas eles não viam nada dali da escuridão. Não havia nenhum objeto ou móvel naquele aposento. Do outro lado eles podiam ver outra porta, iluminada pela claridade que passava através da porta que eles haviam aberto. Os dois pararam ali por um minuto tentando ouvir qualquer som que denunciasse a presença de vida naquele lugar.

– Está bem mais quente aqui... – Eric falou baixo com sua arma improvisada erguida e pronta para agir. Seus braços descobertos não estavam mais suportando o frio do lado de fora, embora ele tentasse não demonstrar ou deixar que seu queixo tremesse.

– Vamos fazer uma escala aqui por um minuto e chamar os outros para que, pelo menos, saiam do frio – Marcelo falou e foi até a porta. Olhou para baixo na rampa e sinalizou para que o grupo subisse. Imediatamente todos começaram a andar pela rampa em direção à porta.

Quando todos entraram, Eduardo colocou *Bela* encostada à parede de pedras e procurou respirar normalmente. Não era um rapaz fraco, mas subir aquela rampa com ela nos braços foi bastante difícil.

– Não tem ninguém em casa? – Fernanda perguntou com a voz baixa olhando para os lados.

– Será que tem... morcegos? – Adriana falou com a voz tremendo e agarrou-se ao braço de Marcelo.

– Ou ratos e aranhas? – Fernanda encostou-se à parede ao lado de *Bela*.

– E se tiver algum marginal morando aí? Tem gente que adora esses lugares para se drogar – Eric falou encarando a porta em frente.

– Temos que arriscar. É isso ou ficar congelando lá fora – Marcelo falou sério olhando do grupo para a porta. Depois voltou a olhar para *Bela* encostada à parede. Tirou a jaqueta e colocou-a sobre ela sentindo que os braços dela estavam congelando.

– É um lugar bastante sinistro... – Eduardo falou olhando em volta. – Parece um filme que assisti em que uma família compra um casarão abandonado e coisas muito estranhas começam a acontecer... – ele começou a falar e foi cortado por Mônica.

– Fique quieto! – ela chiou com as sobrancelhas arqueadas olhando para a porta fechada diante deles. Eduardo parou, respirou fundo e sentiu a mão de Fernanda que apertou seu braço. Ela estava gelada e tremia.

– Vamos abrir a outra porta – Marcelo falou com Eric que acenou concordando.

Fernanda estava agarrada ao braço de Eduardo e ele sentia que o sangue mal circulava onde ela apertava com força, mas não reclamava do contato, na verdade, estava gostando daquilo e mantinha seu sangue quente no corpo gelado.

– Fiquem aqui – Marcelo olhou para os seis parados no *hall*. – Nós vamos dar uma conferida. Qualquer coisa... gritem.

– Vocês também. – Mônica falou mordaz e com um sorriso irônico no rosto.

Eric e Marcelo se olharam, sabiam que estavam em risco invadindo aquele lugar sem qualquer tipo de arma. Davam passos meio incertos pelo chão de pedras lisas. A sola da bota de Marcelo produzia eco no corredor. Deram cerca de 20 passos no meio da escuridão e em direção à outra porta. Os dois respiraram profundamente. Quando Marcelo esticou a mão para empurrar a porta, ela se abriu sozinha e uma luz apareceu do outro lado. Os dois rapazes deram dois passos para trás. Eric aprontou a "arma" e Marcelo apertou os punhos esperando a briga. Então viram que a luz era produzida por uma tocha que estava nas mãos de uma mulher bem pequena. Ela era velha e tinha os cabelos brancos presos em uma trança que caía sobre os seios murchos cobertos por um vestido grosso de tecido escuro.

Os dois olharam para ela surpresos e sem saber o que falar. Ela sorriu com apenas três dentes na boca.

– Senhores! Que bom que chegaram! – falou animada e ergueu um pouco mais a tocha para olhar nos rostos deles.

– Desculpe... é que nós estávamos lá fora... no... – Marcelo tentou justificar-se, mas não sabia exatamente o que dizer.

– Sim, sim... eu sei – ela falou reconfortadora. – Nunca é fácil, não é? – balançou a cabeça e estendeu o archote para que Eric segurasse. Ele pegou a pequena tocha, olhando a idosa confuso enquanto a viu encarar os olhos verdes de Marcelo. – Senhor... há tempos venho esperando – ela pegou na mão de Marcelo e suspirou profundamente. O rapaz apenas levantou a sobrancelha. Com certeza tratava-se de uma doida que morava com os ratos naquele lugar estranho.

– Tem... mais alguém aqui com a senhora? – Marcelo perguntou olhando por cima da cabeça da mulher, que batia na altura de sua cintura. – Nós vimos dois homens... – lembrou-se daqueles que haviam colocado fogo no celeiro.

– Eles já foram... – ela balançou a cabeça e fez um gesto com a mão sem preocupação. – Mas venham! Tenho uma sopa quente e um pão esperando por vocês! Hoje vai nevar, com certeza!

Marcelo olhou para trás na direção do *hall* de entrada. Não tinha certeza se era seguro levar todos para dentro. Seguir aquela velha estranha para dentro daquele castelo parecia algo imprudente, mas, afinal, o que deveria fazer? Para onde iriam? Voltar para o frio debaixo daquela neblina? Ficar naquele estábulo sem ter o que comer? A velha oferecia calor e comida quente... Estariam entrando em uma armadilha? Estariam sendo muito ingênuos? As dúvidas e incertezas rondavam sua mente.

– Ela precisa de calor, senhor – a velha, com o rosto enrugado e olhos amarelos, que pareciam duas moedas de ouro, sorriu olhando na mesma direção que ele. – Traga-a para dentro e arrumarei seus aposentos – ela gesticulou com a mão e voltou para dentro do corredor de onde aparecera, andando lentamente pelo ambiente que agora estava iluminado por pequenos archotes junto às paredes de pedra.

– O que acha? – Eric perguntou segurando a tocha na mão. Seu rosto demonstrava toda a confusão que sentia pela cena que acabara de presenciar.

– Será que é uma bruxa com uma sopa enfeitiçada? – Marcelo sorriu para disfarçar também sua confusão e apreensão. – Não está com fome e com frio? – ele perguntou e Eric engoliu com secura. Estava muito faminto e com muito frio. – Vamos chamar os outros.

Os dois voltaram em direção à porta e viram seus olhares admirados ao verem a tocha na mão de Eric.

– É o seguinte... – Eric respirou fundo tossindo e depois olhou rapidamente para Marcelo. – Tem uma velha meio louca lá... – apontou em direção à porta mais à frente. – Mas ela disse que tem sopa quente e pão. O que acham? – perguntou, mas viu que Marcelo se inclinou e pegou *Bela* no colo. Percebeu que ele estava decidido a entrar.

– Temos alguma alternativa? – Mônica perguntou apertando os olhos e o encarando.

– Acham que ela é doida? – Eduardo perguntou enquanto seu braço era segurado por Fernanda. – A sopa pode estar envenenada?

– Vamos – Marcelo não esperou as elucubrações do grupo e seguiu pelo corredor carregando *Bela*. A velha dissera que ela precisava se aquecer e que arrumaria aposentos para ela. Ele sabia que a velha falava de *Bela*. Não queria refletir muito nas implicações, senão pensaria em sair daquele lugar a procura do caminho para casa.

Todos se olharam e depois olharam para o lado de fora onde a massa branca parecia ter aumentado, escondendo ainda mais a paisagem. Não havia alternativa. Tinham que aceitar a hospitalidade da tal velha maluca.

– Eu assisti a um filme assim... – Eduardo falou baixo enquanto seguiam a tocha de Eric. – Mas era um castelo encantado... havia uma feiticeira...

– Cale a boca! – Mônica resmungou mal-humorada.

– Mas pode ser um fantasma, não concorda? – André, que estivera quieto, falou às costas de Mônica e a viu levantar os ombros respirando fundo. – Um exorcismo resolve... – brincou, e ela olhou para trás devolvendo-lhe um olhar furioso.

– Mas e se for o castelo do conde Drácula? E nós somos o café da manhã dele? – Eduardo não conseguia ficar calado, principalmente quando estava nervoso. Isso era um defeito dele e sua avó sempre dissera que "*o peixe morre pela boca*"...

– Então vamos pedir para que você seja o primeiro – Mônica falou sarcástica e ouviu Fernanda rir. A garota que estivera desesperada parecia sentir-se bem ao lado daquele tagarela irritante e segurava o braço dele como se ele fosse o homem mais forte do mundo! Como Mônica odiava aquilo! Mulheres que rapidamente se mostravam frágeis e se agarravam a algum engraçadinho que sorria por qualquer besteira! Estava irritada demais, com fome e com frio, e ainda tinha aquele Marcelo orgulhoso e que se achava o guardião da *Bela Adormecida*. Quando os homens iriam perceber que existiam mulheres fortes e confiantes? Que não se inclinavam à sua disposição? Olhou para as costas largas de Eric, que levava a tocha à sua frente. O tipo que ela mais odiava. O que *se achava*... o *gostoso*, o *tal* e tratava as mulheres como lixo... ela apertou os lábios contendo a vontade de dar um soco naquelas costas musculosas. André era algo que ela ainda não compreendera. Era calado, parecia totalmente despreocupado com o que quer que fosse. Tinha um apelo intelectual com aqueles óculos quadrados no rosto, mas ela não tinha certeza. Que lugar era aquele em que fora jogada junto com tipos como aqueles?

A risada de Fernanda ecoou pelo corredor e logo Adriana e André também estavam rindo, assim como Eduardo. Eric estava preocupado e não conseguiu ver motivo para risos.

– Se isso é um hospício, acho que muitos de vocês chegaram em casa, não é mesmo? – Eric falou sério e a risada explodiu no corredor.

Marcelo andava à frente do grupo e ouviu as risadas que ecoaram pelas paredes de pedra.

– Um bando de loucos, isso sim... – murmurou para sua companheira adormecida.

O corredor ia ficando mais iluminado e eles viram, depois de alguns metros, a velha parada junto a uma escada de pedras. Ela segurava outra tocha e sorriu calorosamente para o grupo.

– Que bom que temos a alegria de volta a esse lugar! Vou mostrar seus aposentos e depois vou esperá-los no salão para o jantar! Prometo que estarão aquecidos dentro em pouco! – disse subindo as escadas à frente deles.

Todos se olharam desconfiados, mas já estavam ali, então a promessa de cama quente e comida era muito bem-vinda. A velha olhou para Marcelo e acenou.

– Senhor, vamos acomodá-la primeiro. – olhou para *Bela* e seus olhos amarelos brilharam sob a chama do archote.

A escada subiu fazendo uma curva para a direita e era iluminada apenas pelas tochas que a velha e Eric levavam. O número de degraus mostrava por que o prédio parecia grande por fora, a altura dos andares era elevada.

O andar superior estava mergulhado na escuridão e a pequena senhora ia acendendo os archotes da parede pelo caminho com sua tocha. Ela ficava na ponta dos pés e erguia o braço o mais alto que conseguia; a tocha era comprida, mesmo assim parecia que ela não alcançaria os archotes da parede, mas o corredor de pedras foi lentamente se revelando... e mostrando que não havia nada mais ali a não ser pedras. Não havia uma decoração como a de castelos de filmes, não havia tapeçarias ou armas nas paredes, o que dava a sensação de que estavam adentrando numa prisão de pedras...

– Eu nunca venho a essa parte do castelo, mas esses dias eu arrumei tudo, pois senti que vocês chegariam! – ela falou sorridente parando diante de uma porta de madeira que ficava do lado direito do corredor.

– Sentiu? – Adriana foi quem perguntou assustada. Estava pálida, com frio e com fome e aquela mulher fazia revelações como aquela! Aquela velha não fazia ideia de como ela tinha muita cautela com presságios...

– Sim, sim... – a velha respondeu despreocupada abrindo a porta e acendendo um archote dentro do quarto.

Todos olharam admirados para o interior do aposento. Havia uma grande cama com quatro colunas de madeira entalhadas com desenhos de delicadas flores e uma cortina de tecido transparente caía delicadamente entre elas. A cama era forrada com palha, mas estava coberta por lençóis limpos. Além da cama, havia uma lareira de pedras e uma pequena mesa de madeira com uma vela grossa e amarela, que a velha acendeu rapidamente.

– Coloque sua dama na cama, senhor, que vou aquecer o ambiente – ela disse ajoelhando-se diante da lareira e tratando de atiçar o fogo. Depois olhou para o grupo parado junto à porta. – Seus quartos são as portas ao lado... é melhor irem e acenderem as lareiras para que o ambiente esquente. – fez um sinal com a mão dispensando-os.

O grupo se olhou sem saber exatamente o que aquilo significava, como assim: *seus quartos?* André deu de ombros e saiu do quarto aceitando a sugestão da velha, estava bastante curioso com aquela nova situação. Então, depois de se olharem confusos, todos foram saindo e Mônica parou observando Marcelo colocar a *adormecida irritante* sobre a cama macia e limpa. Ele passou a mão pelos cabelos negros da *Bela* e ficou olhando para ela. Aquilo fez o sangue de Mônica ferver e ela sentiu alguém a puxando pelo braço. Era Adriana.

– Vamos olhar os outros quartos, Mônica – disse com um sorriso e as duas saíram dali.

A porta seguinte tinha sido aberta por André e Eric que, imitando o que a velha havia feito, acendeu o archote junto à porta e o quarto se iluminou. Era um quarto como o outro, mas tinha três camas baixas de palha já forradas com lençóis. Eric apressou-se em acender a lareira.

– Vamos ver o outro? – Fernanda falou parecendo mais animada e curiosa.

O quarto era exatamente igual ao do lado, mas havia quatro camas. Logo, o ambiente estava claro e começando a se aquecer.

– Venham ver isso! – André os chamou para a última porta que ficava no fundo do corredor.

Curiosos, todos foram ver. Era um quarto de banho. Havia uma grande tina de madeira e ao lado dela três baldes também de madeira. Diante da tina havia uma lareira com um caldeirão pendendo sob uma armação de metal.

– O que é isso? – Mônica olhou para uma engenhoca estranha do outro lado do aposento.

Eduardo sorriu e coçou o queixo analisando aquilo.

– Interessante! É para trazer água para cima – falou segurando na corda que passava por uma grande roldana de madeira. – Você amarra o balde e manda para baixo. Alguém lá embaixo enche o balde de água e você o puxa para cima. Põe a água para esquentar e manda outro balde... até ter o suficiente para encher a tina. E então terá um banho quente

– olhava com admiração para aquele mecanismo tão primitivo e inteligente. Ele adorava coisas assim.

– Trabalhoso, não? – Adriana comentou olhando para o buraco no canto da parede, depois sorriu para Eduardo.

– Quem vai primeiro? – Eduardo sorriu.

– As damas, claro! – Fernanda falou sem pestanejar. – E os rapazes poderão fazer a cortesia de nos mandar os baldes com água, não? – ela piscou para Eduardo, que ficou com o rosto vermelho.

– Eu não acredito! – Adriana exclamou já do outro lado do aposento, que era bastante grande e tinha apenas uma janela junto ao buraco da roldana. – Meninas... estamos salvas! – seu sorriso se alargou e Mônica não pôde deixar de pensar que Adriana tinha um sorriso fácil e aparentemente sincero. A jovem *cor de jambo* mostrava um aparato de madeira no canto do aposento. Tinha um buraco que, parecia, ia sair lá embaixo do prédio. – Uma privada! – apontou para o local e houve uma manifestação geral de alívio. – Isso é maravilhoso!

Eduardo riu e balançou a cabeça.

– Mulheres... – falou baixo para André, que apenas levantou os ombros. Depois de uma pausa se dirigiu às garotas. – Prometo ajudá-las com o banho, mas preciso comer... estou morto de fome! – colocou a mão sobre o estômago e todos concordaram que comer era mais urgente do que banhar-se.

– Pode deixá-la aqui, senhor, ela estará em segurança e aquecida. – a velha falou olhando para Marcelo, que estava preocupado em deixar *Bela* sozinha naquele quarto. A velha cobriu a jovem com uma coberta pesada que parecia pele de urso e talvez fosse feita daquilo mesmo.

– Que lugar é esse? – ele perguntou sentindo o corpo esquentar junto ao calor da lareira.

– Sua casa, senhor – a velha falou despreocupada e Marcelo franziu o cenho olhando para ela. – Mas, vamos comer e eu responderei às perguntas que o senhor e seus amigos podem querer fazer – bateu no braço dele e o conduziu para a porta. Marcelo olhou para *Bela*, agora sobre uma cama quente, respirou fundo e saiu com a velha do quarto. Encontrou com os outros no corredor.

– A "princesa" está acomodada? – Mônica falou amarga olhando para Marcelo.

– Sim, sim... a princesa está onde deveria estar – a velha falou segurando a tocha novamente nas mãos. Mais uma vez todos se olharam confusos. – Não estão com fome? – ela sorriu olhando para os rostos cansados e pálidos dos jovens no corredor.

– Sim, senhora! – Eduardo respondeu já se adiantando atrás da velha em direção à escada. Ele poderia estar na história de Joãozinho e Maria, aquela velha poderia querer aprisioná-los para engordá-los e depois devorá-los, mas pensaria no resto da história depois, no momento o que mais desejava era comer...

Mônica ficou para trás e segurou Marcelo pelo braço.

– O que está acontecendo aqui? Por que essa *coisa adormecida* tem um tratamento especial? Você já conhecia esse lugar? E aquela velha? Ela já conhece aquela lá? – disse irritada apontando na direção do quarto.

– Está me acusando de alguma coisa, Mônica? – Marcelo a encarou.

– Você já a conhecia? Estão aqui juntos? Sabe o que está acontecendo por aqui, Marcelo? – Mônica falou ao lado dele enquanto caminhavam seguindo as tochas pela escada.

– Não conheço ninguém e não faço a menor ideia do que está acontecendo. Satisfeita? – respondeu mal-humorado sem olhar para ela.

Mônica apertou os punhos com força e cerrou os dentes. Não estava convencida. Sentia o cheiro do engodo, algo que a cutucava insistentemente.

– Depois discutimos isso. Agora vamos comer – Marcelo a encarou por um instante e depois virou as costas saindo atrás do grupo que já descia as escadas.

– Venham! Vou servi-los no salão, como deve ser! – a velha parou ao final da escada e apontou para um corredor que estava diante deles.

O corredor com cerca de 20 metros de cumprimento terminava em um grande arco de pedras. Ao lado da entrada do salão havia uma porta.

– É melhor que acendam a grande lareira do salão também! – ela sorriu com os três dentes aparecendo. – Vou servi-los!

– A senhora precisa de ajuda? – André perguntou solícito. Percebia que aquela velha senhora estava sozinha ali e foi impelido a ajudá-la. Não gostava de ser servido como se fosse mais importante que outras pessoas. Estava acostumado a trabalhar também na cozinha...

– Será bom, meu rapaz! – ela sorriu dando um tapinha no braço dele e os dois entraram pela porta ao lado do arco de pedras.

O resto do grupo entrou no salão. Um aposento grande, com duas grandes janelas que, sem vidros, deixavam passar parte da bruma que cobria o exterior do castelo. A névoa branca penetrava através das trepadeiras verdes que ornavam as janelas. Era a única claridade que tinham ali, mas deixava o ambiente com um aspecto muito sinistro, sombrio. Eric, que assumira o comando da tocha, acendeu todos os archotes que encontrou na parede do salão iluminando o ambiente.

O salão, todo de pedras, era espaçoso e seria suficiente para fazer um belo baile. Em um dos lados havia uma grande lareira, bem mais alta do que Eric, o mais alto do grupo. Junto dela havia uma mesa de madeira. Era grande, redonda e tinha oito cadeiras de madeira em volta. Havia algumas cuias feitas de madeira, pequenas colheres de pau e copos feitos de barro arrumados sobre a mesa diante de cada uma das cadeiras.

– Ela... estava nos esperando? – Eduardo perguntou arregalando os olhos.

– É o que parece... – Marcelo respondeu sério e pensativo.

– Sinistro... – Eduardo falou e saiu explorando o resto do salão. Como no resto do castelo, a decoração era minimalista. Nada de enfeites ou detalhes. Apenas paredes de pedra e o mobiliário necessário. Entretanto, do outro lado do salão havia o que pareciam ser bancos de madeira, mas, ao aproximar-se, ele viu que eram espécies de arcas e estavam trancadas com cadeados. Havia oito arcas ali e Eduardo sentiu um calafrio subir pelo seu corpo.

– Ela pretende nos esquartejar e esconder os restos aí – Eduardo se virou assustado ao ouvir a voz sinistra de Marcelo atrás dele. Ele também olhava para as arcas.

Eduardo fez o sinal da cruz diante do corpo e seus olhos castanhos claros ficaram arregalados.

– O que será isso? – Fernanda perguntou curiosa. Não tinha ouvido o comentário de Marcelo.

– Na... não sabemos. – Eduardo gaguejou e engoliu com dificuldade.

– Tem oito desses baús aí... é só coincidência? – Eric olhava cismado para os objetos. Cada um tinha cerca de um metro e meio de comprimento e 60 centímetros de altura.

Mônica e Adriana apenas observavam as arcas em silêncio.

– Hora da boia! – eles ouviram a voz de André que apareceu por uma porta ao lado da lareira carregando um caldeirão fumegante. A alça do caldeirão estava enrolada com um pano. O aroma era muito bom, cheiro de carne e legumes. – Eu experimentei uma colherada e está ótima! – ele piscou para o grupo enquanto colocava a panela sobre a mesa. – A cozinha é o lugar mais quente dessa casa! – brincou, mas estava realmente mais animado. A velha o acompanhava e segurava um garrafão de barro e um cesto cheio de pães.

Todos se aproximaram da mesa seguindo o aroma da sopa e foram se sentando. Eduardo pegou um pedaço de pão, mostrando seu desespero por comida, e foi acompanhado por Fernanda, que não se fez de rogada e abocanhou um grande pedaço. Uma concha de madeira foi colocada dentro do caldeirão e, um a um, eles foram se servindo da refeição quente e perfumada.

A velha não se sentou. Apenas os observava com muito interesse, como se estudasse cada um deles detalhadamente. Viu Eduardo e Fernanda, que comiam e suspiravam de contentamento. Viu André servir-se com tranquilidade de um generoso prato de sopa, pegar um pedaço de pão e depois inclinar a cabeça ligeiramente como se fizesse uma prece, e só então atacou a sopa. Viu Eric que encheu seu prato quase até transbordar e esmigalhou pedaços de pão sobre a sopa e comeu com grande avidez. Viu Mônica, com o cenho franzido mostrando insatisfação, encher o prato, aspirar a fumaça e só então relaxou os lábios que estiveram contraídos. Viu Adriana sorrir satisfeita para seu prato e se oferecer para encher o prato de Marcelo que estava ao seu lado. Ele, muito sério, comia lentamente um pedaço de pão e aceitou a oferta de Adriana com um simples aceno de cabeça e um "obrigado", assim que ela o serviu. A velha, então, encheu os copos de todos com vinho e aproveitou para olhá-los mais de perto.

– Como a senhora se chama mesmo? – Eduardo a olhou sorrindo quando ela lhe serviu o vinho. A sopa quente já o deixara com o rosto vermelho.

– Zin – ela sorriu de volta.

– Obrigado, Zin – ele falou tocando de leve no ombro da pequena mulher.

– É um prazer, "cavaleiro" – ela falou e foi encher o copo de Fernanda, e Eduardo fez uma careta confusa. Imaginava que ela quisera dizer, *cavalheiro*... mas podia dar na mesma.

Ela serviu Eric e pousou a mão sobre a dele.

– Precisa cuidar da tosse, não é mesmo? – disse baixo e ele a encarou sério. Os olhos escuros indagadores. – Tenho um remédio ótimo – ela sorriu e foi servir André.

A sopa com carne de porco, cenouras e batatas estava divina. Talvez por que estivessem mortos de fome. Mas a comida os deixou mais relaxados e os esquentou por dentro. Zin ficou em pé ao lado de Marcelo e ele a olhou com uma interrogação no rosto.

– Não vai se sentar conosco e comer? – perguntou, e ela sorriu.

– Não senhor. Já me alimentei e agora estou aqui para servi-lo. – disse apertando as pequenas mãos enrugadas diante do corpo.

Marcelo suspirou e olhou para seu copo.

— Muito bom esse vinho... — e era mesmo. Um vinho tinto colonial meio seco, com uma maciez surpreendente. Talvez não fosse tudo isso, talvez só estivesse saciando uma sede louca.

— É da adega — ela fez um sinal na direção da porta da cozinha. — Fica no porão — explicou. — Temos bastante, senhor.

— Por que me chama de *senhor*? — ele levantou a sobrancelha. Não gostava daquela formalidade, ainda mais vinda de uma mulher que poderia ter a idade de sua avó.

— Porque devo, senhor — ela falou sem preocupação e ele apenas sorriu levemente. Aquela velha poderia ser uma louca ou até querer matá-los, mas gostava dela e a comida estava muito boa. Ele havia enchido o prato três vezes, assim como todos ali na mesa e também já tomava seu terceiro ou quarto copo de vinho.

— Que lugar é esse, Zin? — Marcelo esticou o corpo na cadeira e perguntou. Todos olharam para a mulher pequenina.

— Seu castelo! — ela sorriu com um brilho intenso nos olhos amarelos. Ele suspirou.

— Não, Zin... esse lugar onde estamos, é no Brasil? É em São Paulo? É uma fazenda temática? — ele questionou e ela o olhou confusa antes de responder erguendo ligeiramente os ombros.

— Eu chamo de *castelo do portal*.

— Sei... — ele suspirou.

— Posso ir cuidar da senhora agora? — ela perguntou alisando o vestido de tecido grosso. Marcelo respirou fundo, encarando-a, e viu que não havia nada que indicasse alguma má vontade dela em responder às suas perguntas, parecia que ela simplesmente não sabia. Ela o olhava esperando a resposta e ele assentiu. — Eu já volto — sorriu, mas antes de sair apontou para cima da lareira. — Há uma chave para cada um. Só vão conseguir segurar aquela que lhes pertence — falou sob os olhares confusos de todos e saiu apressada pelo corredor que ia para a escada.

— Só eu que acho ela meio doidinha? — foi Fernanda quem falou. Seu rosto claro estava rosado e seus lábios vermelhos. Seus olhos azuis brilhavam, mas não havia mais lágrimas neles. Ela se sentia bem, talvez fosse a sopa, talvez o vinho, talvez os dois...

— Será que ela nunca saiu desse lugar? — Adriana falou admirada. — Sei de casos de pessoas que não fazem ideia do nome do país ou da cidade em que vivem... — arqueou as sobrancelhas pensativa.

— Para fazer um frio assim... só se estivermos na serra gaúcha — André falou tomando mais um gole do vinho.

– Mas a comida estava excelente! – Eduardo sorriu e se esticou na cadeira. Sentia-se bem e aquecido, por ora era o que bastava.

Eric se levantou e foi até a lareira. Sobre as pedras havia oito chaves enfileiradas. Pareciam todas iguais e era evidente que abriam aqueles baús, embora a velha nada tivesse dito sobre aquilo.

– Ela quer que a gente abra o próprio caixão? – ele fez uma careta. Sentia-se muito melhor depois da sopa e do vinho, até sua asma tinha acalmado. Vinha lutando contra ela desde que acordara no celeiro e percebera que sua *bombinha* não estava com ele. Procurara não entrar em pânico, pois sabia que isso só faria a crise agravar. A velha lhe disse que tinha um remédio. *Quem sabe...* pensou e estendeu a mão para pegar uma chave. Assim que tocou na primeira chave levou um choque forte que o fez repuxar o braço.

– O que foi? – Adriana perguntou ao lado dele. Agora todos já estavam diante da lareira.

– Deu choque. – ele falou desconfiado olhando para a chave.

– Choque? – Eduardo perguntou curioso e estendendo a mão tocou a última chave da fila. Ele sentiu como se pegasse numa panela quente e puxou a mão rapidamente e a soprou. – Queimou! – falou olhando para a mão vermelha.

– Não foi choque? – Eric o olhou aturdido.

– Não! Queimou! Tá quente! Deve ser o calor da lareira! – Eduardo falou olhando para o fogo que ardia sob as pedras.

Mônica, impaciente, tocou a terceira chave da fila meio receosa, mas não sentiu nada. Segurou a chave na mão e a mostrou com um ar vitorioso. Marcelo estendeu a mão e pegou a chave que Eduardo disse que queimara. Não estava quente, nem deu choque. Ele a segurou na palma da mão.

– Não é possível – Eric falou nervoso. Não queria parecer um moloide e chorão. Tocou de novo na primeira chave e o choque o repeliu novamente. – Isso é brincadeira... – falou irritado e tocou na chave ao lado. Não sentiu nada e apertou a chave na mão...

– Já descobriram o que se passa, não é? – André olhava para as chaves estudando-as antes de se atrever a colocar a mão. – Parece que se a chave não é sua, você não pode pegá-la... interessante. – ele sorriu estudando a primeira chave que dera o choque em Eric. Estendeu a mão e colocou o dedo rapidamente sobre a chave. Sentiu o choque e puxou a mão.

– Deixa eu ver... – Adriana se aproximou, tocou com medo a chave e sentiu o choque correr pelo seu braço. – Ops! – ela disse puxando a mão. – Vê se é sua, Fe – olhou para Fernanda e os olhos azuis se arregalaram. – Não vai te matar – sorriu.

Fernanda engoliu em seco e tocou a chave com a ponta do dedo indicador. O choque a fez puxar a mão rapidamente e enfiar o dedo na boca para aliviar a dor.

– Edu... é sua vez, de novo – Fernanda o olhou e sorriu. Mônica fez uma careta ao ouvi-la chamar o tagarela com intimidade... odiava aquilo!

Eduardo respirou fundo e tocou com a outra mão a chave que dava choque e não escapou ileso. O choque o fez puxar a mão e ele fez uma careta.

– A chave é da *Bela*... – Adriana murmurou admirada olhando para a chave.

Marcelo, com a chave na mão, foi até as arcas. Eric e Mônica o seguiram também segurando suas chaves. Enquanto isso, ouviam os *ais*, *uis* e os risos dos quatro que tentavam encontrar suas chaves. Foi inevitável a Marcelo pensar nas experiências de Skinner com ratos.

As arcas eram iguais em tamanho, cor e os cadeados também pareciam iguais, assim como as chaves. Os três pararam analisando as arcas e Eduardo se juntou a eles segurando sua chave na mão, depois de muitos choques. Não demorou muito para que os sete estivessem diante das arcas, observando e imaginando se elas também não reagiriam se não lhes pertencessem.

Marcelo suspirou. Aquilo era bruxaria, com certeza. Aquela velhinha simpática era uma bruxa e estava sozinha com *Bela* lá em cima. Ele ficou preocupado e, com raiva, percebeu que sua preocupação era maior que sua curiosidade com o conteúdo da arca. Os outros não pareciam compartilhar com ele aquela preocupação. Olhou na direção do corredor.

– Vão testando aí que já venho – ele falou e foi em direção ao corredor.

– Vai ver ficou com dor de barriga – Eduardo riu olhando para o baú.

Mônica olhou para Marcelo saindo apressado e tinha certeza de que não era dor de barriga que o tirara dali. *Homens!* Pensou com raiva.

– Então, que tal a gente se posicionar... Cada um diante de um baú e tentarmos abri-los todos ao mesmo tempo? – Eric sugeriu colocando-se de joelhos diante do primeiro baú.

– Boa ideia! – Adriana falou e se ajoelhou diante do baú ao lado.

Todos se posicionaram e dois baús ficaram sobrando...

## Capítulo IV
### Chaves e Arcas

Marcelo subiu correndo as escadas escuras, mas o corredor estava iluminado. Parou diante da porta do quarto onde estava *Bela* e ouviu a velha entoando uma canção sem letra. Bateu.

– Entre, senhor – a voz da velha o fez relutar por um minuto. Ela sabia que era ele ali? Não tinha reparado se ela chamara os outros por *senhores* também. Ele abriu a porta.

A velha terminava de ajeitar os cabelos negros trançados de *Bela* sobre o colo da jovem. *Bela* estava limpa e perfumada. Sua pele clara, livre da fuligem, parecia luminosa. Seu rosto delicado estava rosado e seus lábios eram macios e vermelhos. Os cílios escuros sobre a pele clara indicavam que ela ainda dormia profundamente. Usava um vestido branco, com mangas compridas e fofas. Os pés pequenos estavam descalços. Marcelo soltou a respiração que nem percebera ter segurado.

– Ela é linda, senhor! E eu cuidei bem dela – a velha disse cobrindo *Bela* com o cobertor de pele. Depois olhou para Marcelo, que estava parado diante da porta do quarto sem nada falar e seus olhos verdes brilhando à luz dos archotes. – Abriu sua arca, senhor? – ela disse tocando no braço dele, fazendo-o despertar de um sonho que tinha enquanto estava acordado...

– Não... ainda não – ele balançou a cabeça ainda tomado por um sentimento estranho que o surpreendia e assustava. A velha adiantou-se e parou junto à porta.

– Venha então... a *senhora* vai ficar bem – ela disse com o sorriso banguelo e Marcelo a seguiu para fora. A verdade é que ficara encantado com a imagem de *Bela* sobre a cama. Uma imagem que o fez pensar em contos de fada...

Quando ele entrou novamente no corredor que conduzia ao salão, ouviu a conversa animada do grupo. Eles pareciam alegres e falavam todos ao mesmo tempo. Ele apareceu à porta acompanhado da velha, que abriu um largo sorriso desdentado olhando para o grupo.

– Que bom! Que bom! – ela disse satisfeita apertando as mãos.

Marcelo olhou para aquilo estupefato. A cena à sua frente o fazia lembrar de videogames, filmes ou alguns RPGs que jogara quando era mais novo. Aquilo não podia estar acontecendo de verdade. Aquele lugar não existia, aquelas pessoas faziam parte de algum pesadelo.

Eduardo se aproximou muito animado segurando nas mãos uma espada curta, com o cabo prateado contendo ranhuras que o circulavam e com uma bela pedra vermelha incrustada no botão.

– Veja o que estava no meu baú! E tem mais, tem roupas! Tem uma capa que parece quente, uma adaga e outras coisas! – ele falou cheio de entusiasmo.

Ainda admirado, Marcelo viu que Eric, com um sorriso no rosto, segurava um machado duplo de aço polido, muito bonito. O cabo era todo desenhado com o que pareciam símbolos gregos ou egípcios, ele não sabia. O certo era que a arma tinha a aparência letal demais, principalmente nas mãos de Eric... Adriana olhava atordoada para dois belos punhais de cabo prateado incrustado por pequenas pedras vermelhas e falava com Fernanda, que portava um belo arco de madeira clara com um apoio de prata com alguns desenhos delicados. Mônica olhava séria para uma bela espada nas mãos. Era fina, parecia leve, o cabo era prateado e possuía uma bela pedra violeta no botão. André segurava um cajado branco com desenhos estranhos e uma capa bege na outra mão. Ele sorria parecendo satisfeito.

Todos olharam para Marcelo. Pareciam confiantes, felizes, o que o deixou confuso. Como aquilo era possível? Será que não compreendiam que tudo aquilo era muito estranho? Que aquele não era o lugar deles? Por que estavam ganhando armas e roupas? Uma chave que queima, outra que dá choque, um baú para cada um, um prato para cada um... quartos prontos esperando...

– Não dá choque não, mas sua chave só serve no seu baú. Nós testamos... – Eduardo, curioso, caminhou ao lado dele e percebeu que estava muito sério e desconfiado. – O que... foi? – perguntou arqueando as sobrancelhas claras.

– Não acham que de repente ficou tudo bom demais? – ele olhou para o grupo a sua frente. – Já esqueceram que colocaram fogo no celeiro onde estávamos presos? Já descobriram como fomos parar naquele lugar? Alguém se lembrou? – encarava os rostos perplexos de seus companheiros. – Vai nos contar, Zin? Como viemos parar aqui? O que fazemos aqui? Como sabia que viríamos? – virou-se para a velha que o olhava calma. Não parecia se incomodar com aqueles questionamentos nervosos ou com os olhos verdes faiscantes que a fuzilavam.

– Sim, senhor... vou dizer tudo o que sei – ela mexeu a cabeça afirmativamente e sorrindo. – Mas primeiro, o senhor deve abrir sua arca

– disse apontando na direção onde estavam os baús. Havia apenas dois fechados, o primeiro e o segundo da esquerda para a direita. Marcelo encarou Zin e levantou a sobrancelha. Não gostava de ser chantageado, mas percebeu que a velha não iria falar nada mesmo e todos estavam calados o observando com interesse, queriam saber o que ele iria fazer e sabiam que as respostas para suas perguntas estavam nas mãos dele.

– E o baú da metida adormecida? – Mônica falou apertando sua espada nas mãos. – Não precisamos que ela também abra o baú? Ou nós mesmos podemos descobrir o que tem para ela?

– Quer tentar, querida? – Zin sorriu e apontou na direção da chave que ninguém conseguira segurar. Mônica, visivelmente contrariada, estreitou os olhos verde-escuros e apertou os lábios com força. Depois respirou fundo e jogou os cabelos loiros para trás levantando o queixo. Zin, parecendo satisfeita, voltou-se novamente para Marcelo, que encarava os baús como se fosse capaz de estraçalhá-los. – Então, senhor? – ela perguntou. Ele respirou fundo e passou a mão pelos cabelos escuros e se aproximou dos baús.

O silêncio da expectativa estava em volta dele. Ele se ajoelhou diante do primeiro baú e colocou a chave na fechadura, girou-a e ouviu o "clique". Respirou fundo, liberou o cadeado e abriu a tampa... Sentiu que todos se inclinaram na direção do baú para ver o que havia dentro.

Marcelo estendeu a mão e tocou em uma argola dourada que havia sobre uma capa preta. O metal era fino e era ornada com delicados desenhos parecidos com os que havia no cajado que André segurava. Algo o incomodou naquele acessório, mas ele decidiu que não iria se deixar afetar e colocou-a de lado, depois puxou a capa revelando o que havia por baixo. Roupas pretas. Como sabiam que ele gostava daquela cor? Aliás, já há algum tempo só usava roupas pretas. Inclusive era como estava vestido... Havia botas de cano longo, calças, túnicas negras com desenhos dourados, camisas... ele as foi removendo e encontrou uma espada. Era linda! Tinha a lâmina larga com fio dos dois lados e afinava na ponta. O cabo era preto com finas linhas douradas e o botão parecia de ouro. Ao lado dela, uma adaga com o mesmo padrão. Ele segurou a espada e a retirou da arca. Era pesada, mas ele gostou da sensação daquela arma em sua mão.

Ninguém falou nada e apenas observavam as expressões no rosto sério e compenetrado de Marcelo. Ele viu um rolo de papel envelhecido, inclinou-se e o retirou do baú.

– Essa mensagem pode esperar, senhor – Zin tocou levemente na mão dele. – Se me permite... – ela colocou a mão dentro do baú e retirou a argola dourada, depois inclinando a cabeça, a estendeu na direção dele.

– Majestade... – falou com deferência. Todos estavam perplexos e viram a mesma perplexidade tomar o rosto de Marcelo. – Sua coroa... – Zin insistiu.

– Uau! – a exclamação veio de Eduardo, que não se conteve.

Marcelo, totalmente sem graça, pegou a suposta coroa das mãos da velha e a jogou para dentro da arca. Depois colocou a espada de volta dentro dela. Ficou apenas segurando o pergaminho na mão.

– Agora pode começar a falar, Zin... – ele a encarou e ela sorriu. A velha tinha um sorriso fácil, embora não fosse nada bonito.

– Como quiser, Majestade – ela se inclinou respeitosamente e ele suspirou. – Que tal nos assentarmos junto ao fogo? – indicou a mesa que ficava junto à lareira.

Todos então foram até a mesa. Eric não quis se separar de seu machado e, sentado, apoiou-o ao seu lado. Não havia gostado daquela notícia de que Marcelo era um rei... se já não bastasse ele ser metido o suficiente, agora ganhara um título e uma coroa. Ele já atraía as garotas como se fosse um pote de mel e nem se esforçava para fazer aquilo. Via a maneira que Mônica o encarava enciumada pelo jeito com que ele tratava a *Bela* adormecida. Percebia como Eduardo se tornara um puxa-saco instantâneo e até Adriana o servira à mesa. E nem era um cara simpático.

Zin sentou-se em um banco. Seus pés não alcançavam o chão e ela olhou para todos esperando as perguntas.

– Como viemos parar aqui? – Marcelo a encarou e franziu o cenho. – Quem nos trouxe para esse lugar?

– O senhor e seus companheiros atravessaram o portal aberto pelo Cosmo – ela respondeu com naturalidade.

– Como é? – Eduardo perguntou rindo, aquilo era uma conversa de malucos. – Eu conheci um Cosmo uma vez... era um funcionário do meu avô... uma figura – balançou a cabeça.

Zin apertou suavemente as mãos sobre o colo.

– Eu sou a guardiã do portal. Espero pela chegada de vocês há muito tempo – ela respondeu e viu que eles trocaram olhares confusos, sinalizando que não acreditavam naquilo que dizia.

– Sabia que nós estaríamos aqui? – Adriana arregalou os olhos escuros e amendoados.

– Sabia que viriam... – Zin respondeu paciente.

– E mandou nos queimar no celeiro? – Marcelo perguntou com as sobrancelhas arqueadas.

– Não, Majestade! Jamais os machucaria! – ela respondeu aflita.

– Então, quem? – Eric falou apertando o cabo de seu machado. Estava pronto para acabar com quem havia atentado contra sua vida.

— Servos do Cosmo, que deveriam ajudá-los a sair... eu acho — ela balançou a cabeça.

— Nos ajudar a sair? — Marcelo se levantou impaciente. — Colocaram fogo na gente! Nós saímos por que conseguimos quebrar a parede! — gesticulou nervoso.

— Talvez quisessem apressar sua saída... não sei informar os meios que usam, Majestade! — ela falou com uma expressão de sincera ignorância no rosto.

— Você não viu o incêndio? — Fernanda estava com seus olhos azuis novamente arregalados.

— Vi, mas não podia interferir, fui orientada para que deixasse que o destino seguisse o curso.

— Quem orientou? — Marcelo perguntou tentando descobrir que armadilha era aquela em que fora colocado.

— O Cosmo — ela afirmou serenamente e ele se sentou novamente suspirando. Era uma conversa difícil...

— E que lugar é esse? Em que país estamos? — André perguntou ajeitando os óculos no rosto.

— Esse é seu lar agora. E... o que é um país? — ela sorriu demonstrando seu desconhecimento do termo.

— Esquece — André balançou a cabeça. Tinham diante dele uma senhora com problemas mentais, com certeza.

— Quando fala Cosmo... quer dizer o Universo? A força que comanda tudo? — Adriana sentiu um arrepio.

— Oh, sim! Isso! A força! — Zin falou satisfeita.

— Acho que não vamos chegar a lugar nenhum — Eric resmungou impaciente.

— Veja, guerreiro... — a velha o olhou com paciência. — Vocês foram escolhidos pelo Cosmo para comandarem esse mundo!

— Escolhidos? — Mônica se levantou nervosa. Tudo aquilo era absurdo. — Nós fomos sequestrados por um bando de malucos! — esbravejou irritada. — Estamos jogados nesse... nesse...

— Reino, guerreira — Zin completou por ela. — E seu soberano é ele — ela apontou para Marcelo.

— Meu soberano? — Mônica falou com enorme irritação. Aquilo já era demais. Não iria ser comandada por um homem... — Ah, sim! Agora vai me dizer que deveria me inclinar para ele! — seu rosto estava vermelho e viu um sorriso cínico no rosto de Marcelo e aquilo a irritou ainda mais. Ela riu alto, mas seu riso demonstrava toda sua raiva. — Isso realmente é um pesadelo — ela começou a andar pelo salão. Precisava acordar.

– Todos terão muito a aprender – Zin falou balançando a cabeça parecendo cansada. – Mas não haverá quem ensinar. Terão que aprender sozinhos. Terão que dominar seu medo, suas inseguranças, seu orgulho... dominar seu corpo e seu espírito.

– Ai meu Deus... é o *mestre dos magos*... – Eduardo suspirou encostando-se à cadeira. Aquela cena com uma mulher pequena, falando em enigmas o fez se lembrar de um desenho que assistia quando era criança.

– Não, não... – Zin sorriu. – Mas encontrarão magos com certeza e não confiem em todos eles, isso eu posso adiantar – seu rosto ficou sério.

– Era só o que faltava. – André falou desconfiado. Sua religiosidade não o permitia pensar em nada daquilo que ela falava, cosmo, magos...

– Como saímos daqui? – Marcelo passou a mão pelo cabelo. – Vi que há um abismo...

– Não vão conseguir ir a lugar nenhum antes que o Cosmo decida. Não conseguirão sair do reino.

– Quero ver quem vai me manter aqui! – Eric se levantou segurando o machado com ferocidade.

– Você perceberá que não é necessário ninguém para fazer isso, só você mesmo – Zin respondeu.

– Então... não voltaremos mais para casa? – Fernanda perguntou com os olhos cheios de água. Estava com dor de barriga, como não veria mais seus pais? Sua casa? Seus amigos? Suas coisas? Como poderia viver num lugar sem conforto? Sem shopping? Sem TV? Sem internet?

– Esta é sua casa agora, arqueira – Zin sorriu para ela.

Fernanda começou a respirar rapidamente entrando em pânico e Eduardo segurou em sua mão. Ela puxou a mão com força e se levantou andando e respirando com dificuldade, colocando a mão sobre o peito.

– Meu Deus! Meu Deus! – ela falava desesperada.

Adriana se levantou e foi até ela e segurou em seus ombros.

– Calma, Fe... vai ver como conseguimos sair daqui. – falou tentando passar uma confiança que não sentia. Também estava com medo, mas aprendera a não se desesperar.

– Não, Adriana! Ela está certa! Estamos presos! Ninguém vai nos encontrar! – Fernanda começou a gritar perdendo ainda mais o controle.

– Vocês estão cansados e confusos. Por que não tomam um banho quente e descansam? Perceberão que tudo parecerá melhor quando estiverem descansados – Zin não perdia a calma.

– E você foge no meio da noite e nos deixa aqui? – Mônica a olhou com raiva.

– Não, guerreira. Eu estou presa dentro desses muros. Não posso sair, mas não me importo agora que meu soberano chegou. Estou feliz em servi-lo – ela tocou na mão de Marcelo que estava sobre a mesa enquanto ele olhava para o copo à sua frente sem enxergá-lo realmente. As palavras pareciam ecoar distantes... – Senhor... sei que está aflito e há muito a fazer e a compreender. Mas a senhora precisa do senhor... – aquelas palavras o fizeram olhar para a velha. O que ela queria dizer com aquilo?

Eduardo e André, que ainda estavam à mesa, também se interessaram pelo que a velha falava.

– O que... quer dizer? – Marcelo perguntou estreitando os olhos.

– Leia a mensagem... – ela respondeu apontando para o rolo diante dele sobre a mesa.

Marcelo soltou a tira de couro que prendia o papel envelhecido e o esticou sobre a mesa sob os olhares de Eduardo e André. A mensagem estava escrita com letras bem desenhadas. Era curta e simples.

*"Missão para o Rei e seus súditos.*
*Para conseguir ultrapassar as fronteiras do reino devem desfazer o feitiço do sono, todos são importantes, ninguém conseguirá realizar nada sozinho. Quando aquela que está sob feitiço despertar, novos caminhos se abrirão."*

– Um enigma! – Eduardo falou admirado quando terminou de ler a mensagem. – *Bela* está enfeitiçada, é isso?

– E nós temos que descobrir como desfazer – André fez uma careta.

– Qual é o feitiço, Zin? – Marcelo dirigiu-se a ela com fúria.

– Eu não sou feiticeira, senhor! Sou apenas a guardiã do portal e sua serva! – ela respondeu assustada e ele viu que se exaltara demais.

Adriana, Mônica, Eric e Fernanda, que haviam se afastado da mesa, ouviram a discussão. Apenas Fernanda se manteve afastada, não interessava mais nada. Estava perdida, longe de casa, do conforto, suja...

– Então aquele *peso morto* está sob feitiço é isso? – Mônica falou com acidez.

– É o que está escrito – Marcelo respondeu, olhando-a sério. Aquela animosidade de Mônica com *Bela* já estava ficando preocupante.

Mônica se aproximou e leu a mensagem.

– Absurdo! Absurdo! – ela falava enquanto Adriana e Eric liam a mensagem.

– O que faremos? – Eduardo olhou para Marcelo. Não podia negar que Marcelo tinha uma autoridade natural. Sua avó dizia que um líder nato é facilmente reconhecido em um grupo. Marcelo não impunha nada, ao contrário, parecia não querer comandar ninguém, mas suas atitudes acabavam atraindo as pessoas. Foi assim quando se deitou no feno e as garotas o cercaram, foi assim quando decidiu fazer um reconhecimento do terreno e ele e Eric o seguiram. Foi assim quando saiu pela manhã debaixo de uma neblina que não possibilitava enxergar um palmo na frente do nariz, mas, mesmo assim, todos o seguiram.

Marcelo ficou parado olhando para as chamas da lareira. Não sabia o que fazer, mas não podia ignorar aquela mensagem. Feitiço era a única explicação para o estado de *Bela*, e como faria para quebrar aquele feitiço? A mensagem o colocava em xeque, pois dizia que não conseguiria nada agindo sozinho. Tudo aquilo era ridículo...

– Preciso de um banho – Marcelo disse se levantando.

– Eu vou sair daqui – Eric falou irritado segurando o machado.

– Eu também! – Mônica falou segurando a espada na mão e pegou uma capa de dentro de seu baú.

– Vou com vocês! – Fernanda falou com a voz fanhosa e pegou uma capa também. Eric as imitou e pegou a capa que estava dentro do seu baú.

– Fe... tem certeza? – Adriana perguntou aflita.

– Eu tenho que ir para casa – Fernanda colocou a capa nos ombros amarrando-a no pescoço.

Zin apenas balançou a cabeça e suspirou.

– Vamos, Adriana! – Fernanda apelou para a jovem cor de jambo. – Temos que procurar o caminho para casa! Vai acreditar em tudo que essa mulher disse?

Adriana estava muito confusa e indecisa. Olhou para a mesa e viu que Marcelo, Eduardo e André não fizeram menção de sair dali e seguir o grupo de revoltosos.

– Eu... não sei... – ela balbuciou e seus olhos se encheram de lágrimas. Não sabia o que fazer.

– Edu... – Fernanda olhou para ele e ele apenas balançou a cabeça negativamente. – Eu... não quis ser estúpida com você, me desculpe. – lágrimas escorriam pelo rosto dela.

– Vou ficar. – Eduardo respondeu e depois olhou para André.

– Vou ficar. – André falou baixo e olhando para a mesa. Não queria encarar o grupo que não aceitara o que estava acontecendo. Ele não acreditava muito naquilo que a velha dissera ou na mensagem. Não acreditava em feitiços, mas alguma coisa o fazia pensar que era melhor estar ali.

Marcelo ignorou o grupo que se preparava para sair. Se eles queriam ir embora e tentar achar o caminho para qualquer lugar que fosse, não era problema dele. Ele iria esperar, tinha de planejar o que fazer, não costumava agir por impulso. E o que mais o mantinha preso ali era o fato de que não iria deixar *Bela* indefesa, sob algum tipo de feitiço nas mãos de qualquer maluca.

— Deixem dois cavalos — ele falou sem se virar. Foi até seu baú, retirou de lá uma troca de roupas, a espada e a adaga e sumiu no corredor. Iria providenciar a água para o banho.

— Marcelo, vamos tentar encher aquela banheira usando aquela engenhoca? — Eduardo falou com ele e correu para o seu baú pegando também suas coisas. Depois se virou para o grupo que estava parado no meio do salão. — Pensem bem... sem banheiro, sem cama, no frio, sem comida... — fez uma careta e viu a insegurança passar pelo rosto de Fernanda, e então seguiu Marcelo. — Espere Majestade! — falou rindo enquanto caminhava pelo corredor.

André se levantou e encarou o pequeno grupo.

— Pensem naquilo que o Edu falou... — ele foi até o baú e pegou algumas roupas e o cajado. — se não querem acreditar em mais nada — disse e se afastou pelo corredor.

Adriana olhou para Fernanda e Mônica. Fernanda parecia perdida e indecisa, já não estava segura quanto a sair dali e olhava para a cesta com o resto de pães sobre a mesa.

— Não vou receber ordens daquele metido — Eric falou amarrando a capa sobre os ombros, caminhou até a mesa e pegou os pães enrolando-os em uma camisa que retirara do baú. — Súdito! Nem nesse mundo, nem em qualquer outro.

— Não vou receber ordens de ninguém! — Mônica afirmou furiosa. — Sei que vou achar o caminho para casa.

— Não seria melhor esperar o tempo melhorar? — Adriana falou ainda sem se mexer. — Tomamos banho, sentamos para conversar sobre o que está acontecendo! Vamos, gente! Não vamos agir pelo impulso! Não conhecemos a região! E se não encontrarmos comida? Água? Vamos dormir onde? No mato? Meninas! Pensem por favor! — olhou para Mônica apelando para o bom senso.

— Acha que vão mesmo embora? — Eduardo perguntou a André enquanto puxavam o balde de dentro do poço e o amarravam na corda que vinha do quarto de banho. Descobriram que o poço estava bastante cheio e que a água não tinha cheiro ruim, pelo menos.

— Só se forem loucos. — André respondeu e caminhou com o balde até perto da parede do castelo, onde havia uma saliência com um buraco na parte de cima, de onde pendia a corda que era presa à roldana no banheiro. Olhou para cima e viu Marcelo esperando. Fez um sinal e Marcelo içou o balde puxando a corda que passava pela roldana. Pegando um balde vazio que Marcelo mandara para baixo, voltou para junto de Eduardo no poço. — Olha essa neblina! — olhava para a paisagem que ainda estava muito branca. – Só loucos para sair num lugar desconhecido sem enxergar nada.

– Ficarei preocupado – Eduardo balançou a cabeça enquanto jogava o segundo balde para dentro do poço segurando a corda.

– Com a Fernanda? – André sorriu.

– Com todos – Eduardo respondeu sério. Gostava de Fernanda, mas realmente ficaria preocupado com o grupo todo se perdendo naquele lugar estranho.

– É... eu sei – André concordou.

– Mas, afinal... são todos adultos – Eduardo suspirou e levantou os ombros içando o balde cheio, não era um serviço fácil, pelo menos para um morador da cidade que jamais precisara se esforçar para conseguir água, era só abrir a torneira!

– O que acha da *sua Majestade*? – André perguntou pegando o balde cheio.

– Está confuso e preocupado. Também... já pensou descobrir ser o rei de um lugar como esse e com súditos como nós? – Eduardo e André riram.

Marcelo puxou o segundo balde com água e ouvia os dois rapazes rindo mais abaixo. Admirava-os por conseguirem manter o bom humor numa situação esdrúxula daquela. Ele, ao contrário, estava bem atordoado. Foram informações demais e muito confusas que o pegaram totalmente desprevenido! Rei? Um absurdo! Zin devia ser doida... Ele precisava pensar! Ao ouvir a risada dos dois, que nem piscaram em ficar com ele, tinha que assumir que estava aliviado por não ficar sozinho naquele castelo...

Ele havia colocado a água para esquentar no caldeirão sobre a lareira. O terceiro balde que terminava de içar serviria para temperar a água, deixando-a numa temperatura agradável. Pelo menos era assim que esperava. Ficou olhando para o fogo sob o caldeirão e pensando... Pouco depois, André e Eduardo entraram no quarto de banho.

– Obrigado – Marcelo agradeceu a cooperação. – Farei o mesmo por vocês – ele deu um raro sorriso enquanto tirava as roupas que cheiravam a fumaça e estavam sujas demais.

– O poço está cheio. – Eduardo comunicou. – O que achou da água? Pelo menos não cheira mal!

– Parece potável... mas não há coisa melhor, há? – Marcelo levantou os ombros.

– Ao menos podemos tomar banho quente. – André sorriu olhando para o caldeirão que já fumegava sobre as chamas.

– Marcelo, você se incomoda se já adiantarmos o serviço? – Eduardo sorriu indo até o buraco com a corda e o balde. – Assim já vai esquentando a água para o próximo.

– Sem problema. – Marcelo despejou a água quente dentro da banheira de madeira. O caldeirão pesava bastante e André o ajudou. Depois jogou a água fria aos poucos e deixou a água bastante quente, mas não iria arrancar-lhe a pele. Terminou de tirar a roupa e entrou na tina. Encontrara uma barra de sabão que deveria ser de banha de porco, não cheirava tão bem, mas poderia limpar a pele e tirar a fuligem e o cheiro de fumaça. O banho o ajudou a relaxar o corpo, mas trouxe uma terrível sensação de realidade... não estava sonhando. Mergulhou o corpo todo na água por um minuto, quando emergiu viu Eduardo que passava com o balde pelo aposento.

– Eles ainda não saíram. – Eduardo falou ao lado da tina.

Marcelo passou a mão esfregando o cabelo.

– Não são tão loucos assim. – ele falou e mergulhou a cabeça novamente tirando o sabão.

A porta foi aberta e Zin entrou carregando pedaços de linho. Ela parecia bastante à vontade e nem se incomodou em perceber o constrangimento no rosto dos rapazes.

– Só vim deixar isso aqui, senhor! Se precisar que esfregue suas costas... – ela ofereceu e Marcelo ergueu a sobrancelha.

– Pode sair, Zin, obrigado – ele falou e ela se virou para sair.

– Acho que eles não vão hoje – ela falou antes de fechar a porta.

– Marcelo... eu tenho que falar, cara... como você faz isso? Até a velha quer esfregar suas costas! – Eduardo riu. – Será que ela fará isso por mim? – fez uma careta e Marcelo acabou rindo também.

– Quer que eu mande ela esfregar suas costas? É minha serva e não irá me desobedecer... – falou com ironia.

– Não, Majestade, obrigado; mas se conseguir convencer uma de suas súditas com menos de 95 anos a fazer isso, agradecerei até o fim dos meus dias! – brincou.

– É capaz de elas fatiarem você com as armas que ganharam – Marcelo falou saindo da água e pegando um dos panos que Zin levara, enrolando-o na cintura.

– Por falar em armas... – Eduardo falou e ajudou Marcelo a tirar a água que usara no banho, pegando-a com balde e despejando-a dentro do buraco que servia como vaso sanitário. – Não sei como manejar uma espada – disse colocando o balde no chão e já tirando a camisa.

– Somos dois – Marcelo começava a vestir as roupas limpas. – Podemos treinar não acha? Assisti a alguns filmes e joguei alguns jogos...

– Eu também! Vamos treinar sim! – Eduardo se animou e jogou a água do caldeirão dentro da tina.

André entrou no quarto de banho.

– E então? É bom o banho?

– Incrível! – Marcelo sorriu. Sentia-se muito mais animado e relaxado. O que um banho não era capaz de fazer! Ele terminou de vestir a roupa que ganhara. Parecia que fora feita sob medida. A calça preta, a túnica de mangas longas preta com fios dourados, a bota que era seu número.

– Está elegante, Majestade – André sorriu e viu Marcelo fazer uma careta.

– Podem parar com isso, os dois – falou indo para a porta. – Vou lá encher os baldes pra você, André – disse e saiu fechando a porta.

No corredor, encontrou com Eric, Adriana, Fernanda e Mônica que se dirigiam silenciosos para os quartos. Queria ignorá-los, fazê-los perceber que não se importava se estavam ali ou não. Eric parou à sua frente bloqueando a passagem.

– Iremos quando a neblina dissipar – falou o encarando e Marcelo percebeu que ele tinha dificuldades em engolir o orgulho, assim com Mônica que o encarava desafiadora.

– Tudo bem – Marcelo o empurrou e passou, mas foi bloqueado por Mônica, que colocou a mão sobre seu peito e levantou o rosto para encará-lo. Seu rosto miúdo estava vermelho e ele podia sentir a raiva que ela segurava.

– Vou dormir no quarto com a cama grande. Aquela moribunda não precisa daquele conforto. Não sabe o que está acontecendo! Por que tem de ser tratada como... – ela parou de falar percebendo o que diria e viu os olhos verdes de Marcelo estreitarem-se ao olhar para ela.

– Vejo que é uma garota fina. Que se preocupa com o bem-estar de alguém que não pode se defender... – ele falou segurando no pulso fino dela. – quer a cama grande? Fique com ela! Mas se machucá-la sabendo que não pode se defender, serei obrigado a ser indelicado com uma mulher, coisa que não aprecio – a voz ameaçadora dele a fez tremer e ele soltou seu pulso. – Com licença – falou saindo em direção à escada.

Mônica respirou fundo e levantou o queixo. Abriu a porta do quarto de *Bela*.

O aposento estava iluminado apenas pela luz da lareira. Sobre a cama jazia a garota adormecida envolta por uma coberta de pele. Não sabia por que sentia tanta raiva dela. Claro que não iria jogá-la para fora da cama, quem ele pensava que ela era? Uma selvagem? Aproximou-se da cama e olhou para o rosto da garota. Era bonita e dormia placidamente. Seria mesmo um feitiço? E seria verdade que só conseguiriam seguir adiante quando a despertassem? O que haveria no baú destinado a ela? Respirou fundo. Sentiu-se mal por um momento pelo desejo que sentia de que ela estivesse morta, mas o rosto rosado mostrava o contrário. Tinha um aspecto de fragilidade e era por isso que não gostava dela. Aprendera que mulheres frágeis só sofriam, que os homens as usavam como bem entendiam e ela decidira que não seria usada novamente por homem nenhum.

– Como será que o feitiço pode ser quebrado? – a voz de Adriana a fez se virar. Mônica viu que Adriana e Fernanda observavam a cena com preocupação, não com raiva.

– Um beijo, quem sabe? Será que o *majestoso* não pensou nisso e já tentou? – Mônica fez uma careta.

– Podemos sugerir isso – Adriana sorriu. – Acredito que os rapazes não se negarão a tentar essa possibilidade... – levantou os ombros e viu que Fernanda ficou com o rosto vermelho.

– Eu quero tomar um banho – Fernanda falou saindo do quarto.

– Eu tenho pena dela... – Adriana falou olhando para *Bela* sobre a cama. – Já pensou se não acordar mais? É como estar em coma, não é? – balançou a cabeça.

– Pena... – Mônica murmurou e saiu do quarto. Adriana foi atrás dela e saiu fechando a porta.

## Capítulo V
## Um Rei e uma Bela Adormecida...

Marcelo e Eduardo consertaram a porta da frente do castelo. A tranca interna estava quebrada e, já que iriam dormir ali, precisavam garantir que ficariam seguros do lado de dentro. Eduardo disse que adorava trabalhos manuais e marcenaria. Contou que seu avô tinha uma oficina nos fundos da casa e vivia criando coisas. Marcelo descobriu que Eduardo perdera os pais quando tinha 8 anos e ele e a irmã viviam com os avós.

– Eles vão sofrer com meu desaparecimento... – ele balançou a cabeça preocupado. – se ao menos desse para mandar uma carta...

– Não quero ser pessimista, Eduardo, mas não vejo nem pombos por aqui para usar como correio, ou uma caneta ou um papel... – respirou fundo.

– Então a carta terá que esperar... – Eduardo falou e suspirou.

Adriana e André tinham ido alimentar os cavalos e colocar água no cocho.

– Você os convenceu a ficar? – André sorriu olhando para a morena jambo de olhos amendoados e lábios finos. Ela usava um dos vestidos que encontrara dentro do baú. Era verde, com a cintura alta e mangas longas amarradas por fitas verdes na altura dos cotovelos. Estava bastante bonita e seus cabelos crespos tinham sido ajeitados com um pente de madeira.

– Reforcei a fala do Edu e apelei para coisas como fome, frio e falta de banheiro – ela levantou os ombros enquanto colocava para os cavalos uma porção de grama, que André pegara de perto dos muros.

– Bem convincente...

– Acha que estamos presos aqui? – ela o olhou preocupada.

– Por enquanto.

– E sobre o tal feitiço? – ela perguntou alisando o pescoço da égua castanha que fora montada por Marcelo.

– Não consegui entender isso ainda – ele balançou a cabeça e ajeitou os óculos no rosto.

– E essa neblina um dia vai sumir? – ela apontou para a espessa parede branca junto aos muros.

– Quem pode saber? – ele levantou os ombros depois de despejar um balde de água no cocho.

– Você é bastante resignado, não? – ela sorriu olhando para ele.

– Só não alimento falsas esperanças...

– Vai tentar ir embora de novo, amanhã? – Fernanda perguntou a Mônica enquanto a ajudava a fechar o vestido azul que tirara do baú. Ele tinha a cintura alta e as mangas longas e o modelo era muito parecido com o que Fernanda usava, só que o vestido da outra era amarelo.

– Talvez. Só sei que não estou disposta a me tornar serviçal de ninguém – falou apertando os lábios.

– Ninguém disse que seríamos serviçais... – Fernanda a olhou séria e passou o pente de madeira nos cabelos de Mônica. Não havia espelhos por ali e uma ajudava a outra a se arrumar.

– Nem precisava, o que quer dizer *súdito*? – Mônica fez uma careta.

Fernanda ficou pensativa e não respondeu nada, enquanto olhava para os cabelos loiros de Mônica que prendia em uma trança. Pensava que sempre tivera pessoas que faziam tudo para ela e por ela. Ela tinha muitos empregados, que levavam café na cama, preparavam seu banho, cuidavam de suas roupas... Agora ela tinha que cuidar de si mesma, não havia espuma perfumada em seu banho e não havia cremes para a pele e cabelo. Ela suspirou profundamente.

Eric estava irritado. Não iria aceitar ser comandado por Marcelo, o Rei.

– Rei! – exclamou junto ao portão do castelo e cuspiu no chão. – Ridículo! – fora até ali para garantir que o portão ficaria fechado. Já que teria de ficar naquele lugar por pelo menos aquela noite, não iria ficar à mercê de prováveis bandidos. Poupara seu machado duplo de guerra e usara um velho machado para partir a madeira da carroça quebrada e fincara algumas tábuas apoiando o lado quebrado do portão. Não ficou muito bom, mas ele considerou que era o melhor a fazer naquele momento. Ajeitou a túnica verde que pegara no baú. Era uma roupa estranha, mas quente.

À noite todos estavam muito calados durante o jantar de sopa, vinho e pão. A comida era boa, apesar do cardápio repetido, mas, com o frio que fazia, sopa e vinho eram a combinação perfeita.

– Arrumamos a porta da frente – Eduardo, para variar, quebrou o silêncio.

– Alimentamos e demos água aos cavalos – André falou e sorriu para Adriana.

– Apoiei o portão junto aos muros, mas precisa de mais reforços – Eric falou olhando para seu copo.

O silêncio pairou novamente.

– Eu e Marcelo vamos treinar com espadas amanhã – Eduardo quebrou o silêncio novamente. – Será bom aprender a usar as armas. Alguém aqui já usou uma arma antes? – sorriu para o grupo que estava sombrio demais.

– Só de fogo – Eric falou e deu um sorriso sarcástico.

– Ouvi dizer que o machado é difícil de usar, parece que quando você começa a usar a força dele, fica difícil controlar – Eduardo comentou bebendo o vinho.

– Não sei nem como segurar um arco... – Fernanda falou baixo do outro lado da mesa. – Acho que machuca a mão – olhou para os dedos, as unhas que sempre foram bem pintadas, estavam desbotadas e lascadas.

– Enfiar a espada em alguém não deve ser difícil – Mônica falou mal-humorada.

– Não pretendo usar aquelas adagas... – Adriana falou olhando com desconfiança para o baú onde trancara suas armas.

Marcelo não se concentrava na conversa, pensava em como quebrar o feitiço. Ele girava o copo com vinho lentamente e olhava muito sério para o conteúdo rubro.

– Como quebrar o feitiço... – André falou e viu os olhos de Marcelo se voltarem para ele. Sabia que era naquilo que Marcelo estava pensando.

– Talvez o beijo do príncipe encantado – Mônica falou sarcástica olhando fixamente para Marcelo. – Ou de sua Majestade...

– Você tentou? – Eduardo perguntou animado olhando para Marcelo e recebeu uma careta mal-humorada de volta. – É verdade, Marcelo! E se for simples assim?

– Tente você – Marcelo entortou os lábios num sorriso e viu o rosto de Eduardo ficar vermelho.

– Eu vou tentar – Eric se levantou determinado e viu os olhos de Marcelo o fuzilarem, mas o *rei* não disse nada.

– Agora? – Adriana perguntou arregalando os olhos.

– Por que não? – ele levantou os ombros e caminhou para o corredor.

As garotas se olharam e correram atrás dele. Não queriam perder aquele espetáculo. Eduardo olhou para Marcelo, que não se mexeu, e então, correu atrás do grupo, precisava ver se daria certo.

– Não vai tentar também? – Marcelo olhou para André com o canto dos olhos enquanto virava o copo de vinho na boca de uma só vez.

– Sou celibatário – André sorriu e viu Marcelo arquear a sobrancelha. – Eu sou um seminarista, Marcelo... – ele suspirou após fazer a revelação. Há algum tempo se perguntava se fazia aquilo por que era o que queria ou se tentava agradar sua mãe. – Mas... não conte ao resto do pessoal, ok? Afinal aqui sou só mais um perdido... – levantou os ombros.

– Desde que não tente me converter... – Marcelo deu um meio sorriso.

– Não se preocupe – André sorriu de volta.

Eric entrou no quarto abrindo a porta com um estrondo. Na verdade gostava de um drama, de um espetáculo do qual fosse protagonista. O quarto estava iluminado pelo fogo da lareira e Zin deu um pulo no banquinho que ocupava perto da cama.

– Guerreiro? O que faz aqui? – ela perguntou e viu o restante do grupo entrar no quarto. Todos estavam curiosos e ansiosos.

– Vim beijar a *Bela* e ver se quebro o feitiço – ele se aproximou da cama.

– Meu senhor sabe disso? – ela colocou-se protetoramente entre a cama e o rapaz grande. Não parecia temê-lo de maneira nenhuma e tampouco sentir-se intimidada.

– Sai da frente, Zin – Eric a afastou tentando não ser estúpido demais. O que aquela velha fazia ali? Era um cão de guarda? Um dragão guardando a princesa? Ele olhou para o rosto delicado de *Bela*, sua pele era clara e aveludada, os lábios estavam rosados e pediam por um beijo. Ele puxou a coberta de pele revelando o colo exposto pelo decote do vestido branco que ela usava e depois tirou toda a coberta de cima dela.

– O que está fazendo? – Mônica se pronunciou irritada. Não gostava de *Bela*, mas não iria permitir que aquele ignorante se aproveitasse dela enquanto dormia.

– Verificando a mercadoria... – Eric deu um sorriso sardônico e passou a mão pela canela de Bela levantando o vestido lentamente.

– Eric. É só beijar. Não vamos permitir que desrespeite a *Bela*. – Eduardo falou sério e foi apoiado pelas garotas no quarto.

Zin saiu rapidamente do quarto e correu até o salão.

– Senhor... – ela falou com os olhos arregalados. – O guerreiro está pretendendo desrespeitar a senhora – cerrou as sobrancelhas ao ver que ele não se mexeu.

– Não tem mais ninguém lá? – ele falou olhando para o copo.

– Sim! Mas... vai permitir? – ela estava horrorizada.

– Vamos ver o que está acontecendo, Marcelo – André falou se levantando e Marcelo suspirou, levantou-se e foi atrás de Zin.

– Eric... – Eduardo parou ao lado dele e pegou em seu braço. A mão de Eric descansava na perna parcialmente descoberta de *Bela*. – Por favor – pediu sentindo que aquela situação poderia se agravar.

– Beija logo e cai fora – todos se viraram para a porta onde Marcelo estava encostado ao lado de André e de Zin que cruzara os braços diante do peito numa postura vitoriosa.

Eric o encarou desafiando e correu a mão pela perna de *Bela*.

– É o dono dela? – Eric sorriu malicioso.

– Não, mas isso não significa que vou deixar você se aproveitar – Marcelo não saiu do lugar e cruzou os braços diante do peito.

– Beije logo e vamos esquecer isso – André falou tentando contemporizar.

Eric viu que não era o momento para experimentar aquela pele macia e que ninguém o apoiaria naquilo que fazia, como seus amigos teriam feito. Então respirou fundo e se inclinou sobre o corpo de *Bela*, roçando o peito sobre os seios dela. Ele tocou os lábios quentes e macios com os seus e abriu a boca forçando a passagem da língua para a boca de *Bela*. A respiração dela era quente, mas ela não reagiu, nem nada foi alterado em seu corpo. Ela tinha um perfume e um gosto tão bons que o deixaram atordoado...

– Chega – ele foi puxado para trás por Marcelo e os dois se encararam. Todos olhavam para *Bela* e não viram alteração nenhuma em seu estado, a não ser os lábios que ficaram com a volta vermelha pela pressão do beijo que recebera.

– Você é um animal! – Mônica falou indignada e vermelha. Eric apenas sorriu para ela.

– Alguém mais vai tentar esse absurdo? – Marcelo falou olhando para Eduardo e André.

– Não – André falou e saiu do quarto.

– Eu... não tenho vocação para príncipe encantado – Eduardo falou com o rosto vermelho.

– Estão satisfeitas? – Marcelo olhou para as garotas, que estavam muito sem graça pela situação que ajudaram a provocar.

– Não vai beijar? – Mônica o olhou desafiando, não era de baixar o queixo para um homem, apesar de se sentir mal por ter sido uma telespectadora da situação provocada por Eric.

– Não gosto desse tipo de show – ele falou e viu Zin voltando a cobrir *Bela*.

Todos deixaram o quarto em silêncio e quando Marcelo foi sair, Zin o segurou pelo braço.

– Não pode deixar isso se repetir, senhor. Ela é sua senhora! – falou como repreenda.

— Ela não é minha senhora, Zin! Eu não a conheço e sequer sei seu nome! – respondeu irritado.

— Se a deixar desprotegida algo de ruim pode acontecer – ela balançou a cabeça desolada.

— O que quer que eu faça? Que durma aqui? – ele falou desconfortável com aquela situação.

— Sim. Não a deixe sozinha. Ela precisa do senhor e o senhor sabe disso – os olhos amarelos de Zin pareciam apertar-lhe o pescoço, talvez fosse isso que ela estivesse com vontade de fazer.

— Fique você aqui! Eu chamo alguma das meninas pra ficar com ela... – tentava se livrar daquilo que Zin queria estimular.

Zin suspirou vencida e voltou a se sentar no banco ao lado da cama.

— Vou pedir para Mônica vir dormir com ela – ele falou saindo do quarto. Sabia que Mônica queria dormir naquela cama. Ela não gostava muito de *Bela*, mas sabia também que ela não deixaria que Eric se atrevesse a tentar alguma coisa.

Eric desceu irritado para o salão. Não sabiam o que o estavam forçando a fazer. Não queria ter agido daquela maneira, mas a plateia o estimulou. Sentiu-se provocado a mostrar o que poderia fazer, a dar-lhes o show que esperavam, sempre foi assim... Sentou-se à mesa e encheu seu copo com vinho e bebeu num gole só, tornou a encher e a beber enquanto olhava para as chamas que crepitavam na lareira. Não podia perder o controle.

André entrou no salão e se sentou ao lado dele. Encheu seu copo com vinho e respirou fundo.

— Aquilo não vai se repetir, não é? – André indagou suavemente olhando para Eric, que nada respondeu. – Sabe, Eric... aqui nós não nos conhecemos. Somos estranhos e estamos obrigados a conviver e ficar debaixo do mesmo teto... Para piorar, agora estamos armados... – aquilo o preocupava. Eles estavam portando armas letais. Apenas seu cajado parecia não ser perigoso o suficiente, mas se ele precisasse bater na cabeça de alguém com ele, poderia ferir.

— O que quer dizer? – Eric o encarou.

— Que precisamos mostrar nosso melhor lado, tentar enfrentar esse desafio da melhor maneira possível. Você... assustou as meninas...

— É melhor assim – Eric falou seco e tomou mais um copo de vinho. Então se levantou. – Vou dormir.

André respirou fundo e ficou olhando para a lareira. Aquele era um batismo de fogo, com certeza...

Marcelo bateu na porta do quarto que as garotas ocupavam. Descobriu que elas tinham camisolões de tecido grosso, o que as fazia parecerem freiras. Ele levantou a sobrancelha e sorriu.

– Desculpem a intromissão... – ele falou junto à porta. – Gostaria de fazer um pedido.

– Pedido? – Mônica o encarou enquanto passava o pente de madeira nos cabelos loiros.

– Sim... alguma de vocês poderia dormir com *Bela*? Não sei se é bom ela ficar sozinha... qualquer coisa vocês gritam – ele sorriu e viu os olhares que elas trocaram. Estavam surpresas e admiradas.

– Por que você não fica? – Mônica falou com menos agressividade na voz. Marcelo era realmente um enigma para ela.

– Não é conveniente – ele respondeu simplesmente. – Nem todos os homens que estão aqui são irracionais – viu os olhos verde-escuros dela mostrarem surpresa, mas logo adquiriram aquela arrogância que parecia natural naquele rosto miúdo. – Só ficarei se nenhuma de vocês estiver disposta.

– Eu fico. – Mônica respondeu e o viu sorrir agradecido, como se esperasse aquilo dela. E se surpreendeu a sentir o corpo esquentar apenas com aquela impressão de que o agradara. Não era assim que ela tinha que responder aos homens. Respirou fundo, se virou para a cama e pegou a espada que deixara sob o lençol. Marcelo deu um sorriso torto e seus olhos verde-claros brilharam.

– Obrigado, Mônica. Boa-noite, garotas – ele falou e saiu do quarto, deixando-as com os corações acelerados e os rostos vermelhos.

– Ele é bonito, não? – Adriana suspirou colocando a mão sobre o peito. – Meu Deus! – ela falou e Fernanda riu. – Aquela roupa preta está... ai... – completou se abanando.

– Eu... vou fazer companhia para a insuportável dorminhoca – Mônica fez uma careta, pegou a espada e saiu do quarto.

Adriana e Fernanda se olharam.

– Acho que ela gosta dele... – Fernanda falou enfiando-se debaixo das cobertas quentes. Guardara debaixo do travesseiro, por precaução, uma das flechas que tinha uma pena preta na haste.

– E quem não gosta? – Adriana suspirou também se deitando e se cobrindo. As adagas devidamente colocadas sob o travesseiro de penas.

– E pensar que eu cogitei abrir mão de uma cama quentinha... – Fernanda aninhou-se entre as cobertas. – Obrigada Drica, por me convencer a ficar – sorriu.

– Disponha, Fe... – Adriana respondeu satisfeita consigo mesma. Conseguira manter o grupo ali, embora ainda não compreendesse o que se passava com Eric. Sentia como se ele estivesse o tempo todo tentando provar alguma coisa a alguém ou a ele mesmo. Sabia que tinha que manter um pé atrás com ele.

– Onde Zin dorme? – Eduardo perguntou com as mãos cruzadas atrás da cabeça e olhando para o teto de madeira.

– Na cozinha – André respondeu prontamente. Vira a pequena cama da velha junto ao fogão.

– Que vida solitária essa, não? – Eduardo falou penalizado.

– Agora não mais... – André sorriu e olhou para o teto que escureceu quando Eric apagou os archotes da parede e deixou apenas a lareira acesa.

Eric não falara com mais ninguém e também nenhum dos rapazes comentara o ocorrido.

– Devemos procurar um feiticeiro ou um mago... – Marcelo falou baixo e parecia mais falar consigo mesmo.

– Acredita que ele possa ajudar a quebrar o feitiço? – André perguntou e o ouviu suspirar.

– Se ele não puder, quem poderá? – falou e tocou na espada que estava ao lado da cama. Todos estavam dormindo acompanhados de suas armas. Confiança era um tópico que ainda precisaria de um tempo para se desenvolver. E parecia ser um objetivo impossível, principalmente depois da atitude de Eric.

O cansaço dominou a todos e, diferentemente da noite anterior, estavam aquecidos, alimentados e protegidos dentro do castelo. O som que ouviam era apenas o do estalar da lenha nas lareiras. Do lado de fora a neblina parecia encerrá-los dentro daqueles muros, aprisionando-os, forçando-os a dividirem o espaço, a lutarem com seus egos, limites e monstros internos...

## Capítulo VI

## Feitiço

Marcelo virava na cama de palha sem conseguir dormir. Tudo o que acontecera martelava em sua cabeça. Era o rei do quê? Ele nunca quis ser rei... ou quando era pequeno desejara aquilo? Gostou da espada e da adaga que ganhara e não sabia de quem, do Cosmo? Aquilo era absurdo... Ouviu Eric roncar, com certeza havia tomado muito vinho depois da besteira que fizera para se exibir. Fechou os olhos tentando dormir e o som da lenha queimando o ajudou a relaxar, por fim o sono o atingiu sem que percebesse.

Zin arrumara uma pequena cama improvisada ao lado da cama de *Bela*. Mônica se juntara a elas e deitou-se ao lado da adormecida. Pensando que Zin dormia, falou baixo: *Ele não vai ser seu, querida... sinto muito.* A velha apenas sorriu, aquela criança não fazia ideia de como o destino agia. Pouco tempo depois que Mônica se entregou ao sono, Zin viu pés delicados tocarem o chão de pedra. Arregalou os olhos para enxergar no escuro e sorriu. *Bela* levantou-se delicadamente da cama. A trança se soltou e os cabelos negros caíram pelas costas enquanto ela caminhava para a porta. Zin antecipou-se e abriu a porta para ela.

– Senhora... – falou baixo e pegou suavemente no braço dela. – Sei o que deseja – conduziu a jovem que caminhava adormecida pelo corredor.

Quem a visse ali na escuridão poderia julgar que era uma alma que vagava, um fantasma que assombrava aquele castelo. Zin abriu lentamente a porta do quarto dos rapazes e falou baixo:.

– Vá para seu Rei, senhora – dito isso, soltou o braço de *Bela* e ela caminhou entre as camas do quarto. Zin ficou observando da porta e sorriu quando viu que a jovem encontrou a cama de Marcelo.

Marcelo achava que acabara de fechar os olhos quando sentiu um corpo frio que se aconchegou ao seu. Sua primeira reação foi se afastar e viu pela luz vinda da lareira que *Bela* abraçava-se ao corpo dele. Ela havia despertado?

– *Bela*? – ele falou baixo e passou a mão pelo rosto dela e só a ouviu suspirar encostando o rosto em seu peito. Seu coração disparou. *Bela* o procurara no sono? Era isso? Ela caminhou até ele, para se deitar ao seu lado? Que droga de feitiço era aquele?

– Senhor? – Marcelo viu Zin, que apareceu ao lado da cama. – Ela dorme... mas precisa do senhor – falou baixo e depois saiu.

Marcelo respirou fundo e sentiu o perfume que vinha dos cabelos de *Bela*, sentiu a respiração quente em seu pescoço. Apertou-a nos braços e puxou a coberta de pele sobre eles e, embora tivesse duvidado que fosse possível, dormiu rapidamente.

A claridade que passou pela janela bateu no rosto de Eduardo. Ele abriu os olhos e espreguiçou. Ouviu o ronco que vinha da cama ao lado. Eric dormia um sono pesado. Na outra cama, André dormia de óculos. Eduardo se perguntou como ele conseguia. Ele se virou para o lado e piscou duas vezes antes de ter certeza do que via. Marcelo dormia coberto e abraçava *Bela*, que estava confortavelmente aninhada em seus braços. O rosto corado e em sono profundo.

– Ela acordou? – ele se perguntou confuso. Ou Marcelo teria ido até o quarto dela e a levado até ali? Não fazia sentido! O que acontecia entre aqueles dois afinal? Desde que saíram do celeiro, Marcelo assumira o cuidado para com *Bela*, protegendo-a do frio, carregando-a em seu cavalo... *Muito sinistro...* pensou e respirou fundo decidindo se deveria se levantar. Pelo que via pela janela sem cortinas ou vidros a neblina ainda estava lá, como se alguém tivesse jogado um lençol sobre as cabeças deles. O que quer que estivesse acontecendo parecia querer mantê-los presos ali. Sua avó diria que havia alguma lição a ser aprendida... ele só queria descobrir qual...

Mônica teve o pesadelo que a atormentava a maioria das noites. Aquelas imagens a faziam suar frio e a despertavam sentindo o coração disparado batendo na boca. A cama estava tão quente... pelo menos aquela noite dormira como merecia e não jogada sobre um monte de feno, com fome, com frio. Virou-se na cama e se sentou assustada.

– *Bela*? – chamou no quarto. Zin também não estava ali. Mônica desceu da cama rapidamente e quando seus pés descalços encontraram o chão de pedras sentiu o frio correr pelo corpo. Desejou ardentemente um chinelo. Correu para o corredor. Entrou no quarto das garotas, Adriana e Fernanda dormiam. Abriu a porta do quarto dos rapazes e parou chocada à porta. *Bela* dormia aconchegada entre os braços de Marcelo. *Bela* havia acordado e corrido para os braços de Marcelo?

Eduardo viu quando Mônica abriu a porta e ficou parada, pálida e perplexa, olhando para a cama de Marcelo. Ele se levantou e foi na direção dela. Puxou-a pelo braço para fora do quarto.

– Ela... – Mônica engoliu em seco. Seus olhos verdes brilhavam com lágrimas que não cairiam. – acordou? – perguntou olhando da porta.

Eduardo passou a mão pelos cabelos loiros ondulados e respirou fundo.

– Acho que não. Também me perguntei como ela chegou ali, mas não faço ideia. Talvez sonambulismo? – ele levantou os ombros e cruzou os braços. Estava frio ali no corredor e os pés descalços conduziam o frio do piso pelo corpo todo.

– É... – ela respirou fundo – safadeza, isso sim – ergueu o queixo e seus lábios tremeram. Eduardo não sabia se era de frio ou se ela estava prestes a chorar.

– Você estava dormindo com ela, não estava? – Eduardo perguntou e ela assentiu. – E não viu quando ela saiu da cama?

– Eu... dormi pesado demais. Estava tão quentinho e eu estava tão cansada... – justificou, mas tinha raiva de si mesma por não ter percebido que *Bela* saíra da cama.

– Será que Zin viu alguma coisa? – ele perguntou sabendo que a velha também dormira no quarto.

– Ela já se levantou, mas vai acobertar essa... essa... – apontou com raiva para a porta do quarto. – safadeza! Eu sabia que eles se conheciam e estavam nos enganando!

– Calma, Mônica, não sabemos o que aconteceu, não é? Vamos esperar o Marcelo acordar e então descobriremos – ele falou tranquilizador. – Agora é melhor calçar um sapato porque está frio demais aqui. Volte um pouco para a cama. Não temos compromissos mesmo, temos? – sorriu e a viu suspirar.

– Vou... deitar mais um pouco – ela anunciou ajeitando os cabelos para trás.

– Isso – ele sorriu e a viu se afastar pisando duro.

Estava muito frio, então ele voltou para a cama correndo e se cobriu. Não tinha nada para fazer mesmo...

Marcelo abriu os olhos e sentiu a presença reconfortante de *Bela* junto dele. Dormira muito. Estava tão cansado...

– *Bela*? – ele a chamou, mas ela estava naquele sono profundo. *Bela* havia caminhado dormindo para sua cama e aquilo o deixou assustado. Olhou para os lados, mas já não havia mais ninguém no quarto. Com certeza a esta altura já estavam falando um monte sobre a presença dela em sua cama. Fitou o teto por alguns minutos. Acreditariam nele? Mas também não estava preocupado com isso. Preocupava-se mais com a situação de *Bela*. O sonambulismo aumentava o perigo daquele feitiço.

Sentou-se na cama e passou a mão pelo cabelo. Dormira de calça e camiseta. Vestiu o resto da roupa, calçou as botas de cano longo que eram mais quentes e se levantou. Olhou para *Bela*, que dormia placidamente com os cabelos negros espalhados sobre o travesseiro de penas. O rosto levemente corado, os lábios rosados e ligeiramente abertos, o pescoço delicado, o colo evidenciado pelo decote do vestido branco que usava. Ele fechou os olhos e balançou a cabeça. Ela era um convite, mas ele apenas dormira com ela. Estaria bem de saúde?

Ele se inclinou, tirou a coberta de cima dela e a ergueu nos braços. Precisava levá-la de volta para a cama. Ela acomodou-se junto ao seu peito como uma gata. Controlando a excitação que aquilo causava e o coração que disparara no peito, Marcelo saiu com ela para o corredor.

Quando entrou no quarto de *Bela*, Mônica estava sentada na cama e o encarou como se fosse capaz de estraçalhá-lo. Marcelo colocou *Bela* na cama e a cobriu com o cobertor de pele.

– Veio devolver a mercadoria? – Mônica falou azeda com os braços cruzados diante do corpo. – *Não é conveniente! Nem todos os homens são irracionais!* – ela repetiu o que ele dissera na noite anterior – Vocês acham que estão nos enganando com essa coisa de feitiço? Acha que somos idiotas? Você e *essazinha* já se conheciam, não é? Agora ficam fazendo esse showzinho! – Marcelo estava parado em pé ao lado da cama e a olhava esperando que o acesso de raiva passasse ou pelo menos que ela falasse o que queria falar, afinal não havia dúvidas de que foi para isso que ela havia ficado esperando por eles.

– O que eu fiz pra você, nessa ou em outra vida, para que me deteste tanto? – ele perguntou com a voz calma. – O que *Bela* te fez? – a pergunta pareceu desconcertá-la por um momento e, logo em seguida, ela ficou de pé diante dele e o encarou levantando o queixo.

– Não gosto de ser tratada como estúpida – falou ríspida sem desviar os olhos dos olhos dele.

– Ninguém fez isso aqui, te garanto – ele falou franzindo o cenho. – Você não viu quando ela saiu da cama? Não estava aqui para ajudar a tomar conta dela? Por que eu pediria pra você dormir com ela se eu pretendia levá-la para minha cama? Você acha que *eu* sou idiota?

– Então... está dizendo que ela sonambulou até sua cama? Não errou de quarto e nem de cama? O que é isso? Cheiro do macho? – ela falou e ele respirou fundo e virou as costas. Não gostava de bater boca com ninguém.

– Não me importa se acredita ou não – ele falou e saiu do quarto deixando-a parada com o rosto vermelho e o maxilar contraído.

– Idiota! – ela gritou e depois olhou para a cama onde *Bela* dormia como se nada tivesse acontecido. – Sua vaca! – xingou e saiu batendo a porta.

Quando Marcelo entrou no salão todos o olharam com expressões estranhas no rosto. Zin sorriu e Eduardo também. Eric o encarava muito sério.

– Zin nos contou que *Bela* sonambulou essa noite e foi parar na sua cama! – Adriana falou admirada. – Ela acordou?

– Não – Marcelo respondeu sentando-se à mesa e pegando um pedaço de pão.

– Você a beijou? – Fernanda perguntou interessada e ele levantou uma sobrancelha, aquela garota era bastante estranha, tinha um humor que oscilava do desespero à animação sem grandes intervalos de tempo.

– Não – ele disse mastigando o pão. Já esperava as perguntas e acusações, mas não estava com muita paciência.

– Você é eunuco? – Eric se manifestou.

– Não e também não sou um pervertido exibicionista – respondeu seco encarando o fortão.

– Acha que precisamos de um mago ou feiticeiro? – André mudou o rumo da conversa.

– Alguém aqui conhece algum contrafeitiço? – Marcelo olhou em volta. – Olha... pra vocês pode parecer uma idiotice, mas minha preocupação é que um corpo que não se alimenta e não bebe água... perde a força – ele passou a mão pelo cabelo. – Já faz pelo menos três dias que ela está dormindo! Quanto tempo mais até que enfraqueça demais e... não acorde mais?

Todos se olharam sentindo-se culpados. Não estavam realmente se preocupando com *Bela*. Ela era apenas algo bizarro e que estava gerando um estresse entre algumas pessoas ali.

– Marcelo... – Eduardo falou com preocupação. – quanto tempo você acha...?

– Eu não sei, faltei na faculdade esse dia! – Marcelo falou nervoso. – Mas quanto você acha que consegue sobreviver sem beber água?

– Três... dias? – Eduardo respondeu inseguro. Não fazia a menor ideia.

– Não podemos tentar colocar água na boca dela? – Adriana também ficara preocupada. – Por menos que seja, pode ajudar.

– O senhor poderia tentar – Zin se manifestou e todos olharam para ela.

Mônica se sentara à mesa e não falara nada. Apenas comia um pedaço de pão. Perguntava-se se não estava fazendo um papel ridículo e por que estava reagindo daquela maneira. Há muito tempo decidira não se incomodar com o comportamento dos homens e a simplesmente ignorá-los. Mas tudo estava virado de pernas para o ar e ela se sentia perdida, com medo e não tinha em que se apegar.

– Como está o tempo hoje? – Marcelo olhou em direção às grandes janelas do salão.

– Encoberto, sujeito à neblina – Eduardo falou e levantou os ombros. – Igual a ontem...

– Vamos treinar – Marcelo bebeu um copo de água e se levantou. – Zin... tente dar água à *Bela*, por favor – pediu e ela assentiu e correu para atender ao pedido.

Marcelo e Eduardo subiram para o quarto e pegaram suas espadas. Já no corredor, encontraram Fernanda, que carregava o arco e uma aljava com dez flechas com penas pretas. Adriana e André os acompanharam e disseram que só iriam assistir. Mônica foi até o quarto, pegou a espada e desceu. Eric pegou seu machado e foi se juntar ao grupo.

# Capítulo VII
## Capas, Arco e Espadas

O pátio diante do castelo se transformou em campo de treinamento. Primeiro, Marcelo e Eduardo colocaram um pedaço de madeira em pé e Eduardo jogou um pouco de feno sobre a madeira e disse que eram os cabelos do alvo. Afastaram-se cerca de 40 passos e Eduardo fez uma marca no chão riscando um X com uma pedra.

Marcelo pegou o arco. Era leve apesar do apoio prateado com desenhos no meio. Não era muito grande e parecia mesmo perfeito para mulher. Ele tentou ajustar a corda e a tensionou várias vezes. Havia lido, certa vez, um livro sobre a Guerra dos Cem Anos. Uma guerra que foi vencida em grande parte por arqueiros. O autor fora bastante detalhista nas explicações sobre o uso do arco. Ele colocou uma flecha apoiando-a na corda e a puxou para trás, depois ficou de lado para o alvo e posicionou o corpo e a cabeça levantando o arco armado. Estendeu completamente o braço esquerdo segurando o arco na direção do rosto, pegou uma flecha e apoiou a ponta de metal entre os dois dedos junto ao arco e com dois dedos do meio da mão direita segurou a haste junto à corda e a puxou para trás. Não era muito fácil não, a corda resistia, mas ele a puxou mantendo o cotovelo direito levantado até sentir as penas da flecha roçarem em seu rosto, mirou nos *cabelos de feno* apertando os olhos fixando o olhar na vítima por sobre a ponta da flecha. Ele tinha que aprender para poder ensinar Fernanda. Rezou para que a flecha não caísse flacidamente aos seus pés. Então, liberou o dedo que apoiava a parte de cima da ponta da flecha e soltou a corda que bateu com força no antebraço esquerdo dele. A flecha voou com força e velocidade e passou a mais ou menos um metro acima do *cabeça de feno*. Mesmo assim, Marcelo, que esfregava o braço esquerdo onde a corda batera, foi ovacionado por Eduardo, Fernanda e Adriana. Respirou fundo, pediu mais uma flecha e ajustou a mira. Ele acertou no topo do *cabeça de feno*. Ficou surpreso e satisfeito consigo mesmo. Não esperava que fosse capaz...

Ele olhou para Fernanda, sorriu e piscou. Ela ficou vermelha. Ele ainda atirou mais algumas vezes e pensava com pena nos dedos delicados e no braço de Fernanda. Ela iria se machucar. Marcelo conseguiu acertar seis de dez tiros e já estava satisfeito.

– Sua vez – ele falou e Fernanda foi até a marca no chão.

– Parece tão difícil! – ela falou rindo.

– É difícil. E pode doer no braço e nos dedos... – não iria mentir. – Eu dei sorte! – brincou e estendeu o arco para ela. Ajudou-a a armar e segurar o arco diante do corpo, mostrou como posicionar os dedos e disse que o truque estava na puxada de corda que ela conseguisse fazer. Ficou às costas dela e acompanhou seus movimentos apoiando-a com seu braço e sua mão. Ajudou-a a tensionar a corda com o rosto muito próximo ao dela. – Puxe com toda a força que conseguir, mas mantenha o cotovelo elevado. Consegue? – ele falou junto ao ouvido esquerdo dela e ela ofegou, sentindo seu corpo arrepiar.

– Vou tentar – ela falou segurando a corda do arco com a mão trêmula. Marcelo colocou a mão sobre a dela e a ajudou a puxar a corda, ajeitou os dedos dela junto às penas. O coração de Fernanda queria saltar pela boca.

– Não mire muito alto... Olhe para o alvo através da ponta da flecha, ok? – ele instruiu e se afastou.

Fernanda ficou segurando um pouco a corda, seu braço tremia e ela soltou a flecha, que saiu torta e caiu um pouco mais à frente. Ela baixou o arco e sorriu sem graça, esfregando o braço que levara um chute da corda.

– Você foi bem para uma primeira vez... – Marcelo a animou e a ajudou mais duas vezes. Fernanda já havia enrolado boa parte do tecido da manga de seu vestido na região de seu antebraço que era atingida pela corda, protegendo-o. Na terceira tentativa a flecha ficou a poucos passos do alvo. Ele então a deixou lutando com sua arma e pegou sua espada. – Eduardo... – ele apontou a espada para o rapaz loiro e ele sorriu animado.

– Não precisa pegar na minha mão ou falar junto ao meu pescoço... – Eduardo fez uma careta.

– Nem se minha vida dependesse disso – Marcelo sorriu.

Viram que Eric brandia seu machado de um lado para outro tentando controlá-lo. Ele parecia cortar uma árvore invisível e tinha uma aparência realmente perigosa. Mônica o observava sentada junto à carroça quebrada com a espada apoiada no colo. Marcelo se aproximou dela.

– Quer aprender com a gente? – perguntou mostrando Eduardo que sorria ao seu lado.

– Posso machucar vocês – ela fez uma careta irônica.

– Não duvido – Marcelo sorriu e ela se levantou.

As espadas eram diferentes em tamanho e espessura. A espada curta de Eduardo parecia mais robusta, como um gládio, a de Mônica tinha uma lâmina mais fina e estreita e era um pouco mais longa. A espada de

Marcelo era longa, com uma lâmina fina com fio dos dois lados; era para cortar, e sua ponta afiada indicava que ela também era para espetar, era uma arma letal. Sua mão encaixara-se perfeitamente no punho negro e dourado. Ele a colocou nos escombros da carroça.

– Primeiro com algo menos letal – falou e pegou um pedaço de madeira de dentro da carroça e o brandiu diante do corpo.

– Ficou com medo, é? – Mônica sorriu e foi o primeiro sorriso espontâneo que Marcelo viu em seu rosto.

– O que posso fazer? – ele sorriu levantando os ombros.

Eduardo também trocou sua espada por um pedaço de pau. Com certeza era melhor ter um hematoma do que um pescoço cortado.

– Eric? – Marcelo olhou para ele e o convidou a participar da luta.

Eric, com o rosto sério, os estudou por um minuto segurando o machado nas mãos. Marcelo levantou os ombros e se virou para Eduardo.

– Vamos ver se o que fizemos em videogame pode ser verdade... – ele sorriu e Eduardo preparou a arma.

Os dois começaram a treinar golpes como se fossem crianças brincando. Com certeza os pedaços de madeira não tinham o mesmo peso das espadas, mas precisavam treinar movimentos. Não sabiam exatamente o que fazer, mas intuíam que tinham que prever os movimentos do outro e esquivar de golpes e deferir golpes em lugares desprotegidos do oponente. Batiam os pedaços de madeira um contra o outro, riam e gritavam como se fossem verdadeiros guerreiros. Eduardo acertou um golpe no braço de Marcelo, aquilo doeu e ele percebeu que valorizava mais seu lado esquerdo e que aquilo teria que ser corrigido. Em compensação ele acertou as pernas de Eduardo e seu oponente saiu mancando e pediu um tempo enquanto esfregava a perna vigorosamente, mas aproveitava para retomar o fôlego.

Mônica apareceu diante de Marcelo com um pedaço de pau e o encarou com um sorriso assassino no rosto. Ele levantou a sobrancelha e sorriu com o canto da boca. Ela era vigorosa e tinha o claro objetivo de tentar causar o maior número de danos possível nele e sequer disfarçava suas intenções. Marcelo agradeceu por ela não estar segurando uma espada de verdade. Mônica era uma garota miúda, mas tinha uma fúria que se refletia nos olhos verde-escuros que não deixavam de encará-lo.

Os braços de Marcelo ficaram doloridos de tanto aparar os golpes fortes que ela lhe dirigia. Ela estava levando aquilo bastante a sério. Quando finalmente ela baixou o pedaço de pau respirando acelerado e com o rosto vermelho, Marcelo conseguiu retomar o controle da respiração. Mas o pior ainda estava por vir...

Eric aceitou o convite para se juntar ao grupo e pegar o pedaço de pau que Eduardo largara para se recuperar. Ele parou diante de Marcelo e estreitou os olhos num desafio.

– Só um minuto... – Marcelo falou apoiando as mãos nos joelhos para buscar a respiração. Eric era forte, muito mais que Eduardo, e tinha uma fúria como a de Mônica, e Marcelo precisava se preparar. Sabia que iria apanhar, mas nunca fugira de uma briga. Ele não as provocava, mas não saía delas sem causar danos.

Prevendo que aquele confronto poderia não ser apenas um treinamento, todos se voltaram para os dois no meio do pátio. Fernanda, que já estava com os dedos ardendo e ainda não conseguira atingir o *cabeça de feno*, apoiou seu arco no ombro e sentou-se com o grupo ao lado da carroça.

Marcelo passou a mão pelo cabelo puxando-o para trás. Estava suado apesar do frio. Os músculos de seus braços e pernas queimavam, queria parar, tomar um banho, mas se desistisse agora daria uma vitória a Eric, que torcia para desmoralizá-lo.

Então ele apertou o pedaço de pau na mão, ergueu o corpo, respirou fundo e encarou seu oponente, estudando-o por um minuto primeiro. Eric era um pouco mais alto do que ele, tinha o peito largo e braços bastante musculosos, deveria frequentar alguma academia. Talvez os músculos fossem apenas uma fachada e não haveria realmente alguma força neles, mas não podia apostar todas as suas fichas naquilo.

Então Eric o atacou e ele era realmente forte. As mãos de Marcelo estavam doendo de tanto apertar a madeira e ele teve que pressioná-la ainda mais para aparar os golpes de Eric e investir contra ele. Concentrava-se e procurava dirigir raiva para seus braços cansados e talvez, só por isso, conseguiu manter uma luta com seu pior oponente por 20 minutos, mas que pareceram durar um dia inteiro. Eric o acertara no flanco direito que ele negligenciava. Acertou junto às costelas e no braço e Marcelo o acertou no braço e na perna obrigando-o a se ajoelhar por um segundo. Eric ficou furioso e assim que levantou bateu com força no braço direito de Marcelo. Foi uma pancada forte e Marcelo foi obrigado a largar o pedaço de pau.

Eric venceu e sorriu ao ver o *Rei* perder sua *espada* e segurar o braço machucado praguejando. Provara a todos que estavam assistindo que não era um idiota e que não abaixaria a cabeça para aquele suposto monarca que se achava o maioral.

– Paramos por hoje, não? – Eduardo parou ao lado de Marcelo, que apenas assentiu apertando o braço que latejava. – Vamos encher aquela banheira – ele olhou para André e os dois se apressaram até o poço.

Adriana foi até Marcelo e lhe entregou sua espada.

– Você lutou muito bem, Majestade – sorriu calorosa.

– Oh, sim! Muito bem! – Fernanda falou ao lado dela e também lhe ofereceu um sorriso cordial.

– Obrigado, meninas... – ele piscou e sorriu para elas.

– Não deveria ter insistido tanto – Mônica se aproximou observando as mãos dele, que tinham marcas de sangue. – Não precisa ser bom em tudo – ela deu de ombros.

– Quer dizer que sou bom em alguma coisa? – ele brincou brindando-a com um sorriso torto.

– Quem sabe? – ela respondeu com uma careta, mas seu rosto ficou vermelho.

Marcelo olhou para Eric. Ele tinha que reconhecer que era um ótimo oponente e nem quis imaginá-lo usando aquele machado.

– Você é bom, Eric – ele falou e viu a surpresa cruzar o rosto vermelho de Eric e aquilo o deixou satisfeito.

Eric ficou olhando Marcelo se afastar cercado por Adriana e Fernanda que pareciam competir para ver quem ia cuidar dele. Ganhara aquela luta, mas não o respeito do grupo e aquilo o deixou com uma sensação péssima.

– Tentou humilhá-lo, não foi? – ele se virou ao ouvir Mônica ao seu lado. Ela o encarava com os olhos verdes brilhantes.

– Só queria lutar – falou indo até a carroça para pegar seu machado.

– Mas ele já estava cansado, havia lutado antes e você estava descansado, não creio que tenha sido uma luta justa – ela falou apertando os olhos e viu que ele ficou atordoado com o que ela dizia, talvez por que fosse verdade.

Eric respirou fundo e olhou na direção da porta do castelo.

– Se ele é o Rei, deve estar pronto para isso não acha? – falou com sarcasmo girando o machado nas mãos.

– Acho que você tem muito o que aprender, Eric. – ela falou e caminhou para a rampa, entrando no castelo.

Marcelo olhava para as mãos feridas enquanto deixava o corpo relaxar dentro da tina com água quente. Deveria ter declinado da última luta, mas estava satisfeito apesar de ter sido derrotado e se surpreendeu ao se dar conta de que, enquanto estavam lá no pátio, treinando, não pensara em sua casa, em como fora levado para aquele lugar e com qual propósito. Riu de si mesmo ao se lembrar de que se sentira o Rei...

Ele passou no quarto de *Bela* e Zin contou que ela não engolira a água. Ele ficou preocupado.

– Zin... pode ser que a pessoa enfeitiçada não precise disso, não é? – perguntou pensando nas histórias infantis que conhecia, nas quais uma princesa pôde ficar adormecida por cem anos... e outra que ficou fechada por dias num caixão de vidro.

– Não conheço esse feitiço senhor – ela balançou a cabeça.

– Mas, conhece algum feiticeiro? Algum mago? – indagou voltando a pensar em como quebrar aquele feitiço.

– Do outro lado do bosque há uma feiticeira. O nome dela é Meg...

– Como... faço para chegar lá? – ele se animou com a perspectiva de ter uma feiticeira que pudesse quebrar aquele encanto.

– Senhor... o bosque guarda perigos... – ela o olhou preocupada e viu as mãos feridas dele. – Sente-se pronto? – os olhos amarelos da pequena mulher o investigavam interessados e esperançosos.

– Não, mas vou ficar, Zin... – ele respondeu pensativo e olhou para as mãos. – Eu vou ficar.

– Tenho certeza que sim, senhor – ela sorriu confiante. – Agora é melhor se alimentar e descansar. Fiquei feliz ao ver que começou a conquistar o respeito de seus súditos – tocou no braço dele.

– Não diga isso a eles – ele deu um largo sorriso.

– Como quiser, senhor! – ela respondeu com cumplicidade.

Todos pareciam mais felizes e animados no jantar, que foi novamente sopa, pão e vinho. Comentavam seus progressos com as armas. Eduardo disse que era um sobrevivente, mas sentia-se mais forte e queria treinar com a espada novamente. Fernanda dizia que, apesar de seus dedos terem ficado vermelhos e doloridos e seu antebraço estar ardendo, ela sentia que conseguiria acertar o *cabeça de feno* no dia seguinte. Ninguém falou em ir embora, apenas faziam planos para o futuro.

– Há uma feiticeira do outro lado do bosque... – Marcelo falou olhando para eles sobre seu copo de vinho. – Zin me disse que ela se chama Meg, mas que passar pelo bosque é perigoso... – agora tinha a atenção de todos à mesa.

– Que tipo de perigos? – foi Eric quem perguntou interessado.

– Não sei... – ele levantou os ombros. – sabem como ela gosta de falar por enigmas...

– Quando iremos? – Mônica falou mostrando disposição.

– Temos que planejar. Dar uma investigada no bosque primeiro... – Marcelo falou sério.

– Mas com essa neblina... – André disse comendo um pedaço de pão.

– Ela vai passar, tenho certeza! – Adriana falou tentando animar mais o grupo para aquela incursão.

— Mas amanhã terá neve — Zin apareceu no salão segurando mais um jarro com vinho.

— Como sabe? — Marcelo perguntou olhando para a velha pequenina.

— Eu vivo aqui há bastante tempo para saber — ela respondeu levantando os ombros.

— Quanto tempo está aqui, Zin? — André perguntou e ela sorriu exibindo os três dentes.

— Mais do que pode imaginar...

Todos se olharam, mas ninguém iria ser indelicado de perguntar a idade da velha.

Mônica se deitou com *Bela* novamente. Zin dormia ao lado da cama. Mônica estava cansada, seus braços, pernas e costas doíam por conta do treinamento. Havia jogado muita raiva naquele pedaço de pau com que atacara Marcelo. Tinha que assumir que ele era bom e não a tratou com agressividade, apesar das investidas violentas que fizera contra ele. O que mais a deixou confusa foi que ele não tentou dominá-la. Ela esperava aquilo dos homens. Não acreditava que eles podiam ver as mulheres como capazes de realizar as mesmas coisas que eles. Aprendera a não confiar nos homens nem acreditar nas mentiras que sempre diziam... Para ela, Eric representava tudo aquilo que odiava e agora se via obrigada a conviver com ele e tentar ser cortês, mas ninguém sabia como aquilo era difícil. Surpreendera-se ao se ver torcendo por Marcelo enquanto ele e Eric lutavam, pois decidira de antemão que nenhum dos dois devia vencer. Surpreendeu-se ainda mais ao ouvir Marcelo elogiando o troglodita... será que ele fazia aquilo para aparecer? Para conquistar as mulheres? Fernanda e Adriana o olhavam com encantamento total! E o rosto vermelho de Fernanda quando Marcelo a segurou encostando seu corpo ao dela, pegando em suas mãos e falando em seu ouvido? Muitas garotas são mesmo *babaças*! Virou-se irritada. Então ela viu, surpresa, *Bela* sentar-se na cama. Os cabelos negros caindo em ondas pelas costas.

— *Bela*? — ela a chamou, mas a adormecida não se mexeu ou se virou. — *Bela*?

Mônica saltou da cama e ficou diante dela. *Bela* estava com os olhos abertos, mas não viam nada. Os olhos dela eram lindos! Através da luz que vinha das chamas da lareira, Mônica achou que fossem cor de violeta. *Bela* se levantou.

— Senhora! — Zin despertou e colocou-se de pé ao lado dela. *Bela* caminhou para a porta.

– Não abra! – Mônica falou diante da porta. Não ia deixar *Bela* sair do quarto para se jogar nos braços de Marcelo. Não de novo!

– Ela precisa dele, guerreira – Zin falou séria.

– Não, não precisa... pra quê? Aqui está quente e... – Mônica sentiu a mão suave de *Bela* que tocou sobre a sua que estava na pequena tranca de madeira da porta.

– Por favor, guerreira – Zin disse empurrando Mônica para o lado.

– Então foi você quem a levou para o quarto? – Mônica fuzilou a velha com os olhos e Zin nada respondeu. – Abra a porta então, mas não vai levá-la ao quarto, quero ver se ela foi mesmo sozinha... – ela falou ácida e Zin abriu a porta liberando a passagem para *Bela*, que saiu para o corredor.

Mônica foi atrás dela e, com horror e surpresa, a viu ir para o quarto de Marcelo. Zin adiantou-se e empurrou a porta para que ela entrasse e disse.

– Vá para seu Rei... – e ela foi.

Marcelo estava todo dolorido, todos os músculos de seu corpo doíam e suas mãos e braços machucados latejavam. Zin passara emplastros, mesmo assim ainda doía, mas ele dormiu assim que colocou a cabeça no travesseiro. Sonhava que lutava usando a espada, quando sentiu aquele perfume e calor já tão conhecidos. Abriu os olhos e viu *Bela*, que se deitara e se aconchegara em seu peito.

– *Bela*? – ele falou acariciando os cabelos negros. Mas ela já estava com os olhos fechados e aninhada diante de seu corpo. Ele suspirou e puxou a coberta sobre eles, a abraçou e dormiu.

Zin puxou Mônica pelo braço e fechou lentamente a porta.

– Ela está segura agora, guerreira – ela falou conduzindo a jovem atordoada pelo corredor.

– Meu nome é Mônica! – ela falou irritada e caminhou pisando duro no chão de pedras. Entrou no quarto, jogou-se sobre a cama e enfiou o rosto no travesseiro. Sentia ódio daquela *ridícula adormecida*, ódio de Marcelo e ódio de si mesma por se deixar afetar tanto por aquilo. Não estava se reconhecendo. Gritou abafando o som entre as penas.

# Capítulo VIII
## A Porta Fechada

A neve veio de madrugada. Quando Eduardo acordou viu os flocos brancos que passavam pela janela. Aquela visão o fez pensar muito antes de sair debaixo do cobertor quente, mas também estava curioso para ver neve, quem não ficaria? Afinal morava num país tropical e numa região onde jamais nevaria. Olhou para o lado e viu que a visitante noturna dormia com Marcelo novamente.

– De novo? – André falou se sentando na cama ao lado e apontando para a cama de Marcelo. Eduardo levantou os ombros e eles sorriram. – É melhor ele ir dormir lá...

– Será que a Mônica vai deixar? – Eduardo falou entortando os lábios.

– Está nevando! – André olhou admirado para a janela e se levantou animado. – Preciso ir ver isso de perto!

Eric acordou e esfregou o rosto. Fez uma careta quando viu o casal na cama ao lado e se levantou. Eduardo vestiu a túnica azul se preparando para deixar o aposento quente.

– Precisamos cortar lenha para alimentar essas lareiras, senão vamos congelar aqui dentro. Tenho umas ideias também para cobrirmos essas janelas e para fazermos o uso racional da água. Não sabemos a profundidade do poço, não é? – Eduardo falou animado colocando as botas com canos altos.

– Tá pensando em ficar por aqui? – Eric perguntou enquanto calçava as botas.

– Eu *estou* aqui e não custa melhorar nossa qualidade de vida, não? – Eduardo levantou os ombros.

– Temos que nos preocupar com a comida. Vi que as batatas e cenouras que estão no depósito não durarão muito e a carne que está salgada também está acabando. É muita gente comendo... – André completou colocando a capa clara sobre o corpo.

Marcelo despertou com a conversa e liberou suavemente o corpo quente de *Bela*. Cobriu-a e se sentou na cama passando a mão pelo cabelo. As mãos e os braços doíam.

– Bom-dia, Majestade! – Eduardo falou sorrindo. – A princesa veio visitá-lo novamente?

Marcelo apenas levantou a sobrancelha. Viu que nevava. Zin estava certa.

– Talvez seja melhor trancar o quarto – Eric falou com ironia.

– Talvez seja melhor ele dormir no quarto dela – André corrigiu Eric.

– Eu estava aqui falando pra eles sobre umas medidas que temos de tomar para melhorar nossa estada aqui, Marcelo. Acho que podemos dividir as tarefas e as responsabilidades, assim não faltará lenha, água e comida – o rosto de Eduardo ficou sério.

– Conversamos na mesa do café, quando todos estivermos juntos – Marcelo levantou esticando o corpo dolorido.

– Café... o que eu não daria por um café quente... – André suspirou. – Gosto de chá, mas sinto falta do café, do leite, de um pão francês... de feijão, arroz e um bife acebolado...

– Faça como eu... – Eduardo riu – quando comer a sopa, imagine que seja um prato de estrogonofe!

Naquela manhã eles não treinaram, a neve cobrira o pátio com um fino tapete de gelo. Eles sentaram para planejar. Eduardo contou sobre seus planos e Marcelo admirou sua disposição e brincou:

– Primeiro-ministro... acha que daremos conta? – Eduardo gostou do título e sorriu sentindo-se bem em poder expor sua opinião. Não era sempre assim que acontecia. Seu avô era um homem muito rígido e não aceitava outras opiniões e Eduardo gostava de falar, e muito. Tinha ideias que tentava demonstrar, mas o avô dizia que ele deveria se dedicar a se tornar um ótimo advogado, embora não fosse aquilo que Eduardo desejasse, mas não havia opções para ele. O avô, aposentado, tinha como *hobby* a marcenaria e algumas vezes deixava Eduardo fazer alguns trabalhos, mas na maioria das vezes, permitia que somente observasse.

– Sim, Majestade – Eduardo respirou fundo e sorriu. – Se dividirmos as responsabilidades, nossa vida ficará mais fácil – viu os olhares de alguns ali à mesa que não pretendiam ficar tanto tempo, mas, mesmo assim continuou. – Precisamos economizar a água do poço para não ficarmos sem... então, se pudermos aproveitar a água do banho o máximo possível... vejam bem... o que temos feito esses dias? Cada um usa três baldes de água e então a jogamos fora... eu vi uma tina velha atrás daquele pequeno estábulo, podíamos armazenar a água para lavar as roupas, por exemplo e duas pessoas podiam aproveitar pelo menos os mesmos dois baldes de água para o banho... – então, ele discorreu sobre o uso racional da água e da lenha.

– E tem a comida... – André tomou a palavra depois. – eu visitei o depósito. Seria bom fazer um levantamento exato do que temos. Não sei como Zin recebe os alimentos, não há plantações, pelo menos aqui dentro dos muros. Temos três porcos lá atrás e meia dúzia de galinhas, mas somos oito pessoas...

– André, converse com Zin e descubra o que podemos fazer – Marcelo pediu animando-se com a disposição dos dois para tornar aquele lugar mais confortável. Ele ainda tinha um pouco de dificuldade de pensar em trabalhar em grupo, mas lutava contra aquilo. A mensagem no pergaminho dizia que ninguém conseguiria nada sozinho... e a cada dia que passava mais tomava consciência daquilo.

Foram dois dias de neve e organização. Na tarde do segundo dia, Eduardo e Fernanda chegaram ao salão animados e chamaram o grupo.

– Conhecemos a torre – Eduardo sorriu segurando o que parecia ser um instrumento musical nas mãos. Era um suporte de madeira semelhante a uma bandeja, sobre ele havia cinco cordas que pareciam ser de crina de cavalo, que de um lado eram presas com pequenos pregos e do outro possuíam cravelhas de madeira. Era uma espécie de harpa.

Marcelo olhou para Eduardo e apenas sorriu. O tagarela era muito curioso e aquela torre o intrigara desde que chegaram. Zin dissera não haver nada lá, mas não o convencera. Então convencera Fernanda a acompanhá-lo numa pequena exploração.

– Deixa eu ver! – André se levantou animado e pegou o instrumento da mão de Eduardo e testou o som das cordas. Era um som suave e ele começou a afinar o instrumento, mostrando que tinha habilidades musicais. – Música! – disse feliz e tentou tocar alguma coisa. Não era um som muito bom, mas serviu para animar o grupo.

Adriana e Fernanda mostraram que tinham belas vozes e começaram a cantar algumas canções populares enquanto bebiam vinho diante da lareira. Poderia até parecer que eles estavam de férias em algum hotel rústico ou pousada. E por algumas horas eles se distraíram.

Depois do interlúdio musical, os rapazes subiram até a torre para verificar as descobertas da dupla. A entrada ficava em um pequeno corredor que saía da cozinha. Era um ambiente muito escuro. Os rapazes acenderam duas tochas no enorme fogão a lenha e adentraram o prédio. A escada de pedras subia em espiral através das paredes úmidas. Era um lugar frio e bastante sinistro. Subiram vários metros.

– Você trouxe a Fernanda para essa escuridão? – Marcelo perguntou a Eduardo, que subia as escadas atrás dele. O tagarela era bastante esperto.

– Nós só viemos explorar... – Eduardo respondeu sem graça. Na verdade foi muito bom ficar sozinho com Fernanda explorando aquele lugar, mas não fizeram nada além de conhecer o lugar e conversarem sobre a experiência que passavam ali.

– Exploração, claro... – Eric falou com ironia. Via como os dois não se largavam, apesar de não demonstrarem nada mais do que camaradagem, mas ele sabia onde aquilo iria acabar...

Eles alcançaram o único andar que havia naquele prédio e viram a janela quadrada que tinham avistado do lado de fora. Do outro lado, havia duas portas de madeira, uma delas estava aberta e um archote queimava lá dentro. Foi onde Eduardo e Fernanda encontraram o instrumento de cordas, ferramentas, tecidos e o que parecia uma máquina rústica para tecer. O quarto tinha muitas bugigangas, o que parecia divertir Eduardo, que falava demonstrando a utilidade de várias peças e pedaços de armas velhas. Eles encontraram uma navalha com cabo de madeira, estava um pouco enferrujada, mas amolada serviria para que eles fizessem as barbas que já começavam a cobrir os rostos. Encontraram também um baú com várias peças de ouro. Eric confirmou a qualidade do metal, depois de verificar sua textura, peso e resistência. Ele sabia reconhecer metais e pedras preciosas, afinal era isso que seu pai fazia, comercializava ouro e pedras. Apesar de deixar bem claro para o pai que não seguiria sua profissão, aprendera desde pequeno a identificar os produtos que tornaram sua família bastante rica.

As moedas foram cunhadas de maneira tosca, rudimentar. Eram muito grossas e cheias de rebarbas, em uma das faces havia um desenho que se parecia com um número oito alongado, como o símbolo para *infinito*, que fora riscado com algum prego ou objeto pontiagudo.

– Temos uma pequena fortuna aqui, não? – André falou curioso olhando para o baú cheio das moedas empoeiradas e com teias de aranha.

– Sim, claro... e iremos ao shopping para gastá-la – Marcelo suspirou e balançou a cabeça, não era de dinheiro que precisavam.

– Ouro é sempre ouro... pode ser bastante útil – Eric falou jogando uma das moedas para o alto e a segurando novamente na palma da mão.

– O que tem na outra porta? – Marcelo ergueu o corpo e olhou para Eduardo.

– Não abre. Está emperrada – Eduardo respondeu enquanto estudava minuciosamente um velho escudo de bronze apoiado na parede. Ele possuía aqueles mesmos desenhos que lembravam letras gregas e símbolos egípcios.

Eric e Marcelo pegaram as tochas que haviam colocado em suportes nas paredes e foram até a outra porta. Empurraram, chutaram, mas ela não se mexeu. Eric pegou uma lança de metal quebrada no outro quarto e estava pronto a enfiá-la na porta para arrombá-la quando Zin apareceu esbaforida.

– Não abra essa porta, senhor! – Zin pegou no braço de Marcelo.

– Por que não? – Eric a olhou apoiando a lança na porta.

– Por favor, ainda não estão prontos! – ela falou nervosa apertando a mão no braço de Marcelo.

– Prontos para quê? – Marcelo perguntou encarando a velha.

– Senhor... só não estão prontos. Por favor... – falou em tom preocupado.

– Ninguém vai me dizer se estou pronto ou não! – Eric falou e enfiou a lança na porta.

Os rapazes que estavam diante da porta se assustaram quando o corpo grande de Eric foi jogado para trás contra a parede. Ele chocou-se contra as pedras e o ar saiu de seu peito fazendo-o emitir um som forte ao cair sentado com a lança na mão e uma expressão totalmente perplexa no rosto.

– Eu disse – Zin falou balançando a cabeça enquanto Marcelo e Eduardo ajudavam Eric a se levantar.

– Puta que pariu... – Eric falou irritado e jogou a lança para o lado com força, ela tilintou no chão de pedras e ele saiu da torre com passos pesados.

– Eu, hein? – Eduardo falou com a boca pálida olhando assustado para a porta. Olhou para André, que estava com a boca aberta. Todos estavam atordoados com o que acabara de acontecer.

– Senhor... há momento para tudo – Zin falou ao lado de Marcelo e começou a descer as escadas.

Marcelo passou a mão pelo cabelo e suspirou. *Momento para tudo...* aquela velha parecia sua mãe falando. Lembrou-se de quando disse a ela que deixaria a faculdade e a mãe disse: *há momento para tudo...*

– É melhor avisar as meninas para não tentarem esse lugar... – Eduardo falou ao lado dele e Marcelo apenas assentiu enquanto desciam as escadas.

– Magia! Com certeza! – Adriana falava admirada quando contaram o que aconteceu. – A porta está protegida com alguma magia, assim como as chaves estavam... Tudo isso é inacreditável! – balançou a cabeça.

André queria dizer que não existia essa coisa de magia, mas não teria argumentos para explicar o que acontecera a Eric e, tampouco, o que acontecera àquelas chaves.

– Amanhã vamos explorar um pouco o bosque. Haverá neve ou neblina? – Marcelo olhou para Zin, que estava parada ao lado da mesa.

– Sol, senhor! – ela sorriu juntando as mãos diante do corpo pequeno.

– Sol... – Fernanda suspirou. Fazia tanto tempo que não via o sol! Aliás, já perdera a noção do tempo, quantos dias fazia que estavam ali? Cinco? Seis?

Depois de mais uma noite enfrentando o sonambulismo de *Bela*, Mônica parecia muito aborrecida, mas foi obrigada a concordar que ninguém teria uma noite de sono tranquilo enquanto *Bela* saísse andando dormindo pelos corredores como uma alma penada. Resolveram ver como *Bela* reagiria se Marcelo não estivesse na cama que ocupava no quarto dos rapazes. Ninguém dormiu esperando o que iria acontecer. Marcelo ficou sentado no quarto das garotas, achando aquilo ridículo, mas todos queriam saber como funcionava aquele encantamento.

– O que você fazia lá... no outro mundo? – Adriana perguntou a Marcelo, que estava recostado na parede olhando para a porta.

– Nada – ele levantou os ombros.

– Como assim, nada? – ela o olhou interessada.

– Eu tinha deixado a faculdade e tentava descobrir o que fazer...

– Faculdade do quê? – Fernanda sentou-se na cama olhando-o curiosa.

– Medicina – ele respondeu fechando os olhos. *Alguns arrependimentos nunca nos abandonam.*

– Nossa! – Fernanda arregalou os olhos azuis, o que se revelara uma mania.

– Eu queria fazer psicologia... – Adriana balançou a cabeça em sinal de desolação. – Mas... não deu – ela suspirou.

– Eu fazia arte... – Fernanda olhou em direção à janela e depois para os dedos que machucara com o arco. – viajei para a Europa, onde estudei por um tempo, mas tive uns probleminhas e estava em casa pensando se voltaria...

– Sabe pintar? – Eduardo, que também estava no quarto, perguntou olhando-a com autêntico interesse.

– Um pouco – ela levantou os ombros como se aquilo não a agradasse realmente. – Meu pai queria montar uma exposição para meus quadros, mas eu... – os olhos dela encheram-se de lágrimas – não... estava pronta.

– Eu entendo... – Eduardo pegou na mão dela sorrindo solidário.

– E você? – ela deu um sorriso fraco e o encarou com os olhos cheios de água.

Eduardo respirou profundamente.

– Na semana antes de... eu sumir... tinha dito ao meu avô que queria deixar a faculdade de direito. Eu queria fazer engenharia, mas não é tradição da família – balançou a cabeça. – Eu faltei a última semana toda na faculdade, mas não disse nada a ninguém...

– Eu... tenho um filho – Adriana falou e todos se viraram para ela. – Minha mãe cuida dele... – os olhos amendoados se encheram de lágrimas.

Fernanda segurou na mão dela.

– Oh, Drica... você deve estar sentindo muita falta dele, não? Quantos anos ele tem? – perguntou cheia de piedade.

– Cauê tem 4 anos – ela passou a mão no rosto e respirou fundo. – Mas eu... não estava pronta pra ele... Eu tinha apenas 16 anos e... – tentou justificar o fato de que nunca se apegara realmente ao seu filho. Assim que Cauê nasceu ela entrara em depressão, achava que sua vida estava perdida, que nunca mais seria a bela jovem que fora um dia. Seus pais a haviam apoiado durante a gravidez e assumiram a responsabilidade pelo bebê, já que o pai da criança não o quis reconhecer. Adriana então abrira mão do papel de mãe e cada vez que sua mãe a cobrava para que o olhasse como filho, ela fugia. Incoerente ou não, jogava-se nos trabalhos voluntários que levavam mantimentos para as vitimas de enchentes e da seca. Ficava fora de casa por meses...

– Parece que nenhum de nós estava preparado para o que tínhamos no outro mundo, não? – Eduardo concluiu pensativo. Seria aquele o elo que os ligava? Que os levara até ali? Era um estágio para se prepararem? Por que Zin disse que não estavam prontos para abrir aquela porta? O que ela sabia sobre eles, realmente?

Eles se viraram quando ouviram a porta abrindo lentamente. À luz bruxuleante apareceu uma figura que parecia um anjo. Os cabelos negros, o vestido branco, os pés descalços. Marcelo ficou em pé segurando a respiração. Atrás de *Belu* apareceram Zin e Mônica, que parecia pronta a matar alguém.

Com passos leves, lentos... *Bela* seguiu em direção a Marcelo. Só então ele viu os olhos lindos que ela tinha... eram violeta, mas pareciam não enxergar realmente. Todos se calaram e assistiram *Bela* caminhar até Marcelo e passar a mão pela sua cintura e se aconchegar em seu peito. Então, ela fechou os olhos, os cílios escuros cobrindo os belos olhos.

– *Bela*... – Marcelo fechou os olhos respirando fundo e passou a mão pelo cabelo dela. Depois a ergueu nos braços e ela ajeitou-se junto ao corpo dele. – Vou... colocá-la na cama – falou olhando para o grupo que estava totalmente perplexo.

Quando Marcelo saiu do quarto com *Bela*, todos voltaram a respirar novamente.

– Sinistro... – Eduardo falou, ainda com os olhos arregalados e a boca aberta.

– Meu Deus! – Fernanda se sentou sobre a cama.

Mônica entrou no quarto, a cara amarrada, os olhos cintilando de raiva. Duvidara que *Bela* encontrasse Marcelo, apostara que ela iria até o quarto dos homens e proibira Zin de abrir aquela porta, mas nada disso adiantara.

– Uma vaca mentirosa que está enganando a todos nós – falou afastando o cobertor de cima de sua cama.

– Oh... não parecia... será? – Adriana a olhou confusa.

– Pode apostar. E aquele idiota está caindo direitinho... – falou com o maxilar contraído.

– Mônica... ela não come, não bebe... como pode estar fingindo? – Eduardo falou de pé junto à porta.

– Quem disse que não? Aquela velha pit-bull fica tomando conta dela! Acha que não a alimenta? – Mônica, sentada na cama com a coberta sobre as pernas, falou com o rosto vermelho. Não acreditava naquilo que dizia, afinal o rosto bonito da adormecida ganhava sinais de abatimento a cada dia, mas tinha que arrumar uma explicação.

– Ela é linda... – Fernanda balbuciou admirada.

## Capítulo LIX
## O Abismo e o Bosque

Na manhã seguinte o sol passou pelas janelas despertando os habitantes do castelo. Era um sol pálido, tímido, mas finalmente a neblina dissipara deixando passar as luzes amareladas e aquecidas...

Marcelo respirou fundo olhando para *Bela* ao seu lado. Cada dia ficava mais difícil. Ele era um homem e estava dormindo com uma linda mulher, mas apenas... dormindo. Ele acariciou o rosto dela, que estava abatido.

– Eu vou descobrir o que está acontecendo com você, Bela... e vou buscar o antídoto. – segurou na mão delicada dela e a beijou suavemente.

Mônica disse que não ficaria para trás na incursão que fariam pela propriedade e no reconhecimento do bosque. Não era uma princesa frágil e dorminhoca para ficar presa num castelo esperando que o príncipe encantado aparecesse para dar-lhe um beijo apaixonado. Era uma mulher forte e determinada, que estava decidida a não se deixar dominar por homem nenhum. Tinha uma espada, tinha determinação e não tinha medo. Ela iria junto e ponto final.

André ficou no castelo com Adriana, Fernanda e *Bela*.

Montados nos cavalos, Marcelo, Eduardo, Eric e Mônica deixaram os muros de pedra que cercavam o castelo depois de mais de uma semana confinados...

Marcelo montava a égua marrom que o levara até o castelo. Usava a túnica preta e dourada e a capa preta, pois, apesar de o sol ter aparecido, fazia frio. Eric montava a égua branca. Mônica o garanhão negro e Eduardo o cavalo marrom e branco. Eduardo progredira no quesito equitação e montara no cavalo com uma pequena ajuda de Fernanda, mas na primeira tentativa. Ela o orientou como conduzir o animal, como segurar as rédeas e sorriu quando ele agarrou com força as rédeas de couro e apertou as pernas na sela.

– Relaxe... – ela falou suavemente e deu um tapinha na anca do cavalo que avançou lentamente pelo pátio.

Quando passaram pelos portões é que dimensionaram o local onde estavam. A neblina escondera aquele lugar, ocultara sua verdadeira face. Era uma fortaleza de pedras. O caminho por onde haviam chegado ali era ladeado por uma estreita faixa de terra e mato e, depois, apenas rochas. Dali viam os destroços do que havia sido o celeiro onde acordaram há vários dias. Ainda havia vestígios de neve, que lentamente derretia sobre a grama. À esquerda deles só havia pedras e à direita árvores que se estendiam até perderem-se de vista. Eram árvores altas e muito próximas que formavam uma parede verde e branca, pois as copas de várias delas estavam cobertas de neve. À frente, além do celeiro e do estábulo que viam ao longe, havia o vazio... como se estivessem na "borda do mundo". Conforme desciam a estrada estreita, mais a realidade tomava conta deles. Estavam perdidos num lugar que nem sabiam existir em mapas. Estavam calados, sérios, pensativos. Até Eduardo se calara digerindo aquela nova realidade. O ar frio entrava pelas suas narinas e Eric tossiu. Mônica sentiu um calafrio percorrer seu corpo, não queria admitir a si mesma que estava com medo. Aprumou o corpo sobre a sela e ergueu o queixo. Viu as costas largas de Marcelo mais à frente. Estava coberto pela capa preta, rígido e olhando fixamente à frente...

Eles cavalgaram ao lado do celeiro queimado e pararam ali por um minuto. Aquele era o portal que os levara até ali, até aquele mundo onde cada dia era um desafio, principalmente um confronto com seus próprios egos, e agora estava destruído... Como sairiam dali? Haveria uma volta para casa? Voltariam a ver seus parentes e amigos? Assistiriam novamente televisão? Jogariam videogame? Usariam internet? Veriam um carro ou uma moto novamente?

Marcelo puxou as rédeas da égua e seguiu em direção ao estábulo, precisava ver aquele abismo que fora escondido pela neblina. Quando passou pelo estábulo desmontou e caminhou puxando o animal. Ele viu o mar... mas estava muito abaixo de seus pés. Então aquele era o som que parecia de um vento constante, o som das ondas batendo fortemente nas pedras muito abaixo deles... ele puxou o ar profundamente. A terra acabava ali, meio metro diante de seus pés e uma queda muito alta aguardava à frente. O mar batia na parede de pedra muitos metros abaixo. Não podia negar que a vista era de tirar o fôlego, mas também era assustadora.

– Meu Deus... – Marcelo se virou ao ouvir o desabafo de Eduardo ao seu lado. O rapaz loiro estava com o queixo caído olhando para a paisagem à frente. – Bem que você disse que era um abismo... – piscou com força. – Isso significa que não chegamos de navio, não é mesmo? – falou com um sorriso nervoso.

– Significa que não há caminhos para sair daqui que não passem pelo bosque – Marcelo olhou em direção à mata fechada à direita deles.

– E o que haverá de perigo lá? Macacos? Onça? – Eric falou irritado virando seu cavalo em direção ao bosque. – O que estamos esperando? – ele falou segurando o machado em uma das mãos e puxando a rédea com a outra.

– É só uma aproximação de reconhecimento, Eric, não podemos nos aprofundar ali sem termos um plano, uma estratégia e a certeza de que conseguiremos nos localizar para voltar ao castelo – Marcelo falou parando o cavalo ao lado dele. – Ou pretende não voltar? – ele encarou o guerreiro com o machado e depois olhou para Mônica, que observava a tudo calada e os olhos verdes bem abertos olhando para o bosque.

– Não sei – Eric respondeu, encarando-o de volta e conduziu seu cavalo lentamente para perto do bosque.

Eduardo e Marcelo se olharam e Marcelo ergueu uma sobrancelha.

– Vamos tentar identificar alguma trilha que indique a possibilidade de passarmos e que nos dê a esperança de que alguém esteve por aqui antes de nós e de Zin... – Marcelo respirou fundo e olhou em direção ao castelo. Dali, só se via a torre e ele pensou naquela porta encantada.

Os cavalos se aproximaram da parede de árvores. O garanhão negro refugou junto à borda do bosque, quase derrubando Mônica da sela. Marcelo, de cima de sua égua, segurou o arreio do cavalo da loira, ajudando-o a se acalmar. Olhou para ela e viu que ficara pálida.

– Tudo bem? – perguntou e ela assentiu rapidamente, mas seu coração batia entre suas orelhas.

Eles cavalgaram margeando a entrada do bosque e olhavam para dentro. Havia uma escuridão gelada entre o emaranhado de troncos, samambaias e ervas daninhas que cobriam troncos, galhos e muitas vezes indo de uma árvore a outra como uma enorme teia de aranha verde-escura. Um vento frio e sombrio soprava vindo do bosque e aquilo fez os pelos dos braços de Marcelo arrepiarem. Que mal espreitava ali? Que perigos? Era como se houvesse uma presença entre as árvores observando-os, aguardando-os... ele engoliu secamente e respirou fundo.

– Parece uma trilha ali... – Eric falou batendo os pés no corpo da égua branca e cavalgou alguns metros a frente, depois parou.

Havia um pequeno caminho entre as árvores, como se elas não crescessem sobre aquela grama baixa, mas não havia sinal de que recentemente alguém tivesse passado por ali. Mônica esfregou os braços cobertos pelas mangas do vestido e pela capa que usava, mas sentira um frio repentino, e seu cavalo parecia incomodado com aquele lugar e estava agitado. Ela não tinha prática de montaria e temia não poder controlar o animal se ele decidisse sair galopando desesperado. Todos os cavalos se agitaram de repente. Eduardo se agarrou à sela temendo cair e se esborrachar no chão. Eric foi obrigado a guardar o machado na cinta que improvisara nas costas e se agarrara às rédeas tentando controlar a égua branca.

— Os cavalos não gostam desse lugar... — Marcelo falou baixo, mas todos o ouviram. — Animais pressentem perigo.

— Então devemos escutá-los — Eduardo falou nervoso.

Marcelo desceu do cavalo e pegou sua espada na mão. Ele também a prendera às costas usando uma das cintas que haviam encontrado no quarto da torre. Eric também desceu e pegou o machado na mão.

— Eduardo... fique aqui. Você e Mônica serão nossa referência — Marcelo falou entregando as rédeas de sua égua nas mãos de Eduardo. — Quando eu chamar, responda... assim saberemos para onde voltar se acaso perdermos a direção — Eduardo assentiu preocupado. — Não iremos longe, só daremos uma olhada mais de perto, ok? — falou dando um sorriso nervoso e acenou para Eric, que apertou o machado nas mãos e consentiu.

Então os dois entraram pela trilha de grama entre as árvores do bosque. A respiração deles era forte e Eric tossiu. Aquele lugar úmido agravava sua asma.

— Você tem asma, não tem? — Marcelo falou enquanto caminhavam lado a lado observando o terreno. — E não tem o remédio...

— Zin me deu um remédio bom outro dia, mas esse lugar é muito úmido — Eric falou e seus olhos percorriam a mata que ladeava aquela trilha.

— Se não quiser... — Marcelo começou a falar e foi cortado por Eric.

— Eu a controlo — Eric falou sério. Não seria uma asma que o faria passar por covarde.

— Como será que Zin recebe aqueles mantimentos? Não parece que uma carroça passe por aqui já há algum tempo... — Marcelo observava a grama. Começava a esfriar muito ali e ele olhou para trás e viu os cavalos de Mônica e Eduardo à entrada do bosque.

— Os duendes devem levar, afinal ela é um deles — Eric falou e Marcelo sorriu. Zin bem que poderia ser um duende e isso não o surpreenderia.

O caminho começou a ficar mais escuro conforme andavam e a mata parecia ficar mais fechada a cada passo que davam. O som de um galho se partindo fez os dois pararem brandindo suas armas e olharem para os lados. Eles se olharam e ficaram de costas um para o outro, cada um vigiando um lado da trilha. Mais um galho se partiu e agora mais próximo.

Marcelo apertou sua espada nas mãos e sentiu a respiração irregular de Eric às suas costas. Eles se surpreenderam quando, do alto de uma das árvores, um corvo com as penas negras e brilhantes passou voando baixo por eles e gritando.

– Corvo maldito... – murmurou Eric ainda sem se mexer.

A trilha seguia em frente penetrando na escuridão amedrontadora. Parecia mais que caminhavam para uma caverna.

– Mais um pouco? – Marcelo falou virando-se para a frente e Eric assentiu olhando em volta com muita desconfiança. Olhou para trás. Já não via Mônica e Eduardo. Seu coração acelerou, aquilo era uma loucura total...

– Já não estou vendo os dois... – Eduardo falou preocupado olhando para Mônica, que estava pálida parada ao seu lado.

– Grite por eles – ela falou sentindo que suas mãos tremiam segurando as rédeas. De repente sua barriga doía.

Eduardo gritou por Marcelo e, assim que o fez, dezenas de aves saíram voando do meio das árvores e sua voz parecia ecoar e se perder junto ao som do bater de asas. Os cavalos se agitaram e Eduardo quase caiu ao tentar controlar a égua de Marcelo que segurava pelos arreios.

Como se demorasse uma eternidade, ouviram: *Aqui!* Era a voz de Marcelo que parecia vir de longe. Eduardo olhou para Mônica, que respirava com dificuldade.

Marcelo ouvira a voz de Eduardo que foi abafada pelo farfalhar das asas de dezenas de pássaros que saíram do meio das árvores, eram brancos e negros com longas penas.

– Acho que está na hora de voltarmos – ele se virou para Eric, que estava com o machado pronto para um ataque. – Vamos precisar de uma tocha para entrarmos mais... – olhou para a escuridão à frente.

– Vamos ter que dar um jeito de marcar essas árvores... assim nos mantemos na trilha – Eric olhou para as árvores ao lado da trilha. – Mas os cavalos não vão passar por aqui – a trilha era estreita e em alguns trechos, os galhos das árvores encontravam-se um pouco acima de suas cabeças.

– Joãozinho e Maria... – Marcelo sorriu balançando a cabeça.

– Não vamos ser idiotas e jogar pão, não é? – Eric também sorriu.

Os dois estavam nervosos e aquele lugar os assustava, tinha algo pairando na escuridão da mata fechada e que não vinha de algum animal, com certeza. Alguma coisa passou fazendo um voo rasante sobre suas cabeças, com um barulho de grandes asas batendo. Automaticamente, os dois se abaixaram e olharam para cima, mas o que quer que tenha voado sobre eles estava camuflado entre as folhas das árvores. De repente, Eric começou a tossir e a puxar o ar com força. Ele baixou o machado e apoiou as mãos nos joelhos e fazia um som terrível quando tentava respirar. A asma o atacara com violência.

– Eric? – Marcelo apoiou a mão no ombro dele. – Vamos cara... vamos sair daqui.

Eric levantou a mão pedindo um minuto enquanto lutava para respirar. Marcelo olhava para os lados e teve certeza de ter visto um par de olhos azulados no meio do mato verde musgo entre as árvores. Ele pegou no braço de Eric e o puxou para a saída da trilha.

– Vamos, cara... antes que alguma coisa ataque a gente... – ele falou praticamente arrastando o rapaz corpulento pela trilha. Sabia o efeito terrível que a asma causava e que, em casos extremos, podia levar a uma parada respiratória. Definitivamente não podia ficar com Eric inconsciente ali no meio daquele mato com aqueles pares de olhos que os observavam.

As pernas de Eric não atendiam aos seus comandos e o pânico ameaçava tomar conta dele. Fazia anos que não tinha uma crise daquelas. Ele apoiou o braço sobre os ombros de Marcelo e sentiu ser arrastado.

Aliviado, Marcelo viu quando os cavalos apareceram no final da trilha e gritou por Eduardo pedindo que fosse ajudá-lo. Atrapalhado, Eduardo desmontou e, sem pensar muito, correu para a trilha. Se pensasse um pouco mais não iria entrar ali de jeito nenhum. Mas ele viu de longe Marcelo que apoiava Eric.

– O que houve? – Eduardo perguntou com o rosto vermelho vendo Eric puxar a respiração com dificuldade. Olhou para o caminho que seguia para frente da trilha e viu, no meio do mato, dois pares de olhos azuis com pupilas que pareciam losangos vermelhos que olhavam em sua direção.

– Asma – Marcelo respondeu sem se virar para trás.

– Você... viu aquilo? – Eduardo perguntou ofegante. – Aqueles olhos?

– Vi – Marcelo respondeu e os dois saíram para o sol carregando Eric.

Mônica, pálida e nervosa, ficara ali com os cavalos sem saber o que fazer. Viu que Eduardo ajudava Marcelo a arrastar Eric. Ela desceu do cavalo e correu até eles.

– O que aconteceu? – perguntou aflita e ouviu a respiração falha de Eric.

– Ataque de asma – Eduardo respondeu enquanto soltavam Eric e ele caía de joelhos no chão respirando com dificuldade. Mônica se ajoelhou ao lado dele e, sem cerimônia, começou a massagear o peito e as costas dele com movimentos firmes e circulares.

Ela olhou para Marcelo e Eduardo, que a observavam.

– Meu irmão tinha asma – ela respondeu simplesmente e viu que os olhos dos outros dois rapazes voltaram a se fixar na trilha.

– O que acha que era? Algum animal? – Eduardo perguntou cismado, tentando ver se aqueles olhos azuis ainda estariam lá.

– Não sei – Marcelo, com o cenho franzido, respondeu olhando para a trilha. Ele teria que passar por ali se quisesse ir até a feiticeira, mas não seria nada fácil.

Eric sentiu que seu coração começou a desacelerar e conseguia puxar o ar com mais facilidade. Ele tossiu sentindo as mãos pequenas de Mônica esfregarem vigorosamente seu peito e suas costas. Ele levantou o rosto pálido para ela e viu que os lábios finos dela não tinham cor alguma.

– Melhor? – ela perguntou séria e ele respirou profundamente tossindo em seguida.

– Sim. Obrigado – ele sorriu e ela se afastou rapidamente.

– Podemos ir? – Mônica perguntou a Marcelo, que analisava a trilha muito compenetrado.

– Tá melhor? – Marcelo perguntou a Eric e o rapaz se ergueu ainda respirando com dificuldade, mas já não parecia estar morrendo.

– Eu vou ficar bem – Eric respondeu indo até a égua branca. – Vou precisar do remédio de Zin – falou e montou no animal.

Eduardo o olhou com admiração. Mesmo moribundo Eric conseguira montar no animal tão facilmente! Enquanto ele já imaginava como voltaria para a sela... O que realmente não foi muito fácil.

Começaram a voltar lentamente para o castelo e Marcelo pensava enquanto ouvia as perguntas de Eduardo.

– Como faremos para encontrar a tal mulher do outro lado do bosque? – o *tagarela* soltara o "perguntador" – Será que não tem outro caminho? Como faremos para não nos perdemos no meio daquele mato? E se aqueles olhos forem de animais carnívoros?

– Não há outro jeito... teremos que atravessar... – Marcelo respondeu fixando seus olhos na torre do castelo. – Zin não deve ter dito tudo o que sabe... vou arrancar alguns detalhes dela.

– Tudo isso para quê? Quebrar um feitiço que talvez nem exista? – Mônica falou nervosa.

– O que quer dizer com isso? – Marcelo olhou para ela com as sobrancelhas arqueadas.

Ela o encarou, apertou o maxilar e levantou o queixo, e Marcelo já aprendera que ela fazia aquilo quando se sentia encurralada.

– Quero dizer que a *princesa* que se joga em seus braços toda noite pode estar fingindo – ela disse cerrando os dentes. – E você está caindo na mentira dela.

– Você não sabe do que está falando! – Marcelo respirou fundo e a encarou.

– Oh, sim... ela o encontrou no quarto entre tantas pessoas, os olhos abertos, mas dormindo... como fez isso? Seguiu seu cheiro como uma cadela? – a voz ficou ácida e agressiva.

Eduardo olhou para Marcelo, que encarava Mônica como se fosse bater nela, mas ele a fez se sentir pior do que se tivesse apanhado. Ele a ignorou e se virou para Eric.

– Sua crise de asma diminui espontaneamente? – perguntou vendo o rosto pálido dele.

– Normalmente preciso da *bombinha*... eu... não sei o que desencadeou a crise – Eric falou sentindo-se sem graça por ter parecido um fracote asmático. Sabia que foram a tensão e o medo, que não assumiria nem sob tortura, que agravaram a crise.

– Talvez seja mesmo a umidade... – Marcelo falou e viu quando Mônica bateu com os pés na lateral do corpo do cavalo forçando-o a trotar mais rápido e se adiantando em direção à trilha de pedras do castelo.

– Essa mulher tem fogo nas ventas... – Eduardo comentou e riu. – Acho que ela tá com ciúmes – entortou os lábios numa careta e viu Marcelo balançar a cabeça.

– Mulheres... – Marcelo respondeu sem grandes preocupações. Tinha coisas mais importantes com o que se preocupar do que com os chiliques de uma garota.

# Capítulo XG

## Súditos

Todos estavam reunidos à mesa novamente na hora do jantar. Eric tomou um potente remédio de ervas fedidas e sal grosso que Zin preparara e estava melhor. Ele e Marcelo narraram o que tinham visto na trilha, enquanto Eduardo falava sobre o enorme abismo que acabava no mar. Mônica tomava a sopa sem olhar para os lados. Estava visivelmente contrariada e nervosa.

– Zin... – Marcelo se virou para a velha quando ela voltou para o salão, depois de pegar mais um jarro de vinho. – Sente-se – apontou o banco que ela usava quando estava à mesa com eles, coisa que não acontecia com muita frequência.

A velha pequenina o olhou como se estivesse com medo e apertou as mãos sobre o colo depois de se sentar. Marcelo respirou fundo e a encarou. Os olhos amarelos dela mal piscavam olhando para ele.

– Agora... me conte sobre a trilha que há no bosque – ela fez menção a negar que sabia de alguma coisa, mas ele fez um sinal com a mão impedindo-a de negar a informação. – Eu sei que você sabe. Sei também que sua missão aqui não é facilitar nossas vidas explicando algumas coisas, mas não pode sonegar tudo... – ele se ajeitou na cadeira. – Vamos começar de novo... Como os grãos e legumes chegam até o castelo? – tentaria ir por outro caminho para descobrir o que queria. – Quando acabarem... como faremos para ter mais?

– Eles... – ela apertou os lábios com força e sua boca ficou muito murcha. – não acabam, senhor... – balançou a cabeça.

– Como assim, não acabam? – olhou-a com desconfiança.

– Quando... chega um pouco abaixo da metade... as sacas ficam cheias de novo... – explicou e viu os olhares incrédulos de todos.

– Está querendo me dizer que... os alimentos aparecem do nada? Como mágica? – ele apoiou as mãos na mesa.

– Talvez os elementais os tragam, senhor. – ela falou olhando para a ponta dos próprios pés, que balançavam acima do chão. Aquele *talvez* soou como um *com certeza*.

– Elementais? – ele arqueou as sobrancelhas.

– São seres mágicos que pertencem às florestas... são lendas... – André falou do outro lado da mesa.

– Duendes? Verdes? – Eduardo perguntou incrédulo.

– Nem todos são verdes! São apenas... pequenos... – Zin falou rapidamente e percebeu que se revelara demais e seu rosto ficou vermelho.

– Assim como você? – Marcelo perguntou e ela o olhou com os olhos cheios de água.

– Talvez... menores – ela tentou se corrigir e ele deu um leve sorriso nervoso.

– No bosque... vamos encontrar esses elementais? – Marcelo indagou passando a mão pelo cabelo. Seriam aqueles olhos azuis pertencentes a algum Elemental? – Eles vão nos machucar?

– Alguns deles podem ser temperamentais, senhor, mas jamais machucarão o Rei – ela falou sem olhar para ele.

– O que mais mora naquele bosque, Zin? – interrogou-a e viu os olhos amarelos se arregalarem.

– O perigo, senhor. Tem que tomar cuidado... – ela falou com aflição na voz.

– Com o quê exatamente? – ele cruzou os braços diante do peito, encarando-a.

– Eles não querem que o senhor governe... Podem atacar à noite, por isso a senhora se levanta e procura o senhor, eles podem feri-la no sono... Mas com o senhor está segura.

– Eles quem, Zin? – aquilo que ela dissera o fez sentir um calafrio e se lembrar da sensação sombria que teve naquele bosque.

– Os seres das sombras – ela respondeu agitando os pés com força. – Eles gostam dos sonhos, senhor... atacam ali, mas o bosque é onde vivem e são perigosos... eu não posso sonhar – falou e segurou na mão dele. Estava fria. – Mas a senhora sonha... todos vocês sonham – olhou para todos à mesa, que a olhavam atônitos. – Mas a senhora não acorda. Então eles podem machucá-la e por isso ela precisa do senhor. Eles não vêm quando ela está com o senhor – concluiu, e Mônica se levantou nervosa.

– Isso é um absurdo! – Mônica falou irritada, mas aquilo a assustara demais, ela vinha tendo seu mais terrível pesadelo todas as noites desde que chegaram ao castelo. Só não o tivera aquela noite em que dormiu abraçada a Marcelo, mas aquilo era ridículo!

– Não acredita em criaturas das sombras, Mônica? – Adriana perguntou com o rosto pálido. Ela acreditava, por que acreditava nos sonhos e, muitas vezes, seus sonhos confundiam-se com a realidade. Mônica não respondeu nada e olhou para a lareira.

— Como... passar por essas criaturas, Zin? — Marcelo perguntou pensando em como transpor aquele bosque que já tinha sombras demais. — E aquela trilha leva até a casa de Meg? — ele sentiu uma aflição muito grande no peito. Não sabia como enfrentar aquilo que ela chamava de *seres das sombras*. E também o assustava pensar que *Bela* podia estar sendo vítima de ataques daqueles seres em seu sonho interminável.

— Todas as trilhas irão chegar a Meg, senhor... — ela falou com a voz baixa. — Mas eu não sonho... não sei como passar pelos seres das sombras. O senhor é forte... mas tem que tomar cuidado.

— Oh, meu Deus... — André balbuciou.

Fernanda estava com os usuais olhos arregalados e mortalmente pálida. Eduardo estava petrificado e Eric apertava seu copo de vinho como se pudesse parti-lo em mil pedaços. Até seria capaz de fazê-lo realmente...

A sensação era a de que estavam naqueles círculos de amigos que se juntam numa noite fria diante da fogueira para contar histórias de terror e parecia que aquela história deixara todos apavorados.

Marcelo virou todo o conteúdo de seu copo na boca de uma vez e o depositou com força sobre a mesa fazendo Zin dar um salto no banco.

— Eu vou amanhã. Arrume pão, vinho e água, por favor — ele falou sem se virar para a velha pequena. Depois levantou os olhos e viu que todos o olhavam com apreensão.

— Senhor... — Zin falou depois de se levantar. — Jamais faria mal a qualquer um de vocês — ela disse fungando. Estava magoada.

— Eu sei, Zin, me perdoe, não queria ser estúpido com você — ele suavizou o tom de voz e tocou nos ombros miúdos dela. — Você tem ajudado muito — ofereceu um sorriso rápido e o rosto dela se iluminou.

— Sei que o senhor vai conseguir... e eu não vou deixar a senhora sozinha quando o sol se pôr — ela falou séria.

— Obrigado, Zin — ele suspirou.

— Meg vai pedir pagamento — ela falou antes de sair. — Ela não faz nada de graça, não faz mesmo... — falou balançando a cabeça.

— Como posso pagá-la? Com ouro? Qualquer outra coisa de valor? — Marcelo se levantou preocupado, agora descobrira que teria que pagar pelo contrafeitiço e não sabia como. Será que a tal feiticeira poderia ser paga com aquelas velhas moedas de ouro que haviam encontrado no quarto da torre?

— Ah, sim... ela sempre pede coisas de valor — Zin respondeu confirmando vigorosamente com a cabeça.

– Vamos pegar umas moedas... – Eduardo falou rapidamente e os rapazes foram até a torre, precisavam conversar longe das garotas.

– Mônica... você está bem? – Adriana levantou-se e se sentou ao lado dela. A jovem loira não dissera mais uma palavra e não tirara os olhos de dentro de seu prato.

– Eu vou provar que ela está fingindo, Adriana – ela passou a mão pelo rosto e Adriana viu que ela tremia. Fernanda apareceu ao lado delas.

– Não acreditou em nada do que Zin disse? – Fernanda perguntou com a voz trêmula. Suas mãos estavam geladas e ela estava aterrorizada.

– Você não viu nada de estranho no bosque, Mônica? – Adriana a olhou estudando suas reações. Mônica era uma pessoa que tentava passar crueza, irritação e falta de paciência, mas alguma coisa a magoava, a fazia lutar com demônios internos e aquilo aparecia nos seus olhos verdes, que estavam muito escuros. – Eduardo disse que os cavalos refugaram quando se aproximaram do bosque e que Marcelo e Eric entraram a pé...

– Os cavalos sentem o perigo e são sensíveis demais. Eles são emocionais – Fernanda falou baixo olhando para o fogo que se erguia da lenha queimando na lareira. – Nunca devemos ignorar os sinais que eles nos passam... Se eles não gostam de você, não o deixam montar tão fácil e cavalgar parece doloroso, mas se gostam de você... parece que nascemos para cavalgar. Não devemos ignorar os sinais dos cavalos... – concluiu repetindo a frase.

Mônica as ouvia muito séria. Será que o garanhão não gostava dela? *Azar o dele*, pensou com amargura. *É só mais um e pode entrar na fila*. Ela apertou os lábios com força, olhou para as duas com as sobrancelhas arqueadas e se virou para o corredor.

– Eu vou provar – o tom de ameaça em sua voz fez Adriana e Fernanda se olharem preocupadas e seguirem-na rapidamente pelo corredor.

– O que vai fazer, Mônica? – Adriana falou ofegante atrás dela enquanto subiam as escadas.

– Desmascarar aquela *princesa fingida* – falou sem se virar.

Fernanda se apressou e colocou-se diante dela no corredor, estendendo os braços, e a fez parar e olhar com surpresa ao deparar-se com o rosto sério da jovem que vivia arregalando os olhos como se se assustasse com tudo.

– Não vou deixar que faça uma besteira! – a voz de Fernanda se elevou e ecoou no corredor. – Vai bater nela? Jogar um balde de água em cima dela? O que vai fazer, Mônica? – o rosto de Fernanda ficou vermelho.

– E se eu quiser jogar um balde de água nela? – Mônica levantou o queixo assumindo uma postura bélica diante de Fernanda, que era mais alta que ela uns 15 centímetros pelo menos.

– Não podemos deixar, Mônica – Adriana falou atrás dela e viu que Mônica fechou os punhos com força e puxou a respiração.

– Vocês estão todos enganados! Ela está fazendo todos vocês de palhaços! – o rosto miúdo ficou vermelho enquanto ela gritava encurralada no corredor pelas outras duas garotas. Estavam todos cegos, não viam que estavam sendo manipulados. Por que uma figura com aparência frágil, como se fosse uma boneca prestes a quebrar, atraía tanto? Há muito tempo ela deixara de apreciar aquelas imagens de contos de fadas. Não acreditava no homem perfeito, não acreditava em princesas em perigo e, principalmente, não acreditava que o amor entre homem e mulher realmente pudesse existir, aquilo era coisa para mocinhas desmioladas que gostavam de ler romances e não percebiam que amar alguém era entregar-se a uma dor desnecessária...

– Acho que você precisa se acalmar, Mônica – Adriana tocou no ombro dela com delicadeza.

– Devem servir para pagar o que quer que seja. Ouro é ouro – Eric falou olhando para a moeda que retirara do baú e que segurava na mão.

– Quantas moedas serão necessárias? – Eduardo segurava uma das moedas entre os dedos.

– Não faço a menor ideia... – Marcelo suspirou e começou a colocar as moedas em uma pequena bolsa de pano que encontrara entre as bugigangas que havia naquele quarto.

– Você... não está pensando em ir sozinho, está? – Eduardo parou de rodar a moeda entre os dedos e olhou para Marcelo.

– Só posso responder por mim – Marcelo o encarou sério. Ele sentia que tinha de ir, mas não podia exigir que mais alguém fosse, não queria essa responsabilidade em suas mãos. Não tinha a vocação para liderar um grupo, definitivamente. Ou será que aquilo estava mudando? Ele não verbalizaria que seria bom ter mais alguém com ele quando entrasse naquele bosque, era um golpe em sua personalidade. Ele já havia mudado muito desde que chegara ali, com certeza...

– Você é o Rei... – André falou e viu o olhar furioso que Marcelo lhe dirigiu – quer queira, quer não – completou sério sem deixar de encará-lo. – E estamos do seu lado, Marcelo... se você permitir, eu quero ir junto – falou determinado e viu a surpresa cruzar os olhos verde-claros de Marcelo. – Acho que posso contribuir em uma conversa com uma feiticeira... – disse sabendo que só Marcelo conhecia seu segredo. – Mas não sou um guerreiro, com certeza... – levantou os ombros e ajeitou os óculos no rosto.

– Você ouviu tudo o que Zin disse, não ouviu? – Marcelo o encarou levantando uma das sobrancelhas.

– Com certeza! E fiquei arrepiado... – André sorriu.

– Eu posso ir também – Eduardo falou inseguro. Ficara apavorado com o que Zin dissera e com aqueles olhos que espreitavam no bosque, mas não deixaria Marcelo enfrentar aquele bosque sozinho.

– Eu vou – Eric falou erguendo o corpo.

– O lugar é úmido e... – Marcelo começou a falar, afinal, Eric passara mal naquele bosque e não poderia perder tempo com alguém que não o conseguiria acompanhar.

– Eu vou e ponto final – Eric falou irritado.

– Não vou poder carregar você, Eric – Marcelo foi direto e viu o olhar furioso que o outro lhe dirigiu.

– E não vai – ele respondeu secamente.

Marcelo não sabia exatamente o que fazer. Eric era forte e poderia lutar muito bem se fosse necessário, mas tinha aquele problema com a asma. Além de tudo, Eric não aceitaria nenhuma ordem vinda dele e já deixara isso claro. André, por ser um seminarista, realmente poderia ajudar na conversa com a feiticeira, embora não tivesse certeza nenhuma daquilo.

– Não podemos deixar as garotas desprotegidas... – Marcelo passou a mão pelo cabelo e andou pelo aposento.

– Deixamos o dragão da Mônica tomando conta... – Eduardo riu.

– Ela é só uma garota, Eduardo, que ela não me ouça dizendo isso... – Marcelo sorriu balançando a cabeça – Ela tem força nos braços, luta bem... mas e se resolverem atacar o castelo? – ficou sério e preocupado. – Fernanda ainda está pegando o jeito com o arco e Adriana sequer segurou aquelas adagas!

– Eu fico – Eduardo falou sabendo onde Marcelo queria chegar. Ele não queria impor nada, mas estava preocupado com o grupo que, de certa forma, estava sob sua responsabilidade. Viu que Eric não abriria mão da decisão de ir e que estava reticente a receber qualquer tipo de ordem vinda de dele, então não havia discussão. Já estava tudo decidido.

O silêncio tomava conta do salão. Eduardo mal tocara em sua sopa, assim como Marcelo, que apenas mordiscava um pedaço de pão. André fuçava em seu baú e selecionou a roupa mais quente que encontrara ali.

– Então... os homens decidem e a gente obedece – Mônica falou amarga segurando o copo de vinho na mão. Ela o apertava com raiva.

– Mônica... precisamos que fique mais alguém armado aqui e que tenha força e habilidade... – Marcelo falou com calma sem olhar para ela. – Fernanda está aprendendo bem a usar o arco, mas é uma arma para longas distâncias... Precisamos de mais uma espada aqui dentro e você é boa – ele procurou elogiá-la para tentar convencê-la. Não queria de maneira nenhuma levar uma mulher junto àquela incursão da qual não sabia o que esperar. Não sabia nem se voltaria...

– Tudo isso por causa dela? Arriscar a vida, inclusive? – ela falou em tom baixo procurando não se descontrolar. Adriana e Fernanda olharam-se, Mônica era a criatura mais teimosa que já haviam conhecido.

– Tudo isso por *nós*, Mônica. – Marcelo tentava manter a calma ao falar com ela. Era um terreno perigoso aquele em que pisava quando estava com Mônica. – A mensagem diz que se quisermos pensar em sair daqui, temos que passar por esse primeiro obstáculo... Você já aceitou em não sair mais daqui? Gosta do palácio? – falou com leve ironia apontando para o salão.

– E... se... vocês não voltarem? – Fernanda perguntou trêmula. – O que devemos fazer?

– Coroem Eduardo! Ele já tem nome de rei mesmo... – Marcelo sorriu levantando os ombros e viu Eduardo ficar vermelho. Na verdade, não queria responder àquela pergunta. Por que não fazia a menor ideia da resposta.

– Fernanda... – André se sentou ao lado dela e segurou em suas mãos trêmulas e frias. – Vai dar tudo certo, ok? – deu um sorriso com os dentes perfeitos e viu uma lágrima que escorreu pelo rosto dela e ela assentiu. – Mônica... – virou-se para a loira miúda e emburrada.

– Eu vou ficar, André – ela suspirou e se levantou da mesa saindo para o corredor.

Todos se olharam. Eric apenas levantou os ombros, pois sabia o que Mônica estava sentindo, via nela algo de si, a dificuldade em lidar com ordens, lideranças e aquela fúria contida com muito custo. Sabia que era uma violenta luta interna. A súbita compreensão do que se passava com Mônica era novidade para ele. Nunca, jamais, conseguira olhar uma mulher acima do que era o superficial, ou seja, do corpo e do prazer que elas podiam proporcionar... Jamais se importara se elas estariam ou não gostando de alguma coisa e tampouco as analisava. Ele realmente estava estranho...

Marcelo respirou fundo antes de se levantar da mesa.

– Eduardo... – virou-se para o tagarela apreensivo. – Vou pedir algumas coisas pra você e as meninas... – falou olhando para Adriana e Fernanda, que estavam sentadas atordoadas.

– Sim, Majestade – Eduardo sorriu nervoso, mas pronto a escutar.

Eles saíram do castelo e subiram por uma escada rústica de pedras, que Eduardo descobrira, e que levava a um patamar de observação junto à muralha. Dali viam o precipício e o bosque. Todos olharam em direção ao agrupamento denso de árvores à direita. Havia ainda vestígios de neve sobre muitas árvores e o sol se punha junto ao mar.

– Hoje sabemos para onde fica o oeste... – Eric falou olhando para o sol. – Isso é bom.

– É? – Marcelo sorriu. – Tenho a impressão de que não veremos o sol do meio do bosque...

– Mas se sabemos para que lado fica o oeste, podemos tentar manter uma rota... veja – ele apontou para o bosque – lá é nosso norte.

– Irônico... – Marcelo olhou para o caminho que teria de seguir. Pensava no sentido daquela frase que Eric dissera: "*o nosso norte*", a nossa direção, o nosso objetivo... ao que parecia não havia *outro* norte, outra direção ou outro objetivo senão *aquele* norte, o bosque. – Quero pedir que, quando começar a escurecer, deixem uma fogueira na ponta da trilha, para nos dar uma direção...

– Podemos fazer alguma coisa aqui em cima... – Eduardo movimentou os braços como se construísse uma enorme fogueira imaginária. – Tipo um sinalizador para que quando olharem para cima possam se orientar – falou já imaginando como armar uma espécie de farol ali onde estavam.

– Boa ideia – Marcelo bateu no ombro dele e depois puxou o ar frio profundamente. – Se nós não... – parou pensando em como verbalizar o que pensava, sem deixar todos mais nervosos. – se acontecer alguma coisa... não desistam de *Bela*. Não... a deixem para trás se precisarem sair daqui – falou aquilo com insegurança, não queria pensar que poderiam tentar fugir dali e deixar *Bela* sob o encantamento para trás. Isso se ela sobrevivesse tempo suficiente.

– Não a deixaremos, Marcelo. Pode confiar – Adriana pegou no braço dele e o apertou de forma reconfortante.

– Cuidaremos dela – Fernanda pegou no outro braço dele e sorriu. – Até vocês voltarem... por que vão voltar – falou com uma confiança que não sentia realmente. Estava com medo e assustada, mas ali não havia espaço para a menininha mimada e chorona que era antes de chegar ali.

— Obrigado, meninas — ele deu um beijo na testa de cada uma delas. Lembrou-se de suas irmãs, que talvez nunca mais visse.

— E eu cuidarei de todas elas, Majestade, pode deixar — Eduardo aprumou o corpo. Seria um rei em um harém e isso o deixou até animado, mas não ia falar aquilo, senão poderia assustar suas "odaliscas".

— Eu sei disso... — Marcelo assentiu e apertou o ombro de Eduardo.

Então, eles desceram do ponto de observação e voltaram para o castelo. Precisavam descansar. Marcelo entrou no quarto que agora dividia com *Bela*. Ela parecia um personagem de contos de fada, definitivamente. Era linda... Ele tirou a túnica, as botas e se deitou de calça e camiseta. Olhava para o teto imaginando o que encontraria naquele bosque no dia seguinte, perguntava-se se encontraria a tal feiticeira e se ela saberia o que fazer. Estava agarrando-se a uma esperança e não sabia se era esse mesmo o caminho que tinham de seguir. Corria o risco de chegar à feiticeira e ela não saber o que fazer. Poderia se perder naquele bosque e não encontrar mais o castelo. Não tinha certeza se conseguiria usar a espada com eficiência acaso precisasse. Estando pronto ou não para enfrentar aquela empreitada, não importava. Teria que ir. *Bela* se virou na cama e o abraçou se enroscando nele. O coração dele acelerou. Ele acariciou os cabelos negros e a pele alva que estava atingindo uma palidez preocupante. Beijou-a suavemente na testa, demorando-se naquele contato de seus lábios com a pele macia e morna dela. E se fosse só um beijo dele para que ela acordasse? Perguntou-se e sorriu com o pensamento. Aquilo era um absurdo. Então por que ele ainda não beijara aqueles lábios que pareciam ter uma maciez de pêssego? Do que tinha medo? Por outro lado, se ela despertasse, não precisaria se arriscar tão cedo através do bosque e teria tempo para fazer um reconhecimento mais profundo da área.

Marcelo tomou o rosto dela entre as mãos e reparou nos cílios longos e escuros bem fechados. Beijou sobre as pálpebras com suavidade, beijou o nariz delicado e depois beijou os lábios rosados quase pálidos. Um calor correu pelo seu corpo e seu coração acelerou exageradamente enquanto ele tocava os lábios, que eram realmente macios, num beijo que não a agredisse, mas que passasse o desejo de que a despertasse. Foi bom, muito bom... e ele se afastou esperando encontrar no rosto dela sinais de que o beijo a salvara. Ouviu um suspiro leve, uma oscilação na respiração suave.

– *Bela*? – ele falou esperançoso afagando seu rosto, mas ela não despertou.

Irritado consigo mesmo por ser tão ingênuo, se deitou voltando a olhar para o teto e suspirou profundamente quando *Bela* aninhou-se em seus braços como fazia todas as noites. Ele não era o príncipe encantado afinal.

– Você é ridículo, Marcelo... – falou baixo para si mesmo e fechou os olhos na tentativa de dormir.

– Vai ficar bem aqui sozinho com esse monte de mulher? – Eric falou para Eduardo que, preocupado, olhava para o teto apoiando as mãos atrás da cabeça.

– Acho que sim... – ele fez uma cara de conquistador e depois riu. – Sinto muito se quando voltarem estejam todas apaixonadas por mim...

– É mais provável que o prendam na torre e o amarrem até a gente voltar... encontraremos apenas os restos mortais do que um dia foi um cara loiro que tentou montar um harém... – Eric riu espontaneamente pela primeira vez desde que chegaram ali. Precisava se soltar. A tensão do que os esperava no dia seguinte tinha que ser abrandada de alguma maneira. Há algum tempo ele teria ido a um bar e arranjado uma briga ou pagado alguma prostituta, ou usado alguma droga. Mas esse era outro Eric, diferente daquele que, embora tivesse de tudo, não estava satisfeito com nada. Daquele que, para aparecer, era capaz de transar na frente de seus amigos para que vissem como ele era bom. Que humilhava as mulheres só para se sentir bem. Que fora preso duas vezes, mas seu pai sempre o livrava contratando os melhores advogados. Agora, entretanto, não apelaria para aqueles subterfúgios nem se estivessem à sua disposição, por mais estranho que aquilo pudesse parecer. Aquele lugar o fazia confrontar-se com o monstro que havia dentro dele e que lutava para manter sob controle, assim como lutava para controlar a asma. Pedira a Zin que lhe desse algum remédio forte para levar naquela incursão e ela lhe arrumara uma pasta que mais parecia fumo úmido amassado com salsinha, mas ele experimentara e, apesar do gosto terrível, parecia que a respiração melhorara muito!

– Quantos dias acham que leva para cruzar aquele bosque? – André perguntou tirando os óculos do rosto antes que esquecesse, como acontecia na maioria das vezes.

– Estou apostando num dia pra ir e em outro pra voltar... – Eric respondeu pensativo. – Por que vamos andando...

– Ai... e eu que nunca gostei muito de caminhadas... – André murmurou.

– Tenho medo por eles. – Fernanda falou deitada de lado olhando para as camas de Mônica e Adriana.

– Eu também... – Adriana respondeu. – Acham que estaremos seguras aqui?

– Alguma coisa apareceu por aqui desde que chegamos? – Mônica falou deitada de bruços abraçando-se ao travesseiro de penas. – Não! Então, por que apareceria alguém ou alguma coisa justo quando os homens fortes e valentes não estarão para proteger as frágeis mulheres? – carregou a frase de ironia.

– Uau! Um homem deve tê-la feito sofrer muito, Mônica... – Adriana falou se sentando na cama. – Ou você gosta de mulheres?

– O que a faz pensar isso? – ela fez uma careta de escárnio, sem levantar a cabeça do travesseiro. – E, não... não sou lésbica.

– Nem todos os homens são iguais, Mônica! E olha que digo isso por experiência... – Adriana apoiou os cotovelos nos joelhos. – O pai do meu filho me fez de *gato e sapato*... e não assumiu o Cauê. Ele foi um idiota, um cafajeste! Mas não odeio todos os homens por causa disso! Veja o Marcelo, por exemplo... ele é tão charmoso e sabe como tratar uma mulher! – sabia que o que dizia provocava Mônica, apesar de ser aquilo mesmo que achava do *rei*.

– Realmente... ele é tão... forte! Eu achei que não ia conseguir segurar aquele arco com ele ali comigo! – Fernanda riu e Mônica bufou.

– Ok, meninas... – ela se sentou na cama e olhou para elas levantando a sobrancelha. – Se eu contar um pouco sobre minha vida, param de falar da maravilha que é sua Majestade?

Adriana e Fernanda se olharam e sorriram. Depois assentiram. Mônica respirou fundo. Nunca era fácil falar sobre si mesma, ainda mais com estranhas.

– Eu... tive um namorado aos 15 anos... achava que ele era lindo, que era maravilhoso, que não haveria outro homem em minha vida, que o amava mais que qualquer coisa... que seria capaz de morrer se ele me deixasse... essas coisas ridículas – levantou os ombros. – Mas... ele me decepcionou muito, é isso. Me violentou e me jogou no lixo. Então não busco mais essas sensações absurdas em ninguém. Eu me basto. Gosto de mim e acabou. Posso dormir agora? – disse voltando a se deitar.

As duas queriam perguntar mais, mas sabiam que Mônica, certamente, já falara mais do que desejava. Então não perguntaram e nem disseram mais nada.

– Bela? – *Marcelo viu que ela andava pelos corredores do castelo. O vestido branco arrastando pela pedra lisa e fria. Ela correu. Ele gritou por ela. Bela passou pelo pátio. Ele não conseguia alcançá-la, ela era rápida.*

*Já perto do portão, junto aos muros, ela parou. Diante dela havia uma figura alta usando uma capa preta que encobria o rosto. Ele correu e a figura agarrou* Bela *pelos braços e, antes que ele pudesse pular sobre o agressor,* Bela *foi puxada para junto do corpo alto, o capuz caiu revelando um homem com o rosto magro e fino. Não havia nada de sobrenatural nele. Era um humano, mas tinha um olhar sombrio, a pele esverdeada, os olhos escuros, assim como os cabelos longos... Ele sorriu para Marcelo e beijou* Bela. *Ela caiu inerte aos pés da criatura.*

Marcelo abriu os olhos sentindo o coração acelerado. Ele transpirava. Sentiu o perfume dos cabelos de *Bela* e se afastou olhando para o rosto dela. Ela respirava.

– Meu Deus... – ele falou respirando com dificuldade. Apertou *Bela* nos braços. – Não vou deixar, *Bela*... não vou deixar – sussurrou ao seu ouvido, quer ela estivesse ouvindo alguma coisa ou não.

Ficou por um tempo ali deitado, esperando a respiração normalizar e olhando para os raios de sol que passavam pela janela. Ele tinha que partir. Então, se levantou.

Eduardo, André e Eric estavam no salão esperando por ele. Eles comeram pão, beberam o chá amargo e Zin apareceu com duas bolsas de couro com pão e odres de pele de porco com vinho e água. Marcelo pegou sua adaga e sua espada. Colocou a cinta de couro que prendeu a espada às costas, escondeu a adaga em sua bota de cano longo e cobriu-se com a capa negra. André pegou uma das adagas que Adriana lhe emprestara e colocou na sacola de couro que carregava. Colocou sua capa clara e pegou o cajado. Eric prendeu seu machado às costas e colocou sua capa. Estavam prontos. Olharam-se em silêncio. Zin pegou no braço de Marcelo.

– Senhor... – ela falou e estendeu a coroa de ouro diante dele. – Devem saber que é o Rei – falou com os olhos assustados. – Leve-a, por favor – ela pediu e ele suspirou e pegou a coroa e a colocou dentro da sacola de couro que usava. Ela sorriu. – Cuidarei da senhora. Sei que vai conseguir – disse o apoiando.

– Obrigado Zin – ele tocou no ombro dela.

– Achei umas pederneiras e Zin as colocou nas sacolas – Eduardo falou apreensivo e nervoso. – Manterei os sinais para que encontrem o castelo novamente – garantiu.

– Edu... – Marcelo o puxou um pouco para o lado e falou mais baixo. – proteja *Bela*, sim? – pediu com os olhos brilhando.

– Pode confiar, Majestade – ele falou e os dois apertaram as mãos com força. – É uma honra ser seu súdito – sorriu e obrigou Marcelo a fazer uma careta.

Eles foram para o corredor e saíram para o pátio, onde o sol despejava luz mas o frio não sucumbia.

– Marcelo... – ele se virou ao ouvir seu nome. Era Mônica. Ela estava descalça, com o camisolão que usava para dormir. Os olhos verde-escuros estavam marejados. Ela o abraçou, sua cabeça batia na altura no peito dele. – Não morra – ela falou aprumando o corpo e o encarou. Ele sorriu e o rosto dela ficou vermelho. Marcelo se inclinou e deu um beijo em seu rosto.

– Não vou morrer – falou confiante e ela assentiu.

– Tomem cuidado... – ela falou olhando para os três que saíam.

– Vocês também – André falou e sorriu. Depois acenaram e foram para o portão.

Eduardo ficou olhando seus companheiros que partiam para um destino incerto e perigoso. A missão dele também não ia ser fácil, afinal teria que proteger as garotas e nem sabia pegar muito bem na espada. Ele se virou para Mônica e a viu enxugando rapidamente as lágrimas do rosto e depois respirando fundo.

– Mônica? – ele falou e ela se virou. – Que tal nós dois aprendermos a manusear melhor nossas espadas? – sugeriu e ela concordou. – Depois do café, então – ele sorriu e os dois entraram no castelo.

Marcelo, Eric e André desceram pela trilha de pedras em direção ao bosque. O sol batia em seus rostos, mas o vento era frio. Estavam compenetrados no campo que tinham à frente. Estudavam aquelas árvores e imaginavam o que encontrariam. Marcelo pensou naqueles olhos que os observaram da outra vez que estiveram ali e também pensou no sonho que tivera. Ele tinha que conseguir...

Eles pararam junto à trilha que já estava marcada por lenhas arranjadas para uma fogueira.

– Fizemos isso logo cedo. O Edu estava preocupado e queria já marcar o lugar – André falou quando passaram pela lenha empilhada estrategicamente. Seria uma fogueira bastante alta. André se abaixou e pegou três tochas que tinham linho enrolado na ponta. – Também preparamos isso. Com certeza vamos precisar.

– Vocês são rápidos – Marcelo falou e pegou uma das tochas apagadas.

Eric pegou outra e eles pararam um minuto antes de entrar na trilha.

– Temos que ficar juntos, não podemos nos separar de maneira nenhuma. Sozinhos não conseguiremos nada – Marcelo mal podia acreditar naquilo que dizia, justo ele... mas sabia que era exatamente aquilo que deveriam fazer. – Eric. Está com seu remédio?

– Estou. Não se preocupe comigo – Eric respondeu sério e firme. – Vamos logo resolver esse problema – falou confiante e eles seguiram para a trilha.

André fez o sinal da cruz diante do peito, apertou o cajado na mão e seguiu para dentro do bosque acompanhando Marcelo e Eric.

# Capítulo XCI
## Bosque das Sombras

Fracos raios de sol passavam pelas árvores no início da trilha e ela ainda não parecia tão assustadora, mas era só firmar o olhar mais à frente e uma escuridão esverdeada os esperava. Marcelo marcou duas árvores a cerca de cem metros da entrada da trilha. Riscara uma seta virada para o norte usando sua adaga. Sua ideia era encontrar referências, tal qual o fio de lã que Teseu levou ao labirinto do Minotauro para encontrar o caminho de volta. Ele segurava a espada na mão e Eric levava o machado, pronto para se defender de um possível ataque. Caminhavam vigorosamente pela trilha, queriam encontrar o refúgio da feiticeira o mais rápido possível e tinham esperança de fazer isso antes de escurecer. Teriam cerca de nove horas para percorrer o maior trajeto que conseguissem, embora fosse muito difícil ter uma noção de horas sem um relógio e sem qualquer visibilidade da posição do sol. Parariam o mínimo possível para descansar as pernas e talvez comer um pedaço de pão e beber alguma coisa, mas não poderiam perder muito tempo. Tinham que aproveitar a fraca luz que passava através das altas copas das árvores. Já não viam o início da trilha e os sons que os rodeavam eram de sapos, de grilos e de algumas aves, além de sua própria respiração. Sabiam que se falassem muito cansariam mais rápido, mas a falta de conversa também era enervante.

– Vamos pensar nos contos de fada – André quebrou o silêncio e falou ofegante, a voz ligeiramente trêmula por conta dos passos rápidos sobre o solo irregular.

– Lá vem... – Eric falou balançando a cabeça, mas achava bom que conversassem. Aquilo poderia fazer o caminho menos assustador.

– Então... vamos pensar. Estamos na história da Bela Adormecida, certo? – perguntou enquanto apoiava o cajado no chão ajudando-o a apressar o passo para acompanhar os outros dois rapazes.

– Certo? – Marcelo perguntou e riu.

– Bem... – André continuou. – Existem algumas versões para a história, mas a mais popular é aquela da Bela, cujo nome verdadeiro era Aurora, que adormece profundamente após espetar o dedo no fuso de uma roca... era uma vingança da fada má.

– Tem uma roca lá na torre – Marcelo falou fazendo uma careta. – Devemos queimá-la?

– Não precisa mais... nossa *Bela* já está enfeitiçada e não sabemos se espetou o dedo em alguma coisa – André falou ajeitando os óculos no rosto que começava a suar apesar do frio. – Mas... – ele fez uma parada estratégica. – Temos uma floresta que de certa forma está isolando nossa *Bela*... o que significa...

– Que estamos indo pro lado errado – Marcelo completou levantando a sobrancelha. – Por que deixamos nossa *Bela* lá do outro lado. Então talvez agora encontremos o dragão...

– Quanta bosta... – Eric falou bufando.

– É mesmo! – Marcelo concordou e riu. – Até parecia uma teoria interessante, André – falou sem querer desencorajar o ânimo do seminarista.

– Por que não falamos sobre esse seu cajado inútil? – Eric apontou para o cajado de madeira clara na mão de André. – Vai matar uma cobra com isso? Realmente eu não entendo para que serve uma merda dessas...

– Veja bem, meu caro simplório amigo. – André falou com um sorriso no rosto, pronto a defender o presente que recebera, apesar de já ter se perguntado para que serviria, mas sentia que não deveria ignorá-lo, principalmente por causa daqueles desenhos que, com certeza, queriam dizer alguma coisa. – Foi com um cajado quase igual a esse que Moisés abriu o mar. Com um cajado quase igual a esse, o mesmo Moisés tocou no Nilo que se coloriu de sangue. Ele o transformou numa serpente diante do faraó... e outras coisas mais... – concluiu orgulhoso apertando o instrumento na mão.

– Agora temos um pregador e profeta entre nós... – Eric balançou a cabeça inconformado. André apenas sorriu olhando para Marcelo, Eric não fazia ideia de que chegara muito perto da verdade.

A trilha foi ficando mais escura e eles perceberam que já haviam se embrenhando bastante no bosque. O caminho desenhado pela grama baixa parecia ser bastante reto, pelo menos não haviam sentido nenhuma curva acentuada para qualquer um dos lados e ia diretamente para o norte.

O ar ficou mais frio e já não se viam mais os fracos raios de sol, pois as copas das árvores cobertas por ervas daninhas adensavam-se sobre eles como que formando um túnel. Foram obrigados a acenderem as tochas. O maior trabalho que tiveram foi lidar com as pederneiras. Sentiram muita falta de um isqueiro ou de um fósforo. Concentraram-se acendendo uma das tochas e depois que o fogo aumentou, queimando pano e madeira, eles o passaram para outra. Resolveram economizar uma delas, pois não sabiam por quanto tempo precisariam da luz do fogo. Foi então que perceberam olhos que apareceram entre as árvores. Eram azuis e amendoados e as pupilas eram vermelhas.

– Estão vendo isso? – André falou baixo olhando discretamente para os lados.

– Não somos cegos... – Eric também falou baixo, o machado a postos ao lado do corpo.

– Serão os parentes da Zin? – Marcelo comentou com a voz baixa também. E depois completou. – Por enquanto só estamos sendo observados – tentava pensar que não corriam riscos iminentes, mas apertou a espada com força na mão.

– Estão analisando qual parte da gente é mais macia... – Eric resmungou.

– E... se tentarmos falar com eles? – André balbuciou.

– Melhor não – Marcelo respondeu olhando para os lados, e vários pares de olhos esconderam-se entre as enormes folhas de samambaias que ficavam junto aos troncos das árvores.

O frio aumentava e a escuridão já cobria toda a mata. Não havia sinal algum de que a trilha estava para terminar ou que os levaria a algum lugar.

Eles estavam com as pernas doloridas. Não sabiam há quantas horas estavam andando. Haviam perdido a noção do tempo. Só sentiam a escuridão que os espreitava. Os olhos azuis e vermelhos apareciam e sumiam entre as sombras, mas nenhum daqueles seres, que poderiam ser os que Zin chamara de *elementais*, se aproximou.

Chegaram a achar que, apesar da aparência, o bosque não representava perigo, então, por que Zin os alertara? E os tais seres das sombras? Estariam escondidos esperando a melhor hora para atacar?

– Eu gostaria muito de entender por que viemos parar nesse lugar... – André falou esfregando os braços. A temperatura caía vertiginosamente.

– No bosque? – Eric perguntou já ofegante. Teria que mascar mais um pouco do remédio de Zin.

– Não. Nesse lugar, nesse tal mundo criado pelo cosmo! – André abriu os braços como que abarcando o espaço.

– Zin disse que fomos escolhidos – Marcelo respondeu sentindo seu nariz congelar.

– Isso é papo! – Eric resmungou. – Parece mais que a gente tá num daqueles *reality shows* de sobrevivência! Talvez algum amigo tenha nos indicado como cobaias. Eu consigo pensar em uns cinco que adorariam me colocar numa fria dessas. – balançou a cabeça.

– Eu cheguei a pensar numa armação também, mas confesso que a ideia morreu depois do incêndio do celeiro... – Marcelo puxou o ar profundamente.

– E também esses *reality shows* têm sempre um grupo de apoio que está de olho para que ninguém se machuque seriamente... não querem responder a processos – André completou.

– E aqueles dois que estavam com os cavalos? E Zin? Não seriam o tal apoio? – Eric olhou para ele com o cenho franzido.

– Aqueles dois queriam ver a gente queimar e nem ficaram para ver se tinham tido sucesso... – Marcelo falou pensativo. A teoria de *reality show* não era ruim, mas tinha inúmeros furos e o mais forte deles era aquele clima.

– E se alguém que está no nosso grupo é da equipe que organiza tudo? – Eric elucubrou. Lembrava-se das acusações de Mônica.

– Quem? – Marcelo olhou para ele sério.

– Sei lá... – Eric levantou os ombros preferindo não falar e acabar concordando com a pequena loira.

Eles pararam ao ouvir o som de rosnar forte que veio do meio das árvores à sua esquerda. Automaticamente colocaram-se de costas um com o outro, seguraram as armas nas mãos e iluminaram com as tochas na direção do barulho. Apuraram os ouvidos e os olhos. O som assemelhava-se ao de um touro bufando antes de perseguir o toureiro...

– Um touro desgarrado? – André falou sentindo a voz tremer e não era de frio, mas de medo.

– Carne para churrasco – Eric falou disfarçando também estar amedrontado.

Então o som que se seguiu foi o de galhos se partindo e cascos batendo sobre o chão. E vinha diretamente na direção deles. Marcelo e Eric ergueram suas armas e deixaram André atrás de seus corpos, pois certamente aquele pedaço de pau seria ineficiente contra o que quer que estivesse correndo até eles.

Eric e Marcelo viram os grandes chifres que apareceram sob a luz de suas tochas, mas não conseguiram distinguir a criatura claramente. Parecia um grande javali, mas quase da altura de um homem, era um pouco menor que André, o mais baixo dos três. Os olhos, que eram totalmente vermelhos, focavam nos três ali parados.

– Meu Deus! – André exclamou quando percebeu que a criatura caminhava sobre duas patas. O corpo era todo coberto de pelos.

– Que porra é essa? – Eric falou assustado ao ver que o animal tinha apenas duas patas e braços longos e fortes como os de um gorila e sua cabeça era a de um javali. Não eram chifres o que eles viam, mas grandes presas da cor de marfim que saíam da bocarra da criatura e que viravam para cima com as pontas muito afiadas. Das enormes narinas saía uma fumaça branca causada pelo frio que aumentava.

A criatura correu na direção deles. Eles jogaram as tochas para o lado e se afastaram. Marcelo empurrou André para o outro lado da estrada. As chamas das tochas iluminavam a criatura de baixo para cima, fazendo-a parecer ainda maior e mais assustadora.

– Abaixe-se ali! – Marcelo gritou para André que sequer discutiu e se encolheu ao lado da trilha perto das árvores.

Eric girou seu machado duplo e Marcelo segurou a espada com as duas mãos apontando-a para frente. A criatura, meio macaco meio javali, não demonstrou medo das armas e foi para cima deles como um furacão. Veloz e ágil, ela se abaixou quando o machado de Eric passou perto de sua cabeça e com o braço comprido e forte, bateu em sua barriga e o empurrou para o lado. A força com que girara o machado fez Eric desequilibrar e ele, tentando não soltar a arma, caiu pesadamente sentado no chão.

Marcelo deu um pulo para o lado, saindo do caminho da criatura, e viu quando ela bateu em Eric. Então deu uma estocada com a ponta afiada de sua espada acertando as costas peludas da criatura, que deu um grito gutural e girou o corpo ao mesmo tempo em que Marcelo puxava sua espada de volta. O movimento jogou Marcelo longe e a espada ficou enfiada no corpo do animal.

Como se tivesse sido atropelado por um caminhão, Marcelo bateu contra uma árvore ao lado da trilha e o impacto arrancou o ar de seus pulmões. A criatura, urrando, estava com os olhos faiscando de ódio e dor, enquanto tentava retirar a espada presa às costas. Eric se ergueu e, girando o machado novamente, foi em sua direção gritando tal qual um animal também. O golpe de sua arma acertou o peito grande do ser incrivelmente feio e fétido, que se debateu, mas não se entregou e tentou acertar Eric novamente.

Marcelo, atordoado pelo choque violento contra a árvore, se levantou e viu que Eric lutava contra o animal. Ele localizou sua espada que ainda estava enfiada no corpo peludo e, aproveitando-se do interesse do agressor por Eric, se aproximou por trás e, sem pensar, segurou o punho da espada e a forçou para baixo, cortando verticalmente as costas do grande animal. Rapidamente puxou a espada e se afastou para escapar de um novo golpe.

Urrando de dor, com o sangue escorrendo em profusão, a criatura correu para o outro lado da trilha e desapareceu entre as árvores, quase pisando em André, que se jogou para o lado apavorado... Eles ouviam os gritos e o som dos galhos se partindo conforme a criatura se afastava.

Com o corpo todo tremendo, André se ergueu e pegou uma das tochas que estava perto dele. Por sorte as chamas não haviam se apagado. Ele foi em direção aos outros dois, que estavam ajoelhados ao lado da outra tocha cuja chama já estava quase extinta. Eles respiravam rapidamente apertando suas armas nas mãos. Marcelo apertou o lado esquerdo do corpo e gemeu. Eric tossiu e esfregou o abdome atingido pela mão pesada da criatura.

– Meu Deus... vocês estão bem? – André parou ao lado deles. A tocha tremia em sua mão. Ele pegou a outra tocha atiçando a chama para que não apagasse.

– Acho que quebrei uma costela... – Marcelo falou tentando erguer o corpo e aquele movimento o fez gemer novamente. Suas costas doíam tremendamente, principalmente do lado esquerdo que se chocara com a árvore.

– Que porra de bicho era aquele? – Eric falou se levantando e olhando para a escuridão ao lado da trilha.

Marcelo se levantou e respirou fundo, o que provocou uma dor terrível, depois olhou na direção para onde o bicho fugira todo ferido, ensanguentado, mas vivo. Era um animal muito forte e resistente.

– Um javali-gorila? – André falou e sua voz tremeu terrivelmente. Arrumou os óculos tortos no rosto.

– Era muito forte – Marcelo falou respirando forte e sentindo uma pontada nas costas.

– Era mesmo – Eric falou sentindo os músculos de seu abdome doerem. – E também era muito feio e fedorento. – ele fez uma careta. Viu que Marcelo estava com cara de dor. – Você tá legal?

– Talvez eu, realmente, tenha trincado uma costela – Marcelo falou e aprumou o corpo. – Mas não podemos ficar aqui – olhou para os lados arqueando as sobrancelhas.

Eles começaram a andar lentamente, com as armas em punho e muito mais desconfiados com os sons que vinham da mata. A cada passo que Marcelo dava parecia que uma faca era espetada em suas costas e ele lutava para manter o corpo erguido.

— Meu reino por um analgésico... — ele falou quando André perguntou se estava tudo bem.

— Vejam... uma clareira — Eric apontou à frente e eles avistaram uma pequena entrada sem mato alto ou árvores. Havia uma pedra clara lisa e comprida que era um ótimo banco. — Vamos parar? Beber alguma coisa e comer um pão? — ele sugeriu já se dirigindo para a pedra.

— Seria bom... minhas pernas já estão latejando — André falou e o acompanhou. Eles recolheram alguns gravetos para acender uma pequena fogueira. Marcelo fez a marca de seta em uma das árvores. Depois se sentou soltando um gemido e esticou as pernas que também estavam doloridas, mas de tanto que haviam andado.

— Quanto tempo será que andamos? — André falou massageando as panturrilhas.

— Não o suficiente — Marcelo falou irritado esfregando a lateral do corpo. — Espero que Zin esteja certa quando disse que todas as trilhas levavam a Meg... — falou pegando um pedaço de pão e só então percebendo que estava morrendo de fome.

— Se é que essa tal feiticeira existe mesmo! De repente é uma maluquice daquela baixinha — Eric falou e eles ouviram um riso baixo da mata atrás deles. Marcelo e Eric ergueram-se rapidamente apontando suas armas na direção do som e então houve um barulho entre as samambaias como se alguém tivesse corrido. — Duendes! — Eric falou alto nervoso por não ver aqueles que com certeza estavam de olho neles. — E eu que tirava um barato de uma prima minha que tinha um adesivo no carro que dizia: *Eu acredito em duendes*.

— Às vezes sinto como se estivesse em algum hospício. Como se tudo isso fosse apenas uma criação absurda da minha imaginação... Ou penso que posso ter sofrido algum acidente e estar em coma e esse é o Universo que criei para suportar minha condição... — André falou arriando os ombros. — Ou aqui seria o purgatório? Quanto tempo teremos que passar aqui até merecermos o céu? — sorriu balançando a cabeça.

— Então descartamos a hipótese do *reality show*? — Marcelo falou sentindo um terrível esgotamento. Tomou um gole de vinho na esperança de que ajudasse a amenizar aquela dor.

— Depois do gorila-javali? — Eric levantou a sobrancelha.

— Javali-gorila — André o corrigiu e sorriu balançando a cabeça.

— Não... acho que a gente tá ferrado mesmo — Eric suspirou.

Então, eles ouviram um novo farfalhar entre as árvores, só que agora vinha da frente deles. Novamente eles apertaram as armas nas mãos já esperando algum tipo de ataque, talvez de algum companheiro daquela criatura que eles feriram. Mas então, duas sombras alongadas apareceram.

Do meio das árvores e das samambaias saíram duas figuras que estavam usando capas que cobriam suas cabeças. Eric e Marcelo apontaram suas armas na direção delas. Não eram seres pequenos ou animais, eram humanas...

– Calma... – uma voz de mulher soou suave e os capuzes foram abaixados.

Eram duas jovens, uma era bastante loira, com cabelos compridos, rosto muito fino e esverdeado. A outra era uma oriental de cabelos muito lisos e negros que caíam sobre os ombros, seus olhos escuros puxados tinham um brilho estranho como se a íris ocupasse todo o globo.

– Queremos ajudá-los – a jovem loira falou e se aproximou um pouco mais. A luz da fogueira não disfarçava os rostos magros e ligeiramente verdes das duas, assim como seus olhos escuros.

– Sei – Marcelo falou com desconfiança e manteve a espada apontada na direção delas, embora esse movimento fizesse seu corpo todo doer.

– Podemos levá-los para casa – a jovem oriental falou com uma voz fina, mas suave.

– Para... casa? – Eric falou baixando um pouco o machado.

– Sim! Sabemos onde fica a passagem para seu mundo – a loira falou e olhava com os olhos escuros de forma fixa para Marcelo.

– Quem são vocês? – Marcelo perguntou sem mudar de posição. Não estava acreditando naquelas duas e tampouco confiava nelas, mas Eric parecia estar cedendo.

Elas se olharam rapidamente e depois sorriram friamente como se tivessem combinado a reação.

– Ninfas do Bosque – falaram em uníssono.

– Marcelo... – André falou baixo ao lado dele. – Sabe que em muitas histórias, ninfas e sereias não são realmente o que parecem... – murmurou perto do ouvido dele e ele assentiu.

– Nos levariam até Meg, a feiticeira? – Marcelo perguntou as encarando.

– Não existe feiticeira nenhuma... – a loira falou séria. – Isso é tudo uma armadilha! Vocês não chegarão a lugar nenhum por aí e não vão conseguir salvar a adormecida. Nós podemos levá-los de volta para casa!

– Podem mesmo? – Eric abaixou totalmente seu machado de guerra, deixando a guarda descoberta. Marcelo o olhou furioso.

– Eric. Elas mentem! – ele falou e viu Eric olhar para ele com o cenho franzido.

– Como pode saber quem mente afinal? – Eric falou elevando a voz.

– Se vamos voltar para casa, então temos que ir buscar os outros – Marcelo voltou a encarar as duas. Cada vez que puxava a respiração sentia uma dor terrível nas costas.

– Por que se preocupar com quem vocês nem conhecem direito? Eles são estranhos que não hesitariam em deixá-los se tivessem a oportunidade que estamos oferecendo! – a oriental falou com os lábios comprimidos. – Voltem para casa e esquecerão tudo o que aconteceu aqui! Vão acordar de um sonho e só!

– Não vou deixar ninguém para trás – Marcelo falou e sentiu alguma coisa agarrando em sua capa a puxando para trás. Com a espada voltada para frente, ele virou a cabeça e viu um ser pequenino, parecia uma criança, mas tinha um olhar maduro que se mostrava através de olhos redondos azuis e vermelhos. Tinha uma espécie de folhagem sobre a pele que a tornava verde, tal qual as samambaias. Ela mexeu os lábios e o som não saiu deles, mas Marcelo o ouviu em sua mente, como se um vento soprasse as palavras para seus ouvidos.

– Não acredite nelas, Majestade. São seres das sombras – aquela criatura pequenina falou e parecia Zin falando.

– Saia daqui, criatura das trevas! – a loira gesticulou em direção à criatura pequena que se encolheu agarrada à capa de Marcelo. Ele estendeu a espada na direção da garganta da jovem loira.

– O que são vocês? Não são ninfas!

Eric parecia atordoado, confuso e André observava a cena com cuidado, desconfiava daquelas duas jovens num lugar como aquele, de onde, há pouco, aparecera aquela criatura animalesca e feroz. Não deveriam ser tão indefesas...

– Não acredite nessa criatura! – a oriental apontou para a figura diminuta que se agarrava à capa de Marcelo.

– Por que não devo acreditar nela e acreditar em você? – Marcelo falou já nervoso. Não gostava de situações como aquela, principalmente quando não fazia ideia nenhuma do que estava acontecendo ou de onde estava.

– Olhe para nós! Somos como vocês! E olhe para ela! – apontou para o ser cheio de plantas. – Ela vai querer levá-los para o meio do bosque, irão se perder e ficar vagando sem nunca encontrar o caminho!

Nós estamos oferecendo o caminho para casa! Por que não acredita em nós?

– Marcelo... – Eric falou parecendo convencido daquilo que as ninfas diziam.

– Você vai abandoná-los, não é, Eric? Não se importa com o que vai realmente acontecer – Marcelo o olhou sem raiva, havia ali apenas a contestação de algo que ele já intuía sobre Eric. – Não o culpo, é seu direito. Vá para casa – falou levantando os ombros e sentiu um puxão em sua capa. A criatura verde e pequena fazia *não* com a cabeça. Marcelo, virando-se para a criatura, falou. – Não posso impedi-lo – olhou para Eric, que realmente estava atordoado.

Eric foi colocado em xeque e aquele tipo de situação sempre o desconcertava. Por conta desse seu comportamento causara grandes problemas à família e desgosto à sua mãe. Ninguém se orgulhava dele. Ele era um problema para a família. Talvez nem estivessem sentindo sua falta. Mas o que ele devia àqueles estranhos que encontrara naquele celeiro em situação tão suspeita?

A situação era extremamente tensa. As duas ninfas os observavam a uns dez passos de distância. Eric olhava para elas como que decidindo o que fazer. André mantinha o cajado diante do corpo segurando-o como se fosse um amuleto ou até um crucifixo capaz de afastar demônios e vampiros. Marcelo sentia as mãos pequenas que seguravam sua capa e encarava as duas mulheres enquanto apontava a espada para elas. Não iria baixar a guarda.

– O que lhe disseram? – a jovem loira deu um sorriso lupino fitando o rosto de Marcelo. – Que é o Rei? E você acredita nisso?

Marcelo olhou para ela estreitando os olhos. Conhecia aquele tipo de jogo e não se deixaria manipular. Se havia uma coisa da qual ele se orgulhava era não se deixar provocar facilmente, e aquelas duas não sabiam daquilo, não o conheciam.

– Não. Não acredito – ele falou com segurança, pois não acreditava mesmo, mas aquilo pouco importava. Ele viu a surpresa cruzar nos olhos daquela que o provocava ao sentir a confiança que ele demonstrara. – Como também não acredito que possam nos levar para casa. E se não podem realmente fazer isso, então saiam do caminho e nos deixem terminar o nosso lanche – falou como se fossem crianças que importunavam.

– Vocês não pertencem a esse lugar! – a jovem loira do rosto esverdeado falou erguendo os braços finos. As duas pareciam um tanto anoréxicas...

– E que lugar é esse? Podem nos dizer? – Marcelo falou sentindo uma fisgada no lado machucado do corpo. – Que mundo é esse? Como se chama? Como chegamos aqui? Quem nos trouxe? Sabem responder a essas perguntas? – ele as encarou com o cenho franzido.

– Nosso Rei saberá responder a todas suas perguntas! Venham conosco e terão suas respostas e o caminho para casa! – ela respondeu, mas Marcelo percebeu um nervosismo naquele olhar escuro. Definitivamente não confiava naquelas duas.

– Seu Rei... sei – ele respirou fundo olhando para os dois rapazes que o acompanhavam. – Talvez marquemos uma audiência quando voltarmos de algo importante que temos que fazer...

– Não há feiticeira! – a jovem oriental insistiu. – Só há bosque!

– Prefiro conferir isso com meus próprios olhos – Marcelo afirmou seguro.

– Estamos oferecendo a volta para casa... – a loira afirmou já impaciente.

– Sabe onde eu moro? Meu endereço? – Marcelo levantou uma das sobrancelhas. – Então me diga, e é capaz de eu acreditar em você – ele a provocou.

As duas jovens se olharam e estavam visivelmente inseguras. Era evidente que não sabiam a resposta.

– Eric – a ninfa oriental sorriu para o jovem que mal respirava. – Venha conosco! – tentava ao menos convencer o jovem que parecia atordoado.

André, que decidira apoiar totalmente qualquer decisão que Marcelo tomasse e viu que ele ganhara aquela queda de braço, deu um passo à frente e elas deram um passo para trás.

– Senhoritas... – ele ajeitou os óculos no rosto. – Creio que estão longe de casa também, não é? E esse lugar pode ser perigoso para duas jovens andando sozinhas. Tem uns bichos ferozes andando por aí... Então é melhor que voltem para seu lago, sua casa na árvore, seu buraco no chão ou seja qual for o lugar onde moram – ele falou e reparou que o cajado em sua mão tremeu levemente e emitiu um brilho pálido prateado. As duas se afastaram ainda mais. André tocou no braço de Eric e o fez olhar para ele. – Não vá, Eric... elas não sabem como nos mandar de volta para casa – ele falou seguro e Eric piscou pesadamente duas vezes e reparou no cajado que brilhava suavemente. Os desenhos pareciam iluminar-se.

Marcelo também viu que o cajado parecia ter acendido e que as duas jovens estavam com medo dele.

– Hora de pegar a estrada, queridas – Marcelo falou com um meio sorriso.

– Vão se arrepender por isso, podem esperar – a jovem loira falou e as duas entraram pelo bosque cobrindo a cabeça com a capa e sumiram na escuridão.

– Você assustou as meninas com seu cajado luminoso, André – Marcelo falou e viu o sorriso impecável de André, que apertava o cajado nas mãos e o olhava com admiração.

Marcelo se virou para a pequena criatura, que soltou sua capa depois que as jovens haviam partido. Ele se agachou diante dela fazendo uma careta de dor e depois sorriu.

– Obrigado por cuidar de mim – falou e viu um sorriso sem dentes no rosto verde e redondo. Os olhos azuis e vermelhos sorriam também. – E você... quem é? – perguntou, e ela apertou as minúsculas mãos diante do corpo.

Dessa vez a criatura mexeu os lábios e o som saiu de sua boca. Era uma voz fina que parecia um o som de ave.

– Luri, Majestade – ela respondeu. – E o senhor *é* o Rei, com certeza. Certeza absoluta – ela balançou a cabeça afirmativamente com vigor. O que o fazia lembrar-se de Zin.

Eric sentou-se com uma expressão confusa no rosto. Perdera a oportunidade de ir para casa? Será que elas realmente não sabiam? E o que o havia impedido de deixar aqueles dois ali e seguir com as duas garotas?

André olhava para a pequena criatura ao lado de Marcelo e não podia negar que ela fazia parte do bosque, assim como aquelas árvores. O que era diferente das duas jovens que estiveram ali. Elas pareciam apenas *estar* ali e não *ser* aquele lugar.

– Luri... – Marcelo falou olhando naqueles olhos tão interessantes que pareciam besouros coloridos e brilhantes. – Sabe se estamos no caminho da casa de Meg? – ele falava como se ela fosse uma criança, mas alguma coisa lhe dizia que não havia como contar a idade daquele ser tão pequeno e cheio de vida.

– Sim. Sim! – ela afirmou sorridente. – Posso levar o senhor até lá, Majestade.

Marcelo olhou para André e sorriu satisfeito. André estava admirado ao ver como Luri enxergava a majestade de Marcelo, mesmo que ele a tivesse negado com firmeza. E tomou consciência de que aquela criatura do bosque realmente protegera o Rei agarrando-o pela capa como que o impedindo de cair nas garras daquelas mulheres. Para onde elas os levariam se acaso as seguissem? Não queria pensar que, de repente, poderiam mesmo ter fechado uma porta que os levaria para casa.

– Não quis ir com aquelas garotas e vai seguir com essa... coisinha? – Eric falou apontando para a criatura verde.

– Fico feliz que tenha ficado, Eric – Marcelo falou. Realmente ficou surpreso e aliviado por Eric não ter seguido com aquelas duas. Temia que o outro não chegasse realmente em casa.

– Não faça com que me arrependa – Eric falou sério olhando com extrema desconfiança para Luri.

– Eu levo para a feiticeira, senhor! – Luri pegou Marcelo pela mão. Ele sentiu um roçar como se estivesse segurando uma flor pela haste. Era uma sensação bastante estranha, mas, mais estranho foi o comichão que correu pelo seu braço e alojou-se junto ao local que ele machucara. Foi como se tivesse colocado uma compressa de gelo no local e ele sentiu que a dor passou instantaneamente. Ergueu-se e tocou no lado do corpo com os olhos arregalados. Luri sorria.

– Vo... você fez isso? – ele perguntou, ainda sem acreditar naquela cura milagrosa.

– Majestade... o senhor merece ficar bem – ela falou despreocupada e aparentemente feliz.

– O que foi? – André perguntou curioso ao ver a expressão surpresa no rosto de Marcelo.

– A dor... passou – Marcelo olhou para ele e depois para o ser pequenino e verde. – Obrigado, Luri – ele se ajoelhou diante da criatura e pegou sua mão novamente e a beijou delicadamente, sentindo as folhas que a cobriam roçarem em sua boca. Ele viu que os grandes olhos azuis e vermelhos brilharam intensamente e o sorriso banguelo se alargou exageradamente.

– Eu levo até Meg – a criatura falou animada.

– E então? – Marcelo olhou para seus companheiros de viagem, esperando a opinião.

– Ela curou você? Sabe o caminho para a feiticeira? Qual a dúvida? – André falou e sorriu para Luri.

– E fiquei com alguma alternativa? – Eric levantou os ombros, mas estava confuso e surpreso ao saber que aquela criatura havia curado Marcelo apenas segurando sua mão. – Trocar duas garotas bonitas por um monte de samambaia! – suspirou e viu o olhar despreocupado de Luri para ele, o que ele dissera não a ofendera de maneira nenhuma. Talvez ela fosse mesmo uma samambaia com braços e pernas. Afinal, não tinham enfrentado um bicho com corpo de javali e braços de gorila? Ele devia ter tomado LSD, só isso explicaria...

Eles apagaram a pequena fogueira, pegaram suas tochas e seguiram a criatura pequena e verde pela trilha.

– O que acha que aconteceu com o seu cajado? – Marcelo, recuperado da dor, olhou para o instrumento que André carregava e que voltara ao seu estado normal.

– Não sei – André falou olhando para a haste de madeira clara. – Só sei que ele tremeu na minha mão antes de acender e eu senti que não podia confiar naquelas duas – ele respirou fundo. – Eu não sei explicar, mas havia algo de assustador nelas.

Marcelo assentiu olhando para a cabeça redonda de Luri, que seguia à frente e respirou fundo antes de falar.

– Eu... tive um sonho antes de a gente sair. Havia um homem, ele usava uma capa e seu rosto tinha a mesma aparência que daquelas duas... ele... – balançou a cabeça como que para espantar a imagem – matou *Bela*...

– Meu Deus... – André balbuciou e compreendeu a urgência que Marcelo sentiu em ir atrás da feiticeira.

Eles andaram alguns quilômetros e estavam exaustos. Não haviam descansado o suficiente naquela clareira e nem comido o bastante.

– Meg – Luri parou e apontou à frente.

Os três pararam respirando com força e olharam para onde a criatura do dedo verde apontava. O sol se punha na direção do abismo deixando a paisagem avermelhada à frente deles. Felizmente deixavam a escuridão sufocante do bosque para trás. A trilha terminava em um rio. Do outro lado da margem havia árvores e morros e não tinha uma mata fechada como a que haviam encontrado até então. Era um campo extenso e verde. O rio devia ter uns 50 metros de largura e a água, brilhando com a luz alaranjada do sol poente, corria velozmente na direção que deveria ser o abismo. Marcelo chegou a imaginar a bela cachoeira que haveria naquele penhasco...

– A toca de Meg – Luri apontou para o outro lado do rio na direção de um morro de terra e mato. Não se parecia com uma casa, a não ser pela coluna de fumaça que saía por aquilo que deveria ser o telhado e uma iluminação tímida que aparecia entre o musgo. Talvez por isso Luri a chamava de toca. Marcelo imaginou que tipo de criatura poderia ser aquela feiticeira. Imagens de ogros, orcs, bruxas grotescas e duendes apareciam em sua cabeça. – Eu não posso ir lá – Luri balançou a cabeça negando com veemência. – Não posso sair do bosque. Vá, Majestade e salve sua senhora – completou ao ver a confusão no rosto de Marcelo. Então a criatura sorriu e correu para o meio da mata, sumindo entre as samambaias verdes e úmidas. Marcelo ainda ficou olhando para o meio do mato e viu mais alguns pares de olhos azuis e vermelhos que brilharam antes de sumirem na escuridão.

– Esse lugar só tem malucos! – Eric praguejou saindo da trilha em direção à margem do rio. Olhou para os dois lados e o rio perdia-se de vista, tanto à esquerda, quanto à direita. Uma grande lua já aparecia no céu a leste, onde havia uma enorme cadeia de montanhas.

– Será fundo? – André e Marcelo pararam ao lado de Eric, que falou olhando para a água que corria veloz.

– Só tem uma maneira de saber. – Marcelo ajeitou a espada nas costas depois de erguer a capa, prendendo-a também na cinta de couro.

– Essa água deve estar congelando! – André falou ajeitando sua capa e chegando a bater o queixo prevendo o frio que sentiria ao colocar os pés naquela água límpida.

– André... você tem um cajado de um metro e meio mais ou menos. – Marcelo parou ao lado do cajado. Ele tinha um metro e 81, e o cajado chegava à altura do seu peito; então, tinha uma medida aproximada da altura daquele instrumento. André deveria medir um pouco mais de um metro e 70, e Eric era um pouco mais alto que Marcelo. – Pode ir à frente testando a profundidade não? – perguntou olhando para o outro lado da margem. Era incrível como aquele bosque de onde saíram não deixava passar qualquer tipo de luz, tirando-lhes qualquer noção de dia ou noite...

André olhou para Marcelo procurando não demonstrar todo o medo que sentiu ao ouvir aquela sugestão. Ele não sabia nadar. Sentiu seu estômago embrulhar. Resolveu abrir o jogo.

– Eu não sei nadar – falou suspirando profundamente. – É melhor um de vocês ir à frente. Eu empresto o cajado.

– Me dá isso aqui. – Eric pegou o cajado das mãos trêmulas de André e colocou os pés dentro da água, equilibrando-se quando sentiu a correnteza.

– André... segura aí na cinta da espada, mas toma cuidado pra não me derrubar, ok? – Marcelo falou, e André imediatamente segurou na cinta de couro presa às costas de Marcelo e assentiu mostrando-se pronto.

O leito do rio era pedregoso. E isso fazia a travessia ainda pior, pois eles escorregavam nos cascalhos. Eric espetava o cajado alguns passos à frente, testando a profundidade, e depois pisava no lugar com cuidado. Marcelo e André iam atrás dele, tinham que seguir exatamente os passos de Eric. A correnteza era forte e eles tinham que manter o corpo tenso e as pernas firmes para não serem levados pela água. Era difícil, pois a água estava congelando e eles estavam cansados, com as pernas doloridas de tanto andar e tinham comido muito pouco.

André se desequilibrou algumas vezes, quase caindo e arrastando Marcelo junto. Ele se desculpou batendo os dentes. Sua mão tremia incontrolavelmente e já temia morrer de hipotermia. A água batia na altura da cintura deles quando chegaram ao meio do rio.

– Acho que é a parte mais funda. – Eric falou e sua voz tremeu terrivelmente de frio. Ele tocou mais à frente com o cajado e eles caminharam em direção à outra margem com extrema dificuldade; não parecia que era tão longe assim e agora não tinham certeza de que chegariam vivos do outro lado.

As pernas de André fraquejaram quando faltavam poucos metros para alcançarem a outra margem, e, vendo que cairia, soltou a cinta de couro de Marcelo com medo de derrubá-lo. Marcelo sentiu quando André o soltou e temeu o pior. Chamou por Eric. André foi arrastado pela correnteza e se debateu apavorado, chegou a sentir quando a água entrou pela sua boca, mas sentiu quando sua capa foi agarrada e, com um tranco, ele foi puxado para trás. Tentou se erguer e deslocou uma enorme quantidade de pedras debaixo dos pés. Ele foi içado com força para trás e viu que Marcelo segurava com as duas mãos sua capa e Eric segurava Marcelo pela cinta de couro da espada, mantendo-o firme. Formavam uma corrente que não poderia se partir. André, com muito custo, firmou os pés no chão respirando com dificuldade, o coração disparado e o corpo todo tremendo. Engolira água e tossia em desespero. Nunca passara um medo tão grande em toda a sua vida. Aquela história de que, quando se está morrendo, vemos a vida inteira passando diante de nossos olhos era mentira. Ele não enxergou nada, apenas a água, e sentiu um desespero absurdo.

Unidos pela corrente humana, Eric ajudou Marcelo a sustentar o peso de André e eles chegaram praticamente se arrastando à outra margem do rio. Marcelo largou a capa de André que, deitado de costas na lama, respirava e tossia. O rei deu mais dois passos e caiu de joelhos puxando o ar com força, seu corpo todo tremia e já não sentia os braços e as pernas. Eric também caiu de joelhos lutando contra a asma que queria lhe atacar. Nenhum dos três conseguiu falar nada por um bom tempo, só buscando controlar os tremores de frio, o esgotamento e tentando respirar.

– Desculpem... – André falou depois de um bom tempo, quando viu que tanto Marcelo quanto Eric haviam se deitado de costas na relva baixa junto à margem. – Obrigado.

– Cacete! – Eric primeiro praguejou e então começou a rir fazendo os outros dois olharem confusos em sua direção. – Que baiacu foi esse que você pescou, Marcelo? – falou rindo e tossindo. E Marcelo começou a rir também.

– Um baiacu cego, por que perdi meus óculos! – André falou e depois, sem saber se era de nervoso, cansaço ou frio, começou a rir também.

# Capítulo XCII

## Meg, a Feiticeira

— Ora, ora, ora... se não são três duendes sorridentes... – uma voz de mulher soou alto por detrás das cabeças deles. Eles pararam de rir, se viraram e viram uma espada apontada na sua direção. – Não quero estragar a piada, mas sou boa com essa arma, podem apostar! – ela falou e jogou para trás o capuz da capa clara que usava.

Com extrema dificuldade, os três levantaram-se e olharam-na admirados. Era uma mulher jovem, com longos cabelos vermelhos e a pele clara salpicada de pequenas sardas. Seus olhos eram castanhos bem claros e ela segurava a espada com confiança e sustentava um olhar belicoso. Parecia não se incomodar ao ver três homens bem maiores que ela e dois deles portando armas perigosas.

— Meg? – Marcelo perguntou surpreso. A verdade era que ele esperava uma velha retorcida, com a pele tomada por rugas e verrugas, mexendo num caldeirão e não brandindo uma espada com ferocidade, mas aquela mulher só poderia ser a feiticeira. Ele não pegou a espada, queria mostrar que não estava ali para lutar.

— Vocês vieram do bosque... são os novos habitantes do castelo? – os olhos dela correram pelos três homens diferentes diante dela. O mais alto deles, usava uma capa escura e a roupa molhada aderia a um corpo bastante musculoso. Tinha cabelos castanhos curtos, a barba castanha começava a crescer, mas ela podia divisar o queixo forte e altivo. O rapaz que falara com ela era também alto, forte, mas ela podia ver que não havia, sob a roupa negra, a mesma quantidade de músculos que o outro apresentava. Os cabelos eram escuros e um pouco compridos. A barba também começava a aparecer, mas era possível ver um rosto com linhas perfeitas. Seus olhos eram verde-claros e faziam uma análise inteligente e cuidadosa. O terceiro homem foi o que mais chamou a atenção dela. Era um negro, mais baixo e mais magro que os outros dois. Sua cabeça estava raspada, mas a barba também teimava em aparecer. Seus olhos escuros estavam fixos no rosto dela e ele tremia terrivelmente.

— Somos os novos habitantes do castelo – Marcelo confirmou e a viu colocar a espada em uma cinta que estava em sua cintura. – E você é Meg? – ele levantou a sobrancelha.

— Sim, Majestade — ela se inclinou ligeiramente numa sutil reverência e sorriu. — Em que posso ajudá-lo? — perguntou e caminhou em direção à casa sob o morro. Marcelo intuiu que ela já sabia por que ele estava ali, mas teria que se explicar.

— Precisamos de um contrafeitiço — ele falou objetivamente, enquanto a seguia para dentro da casa. Viu uma porta de madeira enegrecida enfiada no morro de terra.

— Para aquela que dorme — ela falou passando pela porta. Uma luz fraca vinha de uma lareira rústica feita de pedras empilhadas e onde pendia um pequeno caldeirão que desprendia uma fumaça aromática. O cômodo pequeno tinha uma cama de palha forrada com uma capa e uma infinidade de ervas penduradas pelo teto baixo. Marcelo e Eric foram obrigados a manter a cabeça levemente inclinada para entrar no casebre. Havia um baú em um dos cantos e se parecia muito com aqueles que guardavam as coisas deles no castelo.

— Pode nos ajudar? — Marcelo perguntou ansioso e sua voz saiu trêmula. Ele passou a mão no cabelo que caía molhado no rosto e esfregou vigorosamente os braços.

— Calma... primeiro é melhor que tirem essas roupas, senão vão morrer de frio e me darão um enorme trabalho se eu tiver que montar um fogueira e queimá-los — ela falou e foi até o baú, de onde tirou três capas secas. Viu que eles pareciam constrangidos e se olharam receosos. — Vamos! Querem mesmo morrer de frio? — franziu o cenho.

Eric levantou os ombros e então começou a se despir. Marcelo fez o mesmo, começando pelas botas encharcadas. André estava muito constrangido, mas sentia a roupa grudada em seu corpo e gelando seus ossos. Ele tirou a bota e reparou que a feiticeira virara de costas para eles mexendo no caldeirão. Ela atiçou mais o fogo da lareira e o pequeno ambiente esquentou bastante. Eles se enrolaram nas capas enquanto ela enchia uma cuia de barro com o caldo perfumado da panela. Havia um aroma muito bom de ervas naquele aposento. Ela se virou com a cuia fumegante e a estendeu a Marcelo e fez sinal para que se sentassem sobre a cama.

— Prove um caldo quente, Majestade — ela sorriu e ele pegou a cuia da mão dela.

Marcelo olhou-a sério. Sabia que era um teste de confiança e via isso nos olhos claros que o observavam com interesse e desafio. Ele aspirou o perfume do caldo e lentamente bebeu o líquido espesso e quente. O sabor o surpreendeu completamente. Havia esperado o gosto da sopa de Zin, mas aquele caldo tinha o sabor do macarrão à bolonhesa de sua avó! Ele arregalou os olhos surpreso e a viu sorrir. Tomou ávido todo o caldo e suspirou satisfeito antes de entregar a cuia novamente à feiticeira.

— Delicioso! — ele falou com um sorriso nos lábios. — Obrigado — agradeceu enquanto ela enchia a cuia novamente e a estendeu a Eric. O rapaz olhou desconfiado, primeiro para Marcelo para ver se não iria começar a estrebuchar envenenado, depois olhou para a feiticeira que o esperava paciente e plácida, e então olhou para o caldo que era grosso e verde.

Eric, bem devagar, sorveu o conteúdo da cuia e foi surpreendido pelo sabor de comida mineira que sentiu. Parecia que comia uma suculenta costela de porco, com um arroz carreteiro... Tomou o conteúdo da cuia rapidamente para que aquela sensação não sumisse.

— Muito bom! — ele exclamou com um sorriso no rosto.

Repetindo o movimento, Meg encheu a cuia e a entregou a André, que, extasiado, estava observando tudo o que acontecia e aquele lugar. Jamais imaginara conhecer uma verdadeira bruxa e estava encantado. Ele agradeceu pela cuia e aspirou o aroma do caldo. Percebia que aquele repassar da cuia era uma espécie de ritual de reconhecimento que a feiticeira fazia enquanto aproveitava para observá-los atentamente, com um olhar sagaz e inteligente. Ele virou o líquido lentamente na boca e sentiu o gosto de seu prato preferido, arroz, feijão e bife acebolado. Teve um leve vislumbre de casa... Tomou o líquido degustando cada sensação e as recordações que ele lhe proporcionava e se sentiu mais leve e relaxado. E, finalmente, seu corpo parou de tremer.

— Obrigado — ele sorriu exibindo os belos dentes.

Então ela se sentou sobre o baú encostado à parede de barro e olhou para eles.

— Foi Zin quem falou de mim — ela falou com calma apoiando os braços sobre os joelhos dobrados. — Ela não falaria nada se alguém não tivesse pedido a informação — falou olhando para Marcelo, mostrando que sabia que fora ele quem perguntara.

— Eu perguntei — mesmo assim ele se apresentou como responsável.

— O Rei — ela sorriu, enquanto o observava cuidadosamente. — E você resistiu às *ninfas*... — se referiu às duas jovens com escárnio.

— Tive a ajuda de Luri — ele respondeu encostando-se à parede. Estava cansado, muito cansado.

— Luri... ela não resiste! — Meg sorriu balançando a cabeça. — Tem que grudar em homem bonito!

— Fico lisonjeado — Marcelo deu um sorriso torto. Depois respirou fundo. Seu corpo dolorido apresentava sinais de exaustão e aquela sopa quente, aliada ao calor da lareira, ia provocando uma letargia irresistível, mas ele precisava das informações sobre como desfazer o feitiço.

– Descanse um pouco, Majestade – ele ouviu a voz suave de Meg, antes que seus olhos fechassem completamente. Nem reparou que Eric e André já dormiam encostados à parede...

Eduardo entrou no castelo depois de deixar aceso o *farol* que construíra no patamar de observação junto do muro. Sabia que era improvável que os três voltassem naquela noite, mas, mesmo assim, alimentou aquela frágil esperança enquanto construía o aparato. Ele, com a ajuda das garotas, cortou pedaços de madeira com cerca de um metro. Usaram todo o resto da carroça quebrada para isso. Então, fez uma base cruzando oito tábuas, repetiu a operação até atingir a altura do muro, que não deveria ter mais de um metro e meio naquele patamar. Construiu uma versão estranha das grandes fogueiras de São João que vira uma vez quando foi ao nordeste na época das festividades do santo. Não ficou tão perfeita ou bonita, mas serviria para o propósito de sinalizar o local. Pegou uma placa de metal, que se parecia com um velho escudo enferrujado, e colocou-a como uma base para a lenha. Depositou as achas sobre ela e acendeu. Ficou muito feliz por sua engenhoca ter dado certo e as garotas o felicitaram satisfeitas. Ele ganhou até um beijo de Fernanda. Foi no rosto, mas ela o fez carinhosamente enquanto dizia que ele era muito inteligente e aquilo foi realmente muito bom!

Depois de verificar se estavam seguros lá dentro, se sentaram para comer e tomar vinho, mas estavam todos preocupados. Devia ser muito tarde, não tinham noção das horas. Só sabiam que estava bastante frio e que anoitecera já há muito tempo...

– Será que estão bem? – Adriana falou muito preocupada enquanto mastigava um pedaço de pão. – Está tão frio!

– Será que Eric teve alguma crise de asma? – Mônica falou com os olhos preocupados fixos em seu copo de vinho. – Não será fácil carregá-lo se precisarem... – pensava que Marcelo, sozinho, não daria conta de carregar aquele homem grande e pesado, pois André parecia não levar o menor jeito para trabalhos braçais.

– Zin deu um remédio gosmento para ele. Deve ser bom, por que não o ouvi tossir depois que mastigou aquela coisa fedorenta... – Fernanda falou afastando o prato vazio da sua frente.

– Fico pensando naqueles olhos que vi no meio do mato... – Eduardo falou olhando para a lareira e as garotas o olharam fixamente. – Eu... não comentei nada para não assustar vocês... – completou sem graça ao ver o medo estampado no rosto delas. – Mas quando entrei na trilha para ajudar Marcelo a arrastar Eric, vi olhos enormes, azuis e vermelhos no meio daquele monte de samambaias...

– Você... falou isso pra eles? – Mônica perguntou sentindo o coração acelerar ao pensar no risco que havia naquela informação.

– Marcelo também viu – ele respirou fundo.

– E... mesmo assim voltou para aquele lugar? – Mônica se levantou irritada. – Isso é o que eu chamo de burrice! – seu rosto estava vermelho e seus olhos faiscavam. – O que ele quer provar?

– Que é o Rei – Adriana falou baixo ainda olhando para o copo. – Foi uma grande responsabilidade colocada sobre os ombros dele, Mônica... embora ele diga que não é rei de coisa nenhuma... – respirou fundo e levou a mão ao peito apertando o vestido de encontro ao corpo. – Eu... sinto que ele pode ser mesmo... Sinto que isso pode ser verdade! Vocês não sentem? – os olhos amendoados brilharam verdadeiramente emocionados.

– Eu sinto é que estamos dependendo de uma excursão maluca para sabermos se um dia poderemos sair desse lugar! – Mônica evitou a resposta que Adriana esperava. Recusava-se a assumir que sentia, sim, a verdade daquela majestade. Da mesma forma que vinha recusando a si mesma que, por Marcelo, seria capaz de baixar aquela muralha que havia levantado em volta de seu coração.

Todos ficaram calados. Pensavam em suas vidas, naquilo que foram antes de chegar àquele lugar estranho, em suas famílias, seus amigos e, a seu modo, cada um pensava em como aquela experiência os estava modificando...

Eduardo olhou para as três garotas preocupadas e entristecidas. Ele tinha que protegê-las e aquela responsabilidade tinha um peso gigantesco. Por isso imaginava o que poderia estar passando na cabeça de Marcelo.

– Vão descansar... – ele falou erguendo o corpo. – ficarei de guarda.

– Vamos ficar todos no mesmo quarto, não é melhor? – Fernanda falou com seus olhos enormes transmitindo insegurança.

– Tenho que ficar no quarto com *Bela* – Eduardo respondeu e viu Mônica se virar em sua direção e arquear as sobrancelhas. – Tenho medo que ela se levante para ir atrás do Marcelo...

– Amarre-a na cama! – Mônica falou e apertou os lábios com força.

– Isso é terrível! – Adriana se manifestou. – Como pode sugerir uma coisa dessas? – olhou enfezada para Mônica. – Ela já não se mexe o dia todo! Está naquela cama desde que chegamos e agora você quer amarrá-la?

– Mas... e se ela quiser sair atrás de Marcelo? Viu como ela pode encontrá-lo mesmo dormindo? – Fernanda conseguia visualizar aquele perigo e já imaginava *Bela* indo para o bosque.

– Eu vou dormir encostado na porta. Ela não vai passar por mim – Eduardo falou pensativo e preocupado, também conseguira visualizar a cena de *Bela*, com os pés descalços, os cabelos negros e a pele alva caminhando em direção ao bosque sombrio, tal qual um belo fantasma de filmes de terror...

Enquanto falavam ouviram um grito que veio do corredor do andar de cima. Eduardo pegou sua espada e correu, assim como as três garotas. O grito só poderia ter vindo do quarto de *Bela*.

Eduardo entrou correndo no quarto e encontrou o olhar apavorado de Zin ao lado da cama.

– Estão atacando o sonho dela, estão sim! O senhor não está aqui! Eles vão atacar a senhora sem piedade! – ela falou apavorada olhando para Eduardo que se aproximou da cama. Ele viu o corpo de *Bela* se erguer debilmente como se estivesse sentindo alguma dor. Seus lábios estavam sem cor alguma.

Adriana subiu na cama ao lado de *Bela* e passou a mão pelo seu rosto

– *Bela*... não deixe que a machuquem! Eles não podem machucá-la! – ela falou com a voz trêmula enquanto acariciava o rosto pálido e frio da adormecida, que se retorceu na cama. – Meu Deus! – ela exclamou com lágrimas no rosto. – O que faremos? – perguntou olhando para os outros que estavam perplexos ao lado da cama.

Mônica não podia acreditar no que via. Ela procurara se alimentar da esperança de que *Bela* era um engodo e que fazia a todos de idiotas. Procurara pensar que se atirava deliberadamente nos braços de Marcelo à noite, mas aquela cena jogava por terra todas aquelas explicações que inventara.

– Eles não podem passar pelos muros... mas devem estar diante dos portões! – Zin falou andando nervosa pelo quarto. – Já fizeram isso antes... – falava baixo enquanto andava de um lado para outro.

– Quem? – Eduardo se ergueu sentindo o estômago contrair.

– Os seres das sombras – ela falou com os olhos amarelos arregalados de medo. Eduardo engoliu em seco. – Quando o senhor estava aqui eles ficavam longe... eles sabem que ele não está... – ela pegou na mão de Eduardo que estava completamente confuso e apavorado.

– Edu! – Fernanda gritou e ele se virou para a cama. Viu que sangue começava a escorrer pelo nariz delicado de *Bela*, manchando o rosto cândido. Seu coração acelerou e ele se lembrou do pedido de Marcelo para que cuidasse de *Bela*.

Adriana se antecipou e começou a limpar o sangue que escorria.

– Meu Deus, meu Deus... – ela falava com lágrimas no rosto enquanto limpava o rosto de *Bela*.

– Zin... – Eduardo olhou para a velha que agora segurava na mão de *Bela*. – Eles não podem entrar, é isso? – precisava pensar... precisava agir.

– Não, não podem. Mas eles estão machucando minha senhora! – os olhos amarelos nadaram em lágrimas.

– Então eu vou pegá-los lá fora... – ele falou respirando fundo e viu as garotas o olharem assustadas.

– Você não faz ideia do que eles são, Eduardo! – Mônica pegou no braço dele. – Como vai lutar com algo que desconhece?

– Não sei! – ele falou nervoso passando a mão pelo cabelo. – Mas não posso deixar que ela morra! – apontou para a cama onde *Bela* era erguida em espasmos como se alguém a estivesse torturando.

– E você vai morrer por ela? – Mônica falou e sua voz tremeu. – Ela vale mais que sua vida? Já não basta aquele idiota do Marcelo que arrastou mais dois para aquele lugar para tentar salvar a vida dessa mulher que só nos dá trabalho? – seu rosto esquentou e seus olhos arderam. Falava coisas que não sentia. Mas ela lutava para não ceder ao impulso que estava sentindo, de ajudar a salvar a vida de *Bela*...

Eduardo apenas olhou para ela. Depois se virou para Fernanda, que estava com os olhos nadando em lágrimas olhando para a cama.

– Fe... quantas flechas você tem? – perguntou já à porta do quarto.

– Umas 20... achei algumas debaixo da carroça – ela falou respirando fundo.

– Acha que consegue atirar algumas lá de cima do muro? – apontou na direção do local onde instalara o sinalizador.

Fernanda o olhou por um minuto sem responder, depois olhou para a cama novamente. Ela precisava fazer alguma coisa. Não iria deixar que *Bela* sucumbisse.

– Posso tentar – ela falou enxugando o rosto e correu para pegar seu arco e a aljava.

– Drica... fique com ela e Zin, sim? Fale com ela, diga que Marcelo vai chegar... – e não havia mais nada a fazer a não ser torcer para que Marcelo, Eric e André realmente voltassem.

Ele não falou com Mônica. Saiu do quarto com a espada na mão e encontrou com Fernanda no corredor. Ela carregava o arco e as flechas com penas pretas. Os dois correram para o local de observação atrás do muro. Mônica levantou o queixo respirando fundo. Viu o olhar de decepção de Adriana para ela. Bufou. Pegou sua espada e saiu atrás de Eduardo e Fernanda.

– Acha que conseguiremos vê-los? – Fernanda perguntou nervosa em voz baixa quando chegaram aos muros. – Com o que parecerão?

– Não faço a menor ideia – Eduardo olhou para os grandes olhos azuis que o fitavam aflitos. – Mas você é muito corajosa – falou tentando animá-la.

Fernanda o olhou surpresa por uma rápida fração de tempo. Nunca haviam dito aquilo sobre ela. Já haviam dito que era preguiçosa, indecisa, dondoca, fútil e outras coisas, mas nunca a chamaram de corajosa. Aquilo fez seu coração acelerar e ela respirou fundo.

Eduardo se ergueu e olhou sobre o muro. Seu corpo todo tremeu e arrepiou. Fernanda também se ergueu e, em seguida, agachou-se respirando rapidamente e olhou para Eduardo que tinha o medo estampado no rosto. Ele respirou fundo. Diante do portão havia três figuras altas paradas usando mantos longos e negros com capuzes que cobriam suas cabeças. Pareciam espectros ou a imagem que se fazia da morte... Não seguravam nenhuma arma e estavam parados estáticos diante do portão.

– Estão invadindo os sonhos de *Bela*... Fernanda murmurou olhando-os apavorada. Viu quando Mônica apareceu junto ao muro.

Eduardo pensava... fazia sua cabeça trabalhar. Como afastar aqueles seres dali? Olhou para a chama do sinalizador e depois para a aljava de Fernanda. Lembrou-se de filmes e jogos. Então pegou sua capa e a rasgou. Pegou uma das flechas e enrolou um pedaço pequeno do tecido da capa em sua ponta prateada.

– Mônica... pode correr até o salão e pegar o jarro de vinho? – ele pediu com a voz trêmula e ela não disse nada e saiu correndo para atender seu pedido. – Fê... consegue atirar uma flecha pegando fogo? – perguntou baixo e ela prendeu a respiração, não sabia nem se conseguiria atirar uma flecha sem nada!

– Edu, eu posso tentar, mas não tenho certeza nem de que... – ela começou a falar e ele colocou a mão sobre os lábios dela.

– Você vai conseguir – ele sorriu nervoso e se ergueu. – Posicione-se aqui – mostrou um lugar de cima do muro de onde podiam ver aquelas figuras sinistras. – Vamos tentar com uma flecha simples primeiro... – estendeu uma das flechas para ela. – Calibre sua mira – Fernanda assentiu e procurou se lembrar de tudo que Marcelo ensinara e do que treinara. Suas mãos tremiam. Fechou os olhos respirando fundo e pediu ajuda divina. Fez a mira. Não via os rostos daqueles seres e talvez fosse melhor assim. Mirou na figura mais próxima deles.

– Acerte... – Fernanda falou baixo para si mesma e para sua flecha e então liberou a seta.

A flecha fez um zunido no ar da noite e Eduardo viu quando ela caiu muito próxima ao corpo da criatura que era o alvo. As criaturas não pareciam ter percebido ou se incomodado com a ameaça.

– Muito bom! – ele animou Fernanda que tremia. – Na próxima, um pouco mais de força... – ele pegou na mão dela. Estava gelada.

Mônica apareceu com o vinho e Eduardo rapidamente despejou um pouco sobre o pano que enrolara na ponta da flecha.

Mônica olhou por cima do muro. Aquilo foi um baque em seu estômago e ela apertou a espada com força nas mãos. Era tudo verdade... olhou na direção da janela do quarto de *Bela* e se sentiu muito culpada.

– Coloque a flecha – Eduardo falou enquanto pegava um pedaço de lenha do sinalizador que tinha uma chama na ponta. Ele viu os dedos longos e delicados de artista ajeitarem a flecha no arco como Marcelo a ensinara a fazer. E ela parecia um pouco mais segura ao fazê-lo. – Agora vamos acendê-la – e colocou fogo na ponta enrolada no tecido embebido em vinho.

Mônica pegou outros pedaços da capa e começou a enrolá-los nas pontas das flechas e jogava vinho por cima para já prepará-las. Esperaram o fogo estar forte o suficiente e torceram para que não apagasse enquanto a flecha voasse na direção dos alvos.

Fernanda fez o segundo disparo, queimando ligeiramente seu dedo que apoiara a haste da flecha. A seta incandescente fez um risco no ar meio descontrolada, talvez por conta do peso extra do tecido na ponta, e caiu aos pés da criatura que era seu alvo. A seta não atingiu o corpo da criatura, mas a chama que parecia débil atingiu o longo manto escuro que ia até o chão e começou a queimá-lo. Fernanda sorriu satisfeita, mas a criatura virou a cabeça em sua direção deixando o capuz sair de sua cabeça. Era uma mulher... os cabelos claros e muito longos foram açoitados pelo vento espalhando-se sobre o rosto e a capa preta. A pele iluminada pela chama que consumia sua capa tinha um tom esverdeado e o rosto era muito magro. Fernanda sentiu as pernas fraquejarem e se encostou ao muro apertando o arco nas mãos. Eduardo viu a mulher e sentiu um arrepio tomando-lhe o corpo, mas precisava manter-se seguro. Olhou para Fernanda, que estava muito pálida, e lhe estendeu outra flecha.

– Vamos Fe... já conseguimos a atenção dela – ele respirou fundo e Fernanda pegou a flecha da mão dele.

*Marcelo viu aquela figura alta coberta por um manto negro que segurava Bela pelos braços, ela iria beijá-la e ele não ia deixar. Não dessa vez! Ele empunhou sua espada e a enfiou no corpo da criatura. Os olhos negros daquele homem com rosto esverdeado e fino o fuzilaram. Marcelo pegou Bela pelo braço e a puxou para junto do corpo apertando-a... ele viu que outras criaturas se aproximavam e falou ao ouvido dela.*

*– Não vou deixar que machuquem você... – ouviu Bela suspirar profundamente.*

A flecha de Fernanda riscou o ar e atingiu a mulher na altura do peito e, então o fogo se alastrou pelo manto negro, mas a mulher não se debateu ou gritou. As outras duas criaturas viraram a cabeça na direção de sua companheira que, erguendo os braços, queimou como se fosse uma fogueira... Eduardo e Fernanda se encostaram ao muro respirando rapidamente e armaram novamente o arco, mas quando voltaram a olhar por cima do muro, os seres sombrios haviam desaparecido.

Adriana limpava o sangue que escorria pelo nariz de *Bela*, a ouviu suspirar baixo e então o sangue parou de escorrer.

– Meu Deus! – ela se desesperou e colocou o rosto junto aos lábios de *Bela*. Ela respirava. – *Bela*! – disse pegando na mão fria da adormecida. – Marcelo vai conseguir...

Zin suspirou aliviada enquanto passava um pano com água morna nos braços de *Bela*.

– O Rei esteve com ela. Esteve sim... – ela falou com um sorriso nervoso no rosto.

– Majestade... – Marcelo sentiu uma mão quente que o tocou no rosto e abriu os olhos. – eles já foram... – Meg falou sorrindo para ele, com os cabelos vermelhos refletindo as chamas da lareira.

Marcelo se sentou cobrindo o corpo com o manto. Dormira encostado na parede e nem se dera conta daquilo. Passou a mão pelo rosto e pegou uma caneca fumegante que ela lhe estendia.

– Tome um pouco de chá – ela sorriu e se agachou diante dele, olhando-o com curiosidade.

– Meg... – ele respirou fundo sentindo o coração acelerado. – Eu não posso me demorar... *Bela*... ela...

– Hoje eles não a atormentarão mais... – ela disse calmamente, ergueu-se e caminhou para o outro lado do aposento. Ficou parada por um minuto e tateou um pequeno baú escondido entre algumas ervas.

Marcelo olhou para a feiticeira. Teria ideia do sonho que ele acabara de ter? Olhou para o lado e viu que André e Eric dormiam profundamente encostados à parede. O cajado de André brilhava suavemente, emitindo aquela luz prateada.

– O que teremos de fazer para quebrar o feitiço, Meg? – ele se levantou e caminhou até ela.

– Primeiro precisa entender o que está acontecendo, não precisa? – ela falou e enfiou a mão através da capa que ele usava e o tocou no peito desnudo. A palma quente da mão fina deteve-se na direção do coração dele, como que sentindo o bater descompassado. – Você é um bom Rei... – sorrindo, acariciou com a outra mão o rosto dele, estudando cuidadosamente os traços fortes e belos. Ele a encarava surpreso e incapaz de reagir, depois observou a caneca que segurava e levantou a sobrancelha. Haveria alguma coisa naquele chá e naquela sopa deliciosa? Ela tirou a caneca da mão dele e o fez se sentar sobre o grande baú. – Há uma majestade em você que não vejo há milhares de luas... – a voz aveludada acompanhava as mãos dela que agora tiravam a capa de cima dos ombros dele deixando-o nu diante dela. Ela o admirou e sorriu satisfeita.

– Não sou rei... nunca fui e nunca serei... – ele falou tentando lutar contra a investida dela, mas a viu soltar as fitas que prendiam o corpete do vestido enquanto o encarava com brilhantes olhos castanhos muito claros.

– Precisa se convencer disso... – o vestido caiu aos pés dela, revelando um corpo muito branco e magro. Os seios eram pequenos e firmes. Ela se sentou sobre ele, envolvendo-o entre as pernas. Marcelo sentiu a excitação que crescia descontrolada e a pele dela roçou na sua obrigando-o a respirar fundo. Não era homem de deixar uma mulher na mão... Meg tomou o rosto dele entre as mãos e o beijou roçando a língua suavemente pelos seus lábios em brasa. – Vou te dar um presente e você me dará um também...

Marcelo estava em transe. A voz macia e cadenciada de Meg penetrava por seus ouvidos como uma música suave, enquanto seu corpo magro estava sobre o dele. Ela era irresistível e lhe contou a história daquele mundo de uma maneira muito criativa, sem dúvida nenhuma.

"Os Deuses sempre gostaram de brincar com o Universo... desde a sua criação... Mundos são criados e destruídos com um simples estalar de dedos divinos... Jovens são jogados nesse mundo de tempos em tempos... entre eles teria de haver um Rei que fosse capaz de vencer essa primeira etapa! Muitos tentam destruir os candidatos e os arrastam para o bosque. Eles fracassam em sua missão e, por causa disso, todo o grupo que os acompanham se perde. Alguns conseguiram passar do bosque... outros ficaram presos lá onde são comandados por aquele que os transforma em cascas vazias, são os *ocos*...

Como se fosse apenas um expectador de toda a cena, Marcelo quase podia ver a história tomando vida à sua frente e seu coração se apertou ao pensar que poderia ser mais um a perder aquele desafio e a condenar todos aqueles que confiavam nele.

Quando ele abriu os olhos, Meg terminava de se vestir diante dele e ajeitava os cabelos vermelhos. Marcelo sentiu-se mal de repente enquanto começava a tomar consciência do que haviam feito, de sua imprudência e da mensagem que ela havia passado. Tinha que buscar um foco...

– *Bela*... pode se tornar um "oco"? Se eu não conseguir... – disse sentindo um aperto no peito e se levantou enrolando a capa sobre a cintura.

– Você já chegou mais longe do que a maioria, Majestade. Fez e descobriu mais coisas do que todos eles... – ela falou com um sorriso.

– Meu nome é... – ia falando e ela selou seus lábios com o dedo.

– Eu sei seu nome – disse e voltou a apertar a fita do vestido.

– Então sabe como fazer para quebrar o feitiço? – ele perguntou, encarando-a. Ela lhe contara muitas coisas e fizera outras mais, mas não dera a resposta que ele tinha ido buscar.

– Descobri isso dentro de você... – ela passou a mão no rosto dele e o viu arquear as sobrancelhas. – A receita, entende? – questionou parecendo impaciente e viu que ele não entendeu. – Não importa – levantou os ombros.

– Meg... – ele respirou fundo sem saber se comentava o que tinha acabado de acontecer entre eles, mas pelo jeito com que ela o olhava, viu que não devia. Resolveu seguir um caminho menos complicado. – Há quanto tempo está aqui? Você vive aqui sozinha? – olhou para os lados e viu que André e Eric começavam a despertar.

– Tenho tudo que preciso e vivo aqui, isso é tudo o que importa, Majestade – ela respondeu suavemente.

– Você não é brasileira, é? – a voz de André fez os dois se virarem para ele.

Meg o fitou intrigada, mostrando não compreender a pergunta.

– Você nasceu aqui? – ele reelaborou a pergunta.

– Não – Meg respondeu compreendendo finalmente o que ele queria dizer.

André pigarreou sem jeito em insistir naquilo, mas, observando aquela mulher e o lugar onde vivia, tinha a sensação de que ela era de um tempo muito distante...

– Onde você nasceu?

– Isso é importante? – ela sorriu.

– Não, mas é que... certamente você não é do mesmo lugar que nós ou talvez... do mesmo tempo. E isso é... – ele balançou a cabeça atordoado.

– Conte alguma coisa do lugar de onde você veio, se puder – Marcelo perguntou intrigado.

– Não me lembro mais, são muitas luas e desisti de contá-las – ela deu de ombros.

Sua resposta acabou por revelar mais do que imaginava, pois os rapazes se olharam surpresos. Quem contava o tempo através das luas? Não nesse tempo, com certeza...

Marcelo não acreditava naquilo que ouvia. Era um absurdo! Acabara de transar com uma múmia! Aquilo parecia algum filme de terror. Olhou para o aposento, mas não conseguia perceber nada que pudesse desmenti-la. O que esperava encontrar? Um mp3? Um celular? Ele viu suas roupas penduradas ao lado da lareira.

– Isso é brincadeira... – André passou a mão pela cabeça.

Eric acordara, mas ouvindo aquela conversa, sequer conseguiu se levantar de onde estava, pensando que talvez ainda sonhava. Na verdade, torcia para que ainda estivesse sonhando.

– Co... como... entende a nossa língua? – André perguntou atônito.

– Aqui entendemos todas as línguas... você vai ver... já não entenderam a língua dos elementais? Não falaram com Luri? Não conversam com Zin?

– Sim... mas... – André tentava articular o pensamento, mas estava muito difícil. Parecia que estava bêbado.

– O sol já nasce, então vamos falar sobre o que os trouxe até aqui – Meg estendeu uma caneca fumegante para André, que a olhava como se fosse um fantasma. – Vieram para pegar um contrafeitiço, certo? – perguntou enquanto Marcelo vestia a roupa rapidamente. As roupas, surpreendentemente, estavam completamente secas.

– Certo – Marcelo falou colocando a túnica.

– Mas precisam pagar – ela falou com um olhar sagaz para Marcelo. Ele a encarou sério, achava que já tivesse pagado...

– Temos moedas de ouro – Marcelo respondeu e viu que Eric, meio cambaleante, começava a vestir as roupas, enquanto André parecia uma estátua de ébano seminu, com uma caneca na mão, parado no meio do aposento. Se não estivesse tão nervoso, acharia a cena hilária.

– Guardem o ouro para quem gosta dele – Meg falou rapidamente, desdenhando as moedas. – Eu tenho outros interesses – falou olhando para o cajado claro que estava suavemente iluminado.

– Quer o cajado? – Marcelo, que seguira o olhar dela, perguntou levantando a sobrancelha e ela riu.

– Não. Quero o que vem junto com ele – disse olhando para André que parecia não compreender uma palavra sequer que ela dizia.

– O que quer dizer? – Marcelo sentiu o estômago se contrair.

– Quero dizer que meu preço é: seu mago fica comigo por quatro luas cheias – disse como se aquilo fosse a coisa mais simples do mundo. Bem, talvez fosse simples naquele mundo, pensou Marcelo.

– Não temos magos conosco – Marcelo tentou desconversar.

– Ah... tem sim! ela disse e, adiantando-se, colocou a mão sobre o peito nu de André e ele deixou a caneca cair aos seus pés, depois piscou vigorosamente. – Preciso aprender coisas e ensinar coisas, e faz muito tempo, muito tempo mesmo, que não aparecem magos por aqui.

– Eu... – André engoliu em seco antes de falar. Sentia as mãos quentes dela em seu peito. –... não sou mago, sou um estudante de teologia, eu...

– Eu sei o que é – ela sorriu e passou a mão pelo rosto dele. – E meu preço é esse. *Você* por quatro luas.

– E se estiver nos enganando? – a voz de Eric foi ouvida pela primeira vez ali. – Você passa uma receita errada, nós voltamos para o bosque e tentamos chegar vivos do outro lado. Chegamos no castelo e a receita não funciona! E você fica com ele aqui... E não teríamos a quem reclamar! – ele ficou com o rosto vermelho. Ver aquela mulher tratar um homem como mercadoria fez seu sangue esquentar. Quem ela pensava que era?

– Você é um leão feroz, não? – ela sorriu e parou diante dele. – Nascido sob o signo de fogo... com Apolo como mestre... – tocou sobre o peito forte dele. – Gosta de se exibir e mostrar do que é capaz, tem o orgulho no sangue e quer as mulheres dominadas... aos seus pés... – falava calma e viu o rosto dele ficar vermelho. – quer controlá-las, mostrar quem manda e por isso está irritado por não ser você o Rei escolhido pelo Cosmo.

– Isso não... – começou a responder às acusações, mas se calou. Não sabia o que dizer, ela acabara de pintar um retrato fiel dele e aquilo o assustou.

– Você é de Leão? – André acordava lentamente daquela letargia e perguntou assombrado. Eric apenas assentiu. – Puxa...

– Então, Majestade... – ela olhou para Marcelo, retomando as negociações.

– Eu... não posso fazer isso. Não tenho esse direito – ele passou a mão pelo cabelo olhando para André. Não podia decidir sobre a vida e a morte de ninguém.

– Sua *Bela* será atacada novamente... e não irá sobreviver a um novo ataque – ela falou como se aquilo não importasse para ela. Mas estava negociando e sabia onde podia cutucar.

– Atacada por quem? – André foi quem perguntou, já de volta à realidade.

– Pelos seres das sombras... – ela falou mansamente. – aqueles que um dia foram como vocês, mas falharam em sua missão.

– Pessoas que... não voltaram para casa? – Eric perguntou atordoado.

– A porta nunca se abriu, pelo que eu saiba – ela disse e os três se olharam pensando naquela porta na torre que repelira Eric e a qual Zin dissera que eles não estavam prontos para abrir. Se fosse assim, o caminho para casa estava debaixo do nariz deles o tempo todo.

– E... onde estão os que não voltaram? – Eric engoliu com secura.

– Povoam este Mundo – ela abriu o braço como que para abranger o espaço em volta deles.

– Você tentou voltar para casa? – André perguntou perscrutando aqueles traços delicados, mas determinados.

– Eu não quis – ela respondeu com simplicidade. – Vi que havia muito a aprender por aqui.

– Por que não vai conosco ao castelo? – Marcelo sentiu essa ideia iluminá-lo. – Pode nos ajudar a resolver o problema, ficará num lugar confortável e não ficará sozinha... – e não precisaria deixar André para trás.

– Já estive lá... – ela falou com certa melancolia. – Mas não posso voltar. O pretenso rei que chegou comigo falhou e muito. Ele se entregou às sombras na esperança de voltar para casa. As ninfas o conquistaram e o arrastaram para a escuridão – disse olhando para Eric, que respirou fundo; sabia que quase sucumbira à proposta das ninfas. – Perdido o rei, todo o grupo se perdeu. Dois rapazes se mataram numa luta no castelo, não compreenderam que a coroa não era negociável ou que não poderia ser herdada a não ser por um filho do rei e que nascesse neste Mundo. A jovem que estava adormecida ficou "oca" e foi tragada para as trevas. Um homem e três mulheres passaram pelo bosque. Uma delas foi levada pela correnteza e caiu pelo precipício de encontro às pedras e ao mar. O homem e mulher atravessaram as montanhas e uma ficou para trás porque teve medo, não se sentia preparada para seguir adiante, então ela encontrou um mago.

– Você ficou para trás... – André balbuciou e ela assentiu.

– Quer dizer que, se sairmos do castelo não podemos mais voltar para lá? – Eric perguntou aflito. O castelo, de um jeito ou de outro, era sua casa agora.

– Estou dizendo que só se seu Rei falhar, tudo se perderá para todos vocês – ela concluiu e os três rapazes se olharam.

— Você... — André ergueu o corpo. — garante que ficarei livre depois das quatro luas cheias? — seus olhos escuros ficaram fixos nos dela.

— André... — Marcelo tentou dissuadi-lo. Não gostava de vê-lo se entregando ao sacrifício. André, entretanto, fez sinal para que não falasse e continuou encarando a feiticeira.

— Me dá sua palavra? E garante que a receita que dará para que se desfaça o feitiço funcionará?

— Dou minha palavra de que em quatro luas cheias estará livre se quiser partir, mas para o feitiço ser desfeito dependerá do seu Rei — ela olhou para Marcelo. — *Ele* não pode falhar.

André respirou fundo. Não fazia a menor ideia do que aquela mulher queria com ele. Ela pedia para que ele ficasse por quatro luas, o que deveria representar quatro meses, embora já não tivesse certeza de que aquela conta valia por ali, para ensinar e aprender e ele não sabia exatamente o quê... Assustava-o saber que iria morar sozinho naquele lugar com uma bela mulher. Não que não gostasse de mulheres, mas via que seu propósito celibatário iria se tornar apenas uma lembrança. Sabia que a vida de todo o grupo dependia da decisão dele em ficar. Conhecia Marcelo há pouquíssimo tempo, não sabia nada da vida dele, mas algo o fazia confiar nele, a acreditar que era realmente o Rei e que iria conseguir vencer o desafio. Então, ele tinha que dar a Marcelo a chance de conseguir quebrar o feitiço.

— Marcelo... — ele se virou para o rei e o viu pálido. — Confio em você — sorriu e depois se virou para Meg. — Eu fico — falou seguro e ela sorriu. — Agora a receita — estava sério e determinado. Sentia que estava fazendo a coisa certa.

Meg caminhou até o meio das ervas no canto do aposento e pegou um pequeno baú de madeira nas mãos. Ela o abriu e retirou de lá dois colares. Os dois tinham cordões de couro, mas um tinha uma pedra negra, uma ônix, e o outro prendia uma pedra translúcida e brilhante, um diamante. Cada uma era um pedaço partido da lua. Ela retirou os colares da caixa e olhou para Marcelo.

— Abra sua mão, Majestade — pediu e ele, depois de olhar para o resignado André, estendeu a mão direita. — Não... a mão do coração — ela falou e ele estendeu a mão esquerda aberta.

Meg depositou os colares na palma da mão dele e Marcelo a sentiu formigar.

— Um colar é seu e o outro é de sua dama adormecida — ela pegou na mão dele e a fechou encerrando dentro dela os colares, e ele os apertou sentindo uma estranha energia correr pelo corpo. — Você deve colocar o colar de sua dama sobre o coração dela – disse colocando a mão sobre o peito. – Depois deve chamá-la pelo nome verdadeiro e dizer: *Acorde para seu Rei* – ela parou e ficou olhando para ele. Os olhos verde-claros brilhavam e ele mal respirava.

– Eu... – soltou o ar com sofreguidão. – não sei o nome dela... – aquela constatação saiu como se ele tivesse sido ferido. Não iria conseguir.

– Busque dentro de você e descobrirá... – ela falou com um sorriso maroto. – E então pode beijá-la, mas eu aconselho esperá-la acordar para que ela possa retribuir.

– Então tem um beijo afinal... – Eric falou tentando se recompor. Assistira àquela cena prendendo a respiração também. Achava que estavam perdidos, Marcelo teria que acertar o nome de *Bela* em meio a um milhão de nomes possíveis. – Quantas chances ele vai ter para acertar o nome dela? Quer dizer... ele pode ficar tentando até acertar? – ele passou a mão pelo cabelo.

– Só há uma chance – ela respondeu sem delongas.

– Puta que pariu! – Eric exclamou e Marcelo, olhando para os colares em sua mão, suspirou.

– Qual eu devo dar a ela? – perguntou tocando sobre as pedras.

– Isso é você quem deve saber. Mas se não for o colar certo, ele mudará de cor e tudo estará perdido para você e sua dama.

– Por que raios ninguém pode falar uma coisa sem usar um enigma obscuro? – Eric se exaltou. Aquilo realmente o deixava nervoso. – Você deve colocar o colar nela, mas tem que acertar qual, deve dizer o nome verdadeiro dela, sem saber como... e aí, quem sabe ela acorde e decida te beijar e então, depois de quatro luas, poderemos resgatar esse baiacu cego das mãos da ninfa maníaca! – falou apontando para André e para sua surpresa o viu sorrir.

– Confie em seu Rei – Meg falou e Eric saiu pela porta praguejando. Ela olhou para Marcelo, que parecia chocado. – Confie em você, Majestade.

Ele esticou o corpo e puxou o ar com força. Colocou os colares dentro de sua bolsa de couro. Ajeitou a cinta com a espada nas costas. Colocou sua capa.

– André – ele colocou a mão no ombro daquele que se sacrificava pelo grupo e confiava que ele não falharia, embora eles mal se conhecessem. – Em quatro luas virei buscar você – falou sério e André o abraçou batendo em seu ombro.

– Tenho certeza de que vai – André sorriu passando confiança.

– Leve uma tocha – aconselhou surpreendentemente calmo. Marcelo pensou que talvez o fato de ele ser um seminarista, de ser obrigado a se resignar diante da vontade de Deus, o tivesse preparado para aquele momento.

– Sinto muito por ter que romper seu celibato – Marcelo falou baixo ao ouvido dele e viu os lábios de André se contorcerem num meio sorriso e ele levantou as sobrancelhas.

– Talvez seja o lado bom desse sacrifício – André respondeu também baixo.

– Meg – Marcelo pegou a mão dela e a beijou delicadamente fazendo-a arregalar os olhos. – Obrigado. Vou tentar não falhar, mas saiba que de um jeito ou de outro virei buscar meu amigo daqui a quatro luas cheias e espero encontrá-lo inteiro, senão... – falou ameaçadoramente apesar da maneira polida.

– Ele estará inteiro, Majestade. Dou minha palavra – ela sorriu. – Há uma passagem sobre a água do rio cem metros acima... existem pedras que servem como ponte – ela informou e ele caminhou para a porta, inclinando a cabeça para poder passar. – Majestade... – o chamou antes que ele saísse e ele se virou. – Se há algum rei que pode conseguir, é você. Você é a pessoa certa, tenho certeza – ela disse com a voz suave. Marcelo respirou fundo, acenou para André e saiu da casa.

Eric ajeitava o machado nas costas e estava nervoso. Ainda praguejava. Sentiu a mão de Marcelo que apertou seu ombro. Respirou fundo e olhou para a porta da casa. Viu André, que acenou ao lado de Meg.

– Talvez ele tenha se dado bem... – balançou a cabeça e ele e Marcelo subiram o rio para o local onde poderiam atravessá-lo sem se molhar completamente.

# Capítulo XCIII
# O Ataque dos Seres das Sombras

Eduardo, Fernanda e Mônica estavam sentados no salão. Tinham diante deles pão e chá quente, mas ninguém estava com fome. Parecia que uma sombra cobria aquele castelo e eles estavam com medo. *Bela* parecia ainda mais frágil. O ataque que sofrera na noite anterior fora muito sério e eles temiam que, se aquilo se repetisse aquela noite, eles a perderiam, pois não tinham como lutar com criaturas que invadiam a mente, os sonhos. Aparentemente, haviam conseguido espantar aquelas criaturas e Zin disse que Marcelo estivera com *Bela* no sonho e a protegera. Assim mesmo, eles não dormiram a noite toda, preocupados com a possibilidade de um novo ataque.

Eduardo ficou de guarda junto ao sinalizador. Sentado ali, no frio e no silêncio, lamentava não poder sair para fazer a fogueira diante da trilha e pensava em como ir até lá com aquelas criaturas rondando o castelo. E se quando ele saísse, as criaturas atacassem? E se Marcelo não conseguisse chegar à feiticeira ou, ainda pior, e se a feiticeira não soubesse como acabar com aquele feitiço? Um pouco antes de o sol nascer Fernanda apareceu enrolada na capa. Ela o olhou com aqueles grandes olhos entristecidos e se sentou entre as pernas dele encostando a cabeça em seu peito. Não disseram nada. Eduardo a abraçou e os dois ficaram ali até o sol despontar nas montanhas atrás do castelo...

– Acha que se não fizermos a fogueira junto à trilha, eles podem achar o caminho de volta? – Mônica perguntou baixo. Ela levou um golpe terrível na noite anterior. Percebeu quão idiota e infantil estava sendo com *Bela*. Ficou sentada na cama ao lado da jovem, que agora mais parecia um fantasma e chorou em silêncio depois que Fernanda a deixou ali para se juntar a Eduardo e Adriana saíra para ajudar Zin com os panos que haviam usado nos cuidados com *Bela*.

– Não podemos arriscar sair à noite para acender a fogueira, Mônica – Eduardo falou desolado. – Teremos que aumentar as chamas do sinalizador e rezar para que eles vejam.

– Eles têm que chegar logo... – Adriana falou e suspirou.

Um desânimo tomava conta daqueles que haviam ficado no castelo...

– O que será que a bruxa tem programado para quatro luas? – Eric falou ofegante enquanto caminhavam rapidamente pela trilha.

– Ensinar e aprender – Marcelo respondeu lembrando do que acontecera entre ele e Meg e imaginava qual seria o conteúdo daquelas *aulas* para o ex-celibatário André.

– Ele disse que estuda teologia... – Eric olhou sério para Marcelo. – Não vai dizer que o cara é padre!

– Quase padre – Marcelo levantou a sobrancelha.

– Vixi, coitado! – Eric falou e riu. Depois viu que Marcelo estava muito compenetrado no caminho à frente. A pequena criatura verde chamada Luri não aparecera ainda e tudo estava silencioso demais. Não queria imaginar que aquela criatura monstruosa aparecesse para atacá-los novamente – Está pensando no nome verdadeiro de *Bela*, não é? – perguntou e viu Marcelo puxar a respiração com mais força.

– Não sei como fazer isso, cara... – ele balançou a cabeça.

– Maria! Chame-a de Maria e terá uma chance enorme de acertar! – Eric sugeriu como uma séria possibilidade.

– Não é Maria – Marcelo baixou as sobrancelhas. Não sabia explicar, mas tinha certeza de que o nome de *Bela* não era Maria.

– Como pode ter certeza? – Eric perguntou curioso.

– Não é Maria – Marcelo respondeu seguro.

– Ana, Beatriz, Carla, Denise, Elaine, Flávia, Giovana, Heloisa, Irene... – Eric começou a falar nomes de mulheres em ordem alfabética. Marcelo acabou rindo com aquele desfile de nomes femininos tão bem organizados. – Eu conheço muitas mulheres – Eric respondeu sorrindo e levantando os ombros.

– Eu também – Marcelo emendou antes de qualquer outro comentário.

– Já pensou se for mesmo *Bela*? – Eric sugeriu. – Seria irônico, não?

– Demais... – Marcelo respondeu e parou olhando para os lados. Ouvira um barulho entre as árvores.

Os dois ficaram olhando em volta, já com suas armas nas mãos. Marcelo desejava que fosse Luri. Não queria que aquelas *ninfas* ou o javali-gorila aparecessem novamente.

Como nada aconteceu, os dois continuaram a caminhar, agora mais rápido.

– Pelo que a bruxa disse... tem muito mais gente por aí... tipo almas penadas... – Eric olhou sério para Marcelo. – Aquelas duas que disseram ser ninfas...

– Deviam ser algumas dessas pessoas... – Marcelo completou por ele. – Gente que chegou aqui como nós e que, por causa do fracasso de um idiota como eu, ficou sem rumo nesse lugar estranho – falou irritado. Por que ele teria que resolver aquilo? Por que *ele* era o tal Rei? Por que todo mundo dependia do acerto dele? Ele nunca quisera pertencer a um grupo, uma gangue ou algo parecido. Vangloriava-se por ser o *cavaleiro solitário* e agora parecia que estava sendo castigado por aquilo.

– Sabe, Marcelo... – Eric falou olhando para o chão enquanto caminhavam. – Eu não invejo essa sua posição... – pensava naquilo que Meg dissera, que ele queria ser o Rei e se ressentia daquilo. No começo até era verdade, mas agora, vendo o peso que Marcelo carregava, estava feliz por não estar nas mãos dele o destino de todos.

Marcelo olhou para ele e entortou os lábios num sorriso.

– Obrigado pela piedade... agora que viu quem tá mais *fodido*...

– Não posso discordar de você. Sinto muito – levantou os ombros.

Marcelo sabia que sua situação não era mesmo invejável e agradecia por Eric não estar revoltado por ter seu destino colocado nas mãos de um desconhecido. Talvez Eric alimentasse esperança de que ele conseguiria. Mas estava tudo contra ele. Tinha que descobrir o nome verdadeiro de *Bela*, deveria dar o colar certo para ela e tinha que acreditar ser o Rei para dizer aquela frase que poderia fazê-la acordar: *"acorde para seu Rei"*. Se pelo menos tudo fosse como nos contos de fada! Bastaria o beijo e tudo estaria resolvido.

Em silêncio, os dois caminharam apressados por bastante tempo...

– Não vamos parar dessa vez, vamos? – Eric perguntou sentindo suas pernas doerem. Gostava de praticar exercícios. Era um assíduo frequentador da academia, mas aquela jornada de dois dias superara qualquer atividade física que costumava fazer em uma semana.

– Quer parar? – Marcelo perguntou. Não tinha intenção de descansar antes de chegar ao final da trilha, embora também estivesse muito cansado. – Talvez para comermos um pedaço de pão e bebermos um pouco de água... – disse diminuindo o passo. Eric concordou e eles se sentaram junto a uma árvore no caminho. A pequena clareira onde haviam encontrado as ninfas e Luri ficara já há muito para trás. Eles espetaram suas tochas no chão para não se darem o trabalho de acender uma fogueira. Não sabiam se era dia ou noite, pois não viam nenhuma claridade entre as árvores. Assim como era praticamente impossível visualizar algumas das marcas que haviam feito em algumas árvores.

Comeram o pão já meio endurecido, só então percebendo quão famintos estavam. Encostaram os corpos cansados no tronco da árvore e mantinham suas armas nas mãos. Marcelo viu o brilho dos olhos azuis e vermelhos que se destacaram na escuridão do mato diante deles.

– Luri? – ele a chamou e rapidamente um ser pequenino com o corpo coberto por mato saltou diante deles.

– Majestade, por que está parado? – ela falou franzindo a testa coberta de folhas.

– Descansando – ele falou olhando curioso para aquela criatura. Ela era a certeza de que o que viviam pertencia a outra realidade, outro mundo.

– Não pode! – ela se aproximou e o pegou pela mão. Eric olhava para a cena com uma das sobrancelhas erguida. – A senhora está morrendo... não pode! Eles vão voltar lá e ela não vai aguentar... não pode descansar! – falou, puxando-o com força pela mão, o que o fez se levantar.

– Quem vai voltar? Alguém esteve no castelo? – Marcelo perguntou sentindo uma reviravolta no estômago. Ele e Eric pegaram as tochas do chão.

– Os seres das sombras... – ela falou baixo olhando para os lados. – Na porta do castelo... olhando para a senhora e entrando na cabeça dela! – ela bateu na própria cabeça, que mais parecia um repolho escuro.

Marcelo olhou para Eric. Sabiam que teriam de correr. Então, ignorando as dores no corpo e nas pernas, eles correram com a pequena Elemental correndo ao lado deles pela trilha escura...

Eduardo, Fernanda e Mônica estavam nos muros do castelo. As flechas prontas, com o pedaço de pano embebido em vinho e as espadas junto ao corpo. Tochas altas e acesas estavam junto aos portões do castelo para que pudessem ver melhor aquelas criaturas e Fernanda tivesse mais facilidade para acertá-las. Alimentavam a ilusão de que a luz mantivesse os seres um pouco mais afastados dos muros ou, talvez, nem se aproximassem...

O sol já sumira no horizonte há algum tempo. Fernanda estava com os dedos em carne viva de tanto que treinara atirar no *cabeça de feno* durante o dia. Ela enrolou o pano na ponta das flechas para tentar se acostumar ao peso diferente e como aquilo interferia na trajetória da flecha. Balanceou o arco retesando a corda para que aceitasse aquela flecha e que ela acertasse o alvo. Não foi um trabalho fácil. Mas quando começou a acertar no alvo, se empolgou... Então, imaginando que seu alvo eram aquelas criaturas sinistras que roubavam a vida de *Bela* enquanto dormia, ela o atingiu diversas vezes até que seus dedos ardiam tanto que não conseguiu mais puxar a corda.

– Você é maravilhosa, Fe – Eduardo a elogiou quando a viu acertando o alvo perfeitamente. Ele e Mônica também ficaram treinando usando as espadas durante a tarde, embora não esperassem um embate corpo a corpo com aqueles seres. Depois, ele, carinhosamente beijou os dedos longos feridos da arqueira. – Você é uma artista, certamente – sorriu e lhe deu um beijo suave nos lábios, o que a deixou vermelha, ao mesmo tempo em que a encantava. Eduardo sabia ser um cavalheiro. Ajudada por Zin, Fernanda enrolou em seus dedos feridos pedaços de pano e também enfaixou o antebraço esquerdo que estava muito vermelho pelos inúmeros "chutes" que levara da corda. Olhando para as mãos achou que estava parecendo uma jogadora de vôlei... e as dores nos braços e nas costas também deveriam ser parecidas...

Ali, parados atrás do muro, torciam para que aquelas criaturas não aparecessem. Eduardo alimentou o sinalizador e uma grande chama se elevou.

Adriana rezava. Nunca rezara tanto em sua vida. Ela e Zin estavam com *Bela*, mas sabiam que nada poderiam fazer. Seguravam suas mãos frias tentando fazer-lhe companhia. Era uma jovem frágil, indefesa. Adriana pensou em seu filho... ela o negligenciara, ele era parte dela, era frágil, indefeso e ela não ficara pronta para ele. Ela tinha que protegê-lo. Ajudá-lo a se tornar um homem seguro, confiante, corajoso, como aqueles com quem compartilhava aquele Mundo... ela podia fazer aquilo. Mostrar ao filho que ele poderia ser um homem bom, apesar do pai que teve. A consciência daquilo doeu fundo em seu peito, uma dor que ela nunca sentira antes.

– Não vejo o fim da trilha... – Eric falou sentindo a asma querendo atacá-lo depois da corrida alucinada que empreendiam pelo meio do bosque. Será que algo havia impedido Eduardo de sinalizar? O que estaria acontecendo no castelo?

– Comece a olhar mais adiante – Marcelo falou também ofegante. Se Eduardo não tivesse acendido a fogueira é por que alguma coisa o impedira de fazer e aquilo o fez sentir um baque no estômago. Sua esperança era de que ao menos a ideia do sinalizador no muro do castelo desse certo. Eduardo era inteligente e tinha bastante afinidade com criações e engenhocas. Marcelo sabia que ele seria capaz de construir aquele sinalizador que projetara.

Luri corria com eles, seus olhos grandes azuis e vermelhos iam de Marcelo para o caminho.

– Está chegando, senhor! – ela falou tentando animá-lo.

– Meu Deus! – Eduardo falou assim que o breu tomou conta do céu. Tinha medo de olhar para o caminho de pedras diante do castelo, mas precisava fazê-lo. Quanto antes agissem, mais rápido impediriam aquelas criaturas de ferirem *Bela*.

Eduardo e as duas jovens se ergueram e espiaram sobre o muro. O sangue deles gelou e não conseguiram dizer nada. Caminhando com uma leveza sobrenatural, cinco figuras usando os mantos negros se aproximavam do castelo através da trilha de pedras.

– Cinco? – Fernanda falou assustada arregalando os olhos. Tudo se complicava. Na noite anterior eram apenas três e ela só conseguira atingir uma. Agora eles traziam reforços.

– Como faremos? – Mônica olhou apavorada para Eduardo e viu o medo em seus olhos. Ele se virou para Fernanda.

– Quando achar que estão ao seu alcance, comece a atirar... acerte quantos conseguir – falou olhando dentro dos olhos azuis dela e ela assentiu concentrando-se na pequena estrada e nas figuras sombrias que se aproximavam.

Os três, detrás do muro, viram quando as figuras chegaram a poucos metros das tochas ao lado dos portões. Como que participando de um espetáculo teatral, os seres das sombras pararam, dois à frente e três na retaguarda. Como se tivessem ensaiado, todos baixaram os capuzes revelando seus rostos e viraram olhando para os três atrás da fortaleza. Sabiam que estavam ali.

Tinham os cabelos longos e a pele esverdeada. Os rostos eram encovados e os olhos escuros brilhavam com as chamas vermelhas vindas das tochas diante dos portões. Os dois da frente avançaram um passo e os três que estavam mais atrás puxaram os mantos para trás e sacaram espadas brilhantes...

– Meu Deus! – Fernanda exclamou apavorada.

– Vieram para lutar – Eduardo falou e sua voz tremeu.

– Então que seja – Mônica respirou fundo apertando a espada nas mãos. Estava apavorada, mas não era mulher de fugir.

Fernanda pegou no braço de Eduardo, suas mãos tremiam terrivelmente. Uma coisa era atingir de longe aquelas coisas, outra era enfrentá-las cara a cara.

– Não... não vão descer lá, vão? – falou apavorada olhando para os dois que empunhavam as espadas.

– Fe... comece a atirar e acerte aqueles caras como acertou o *cabeça de feno* hoje à tarde. Comece pelos dois da frente que, com certeza, são os que vão tentar atacar *Bela* – Eduardo falou pegando duas achas que estavam com as pontas acesas e as colocou aos pés de Fernanda. – Acenda as que conseguir, mas atire quantas puder.

– Edu! – eles ouviram o grito desesperado de Adriana pela janela do quarto de *Bela* e sabiam que o ataque começara. Não podiam perder tempo.

Fernanda colocou uma flecha no arco e acendeu a ponta. Colocou-se na posição sobre o muro e atirou a primeira flecha flamejante, estava mais rápida, mais confiante em sua habilidade, embora seus dedos doessem terrivelmente, assim como os músculos dos seus braços. Mas ela sentia que precisavam dela. *Bela* precisava dela. Nunca em sua vida sentira que poderia ser tão importante para alguém. Era uma garota rica, mimada, que sempre teve tudo o que quis, nunca precisou se esforçar para nada, mas também vivia uma vida oca, tão superficial quanto suas amigas. Se elas a vissem agora, sem esmaltes, as unhas curtas e quebradas, os dedos em carne viva, o cabelo sem cremes, a pele sem maquiagem, elas teriam chiliques, com certeza. Respirando fundo, concentrou-se naquilo que deveria fazer. Não esperou para ver onde a primeira flecha acertara e preparou a flecha seguinte. Quando preparou para disparar viu que sua primeira investida fora bem sucedida, pois uma das criaturas estava com as roupas em chamas e era uma das duas que estavam à frente. Satisfeita, mirou na criatura ao lado e soltou a flecha enquanto se via mirada por olhos escuros e assustadores.

Mônica e Eduardo desceram correndo em direção aos portões. Pelo que Zin dissera, as criaturas não podiam entrar, mas eles podiam sair. Viram Fernanda, que atirou mais uma flecha.

– Mônica... – Eduardo a segurou pelo braço quando pararam junto aos portões. – Fique aqui. Não deve... – ia dizer que ela não devia se arriscar, que ele não poderia deixar, mas ela puxou o braço com força e o encarou séria.

– Devo e estou pronta – ela ergueu a espada diante do corpo de maneira ameaçadora.

– Não posso sair, senhor! – Luri falou e parou quando a trilha chegou ao final. Marcelo e Eric viram as chamas do sinalizador no muro e uma sombra que se erguia ao lado da enorme fogueira. A engenhoca de Eduardo funcionara e proporcionava uma iluminação perto dos muros. Os pedaços de madeira que seriam a fogueira junto à trilha estavam esparramados no chão e não tinham sido acesos, indicando que Eduardo não conseguira voltar ali. Eles correram.

Estavam sem fôlego e ainda tinham a íngreme estrada de pedras pela frente. De repente a cena se desenhou diante dos dois. Fernanda estava sobre o muro com o arco apontado em direção ao portão, uma flecha incandescente voou. Eles viram diante dos portões iluminados por tochas, quatro criaturas altas usando longos mantos negros. Três delas erguiam espadas sob as mangas longas e uma quinta criatura parecia uma tocha viva.

Os longos cabelos dos seres das sombras, alguns claros, outros escuros, apareciam sobre os mantos. Correndo para a trilha, Marcelo e Eric viram um dos seres sombrios levantar a mão direita e uma adaga brilhou à luz do fogo. Como se fosse uma das flechas de Fernanda, a adaga voou no ar. Fernanda estava preparando o arco para mais um tiro e não teve tempo de se esquivar. Marcelo e Eric gritaram juntos quando viram Fernanda cair para trás do muro.

Marcelo olhou para Eric e os dois respiraram profundamente e empunharam suas armas. Gritando, eles correram na direção das figuras diante dos portões.

Eduardo afastava a proteção que haviam colocado atrás do portão quando ouviu os gritos de Marcelo e Eric. Então, ele e Mônica saíram correndo detrás da proteção da muralha. Assim que enxergaram à frente, viram a figura de negro que estava mais próxima do portão. Era um homem. Diante dele havia uma flecha espetada nas pedras. Fernanda errara por pouco ou talvez ele tivesse se esquivado. Era alto e magro, com o rosto encovado e esverdeado, os olhos eram negros, assim como os cabelos longos. Ele os encarou sem qualquer tipo de medo ou assombro. Seu olhar era frio e parecia que tudo gelava ao seu redor fazendo Mônica e Eduardo recuarem um passo em vez de avançarem.

Marcelo bateu sua espada contra a de um dos homens do manto negro; era alto, com ombros largos, mas extremamente magro, com cabelos loiros e longos. Os olhos negros encararam os olhos enfurecidos de Marcelo quando suas espadas se chocaram. O ser das sombras tinha as mãos magras e compridas, mas que eram muito fortes e firmes. Marcelo sentiu o tranco daquele encontro que o forçou a apertar sua espada com as duas mãos desferindo golpes sem qualquer reflexão sobre os movimentos que executava. Aquilo era muito diferente dos treinamentos inofensivos que haviam feito, ou da luta que tivera com aquele monstro no bosque, mas ele sentiu o sangue ferver dentro do corpo e uma energia que desconhecia dirigia seus braços com o único objetivo de matar aquele homem sombrio que tinha diante dele.

Eric girava seu machado contra os dois oponentes restantes. A arma não permitia a aproximação dos seres das sombras com suas espadas enquanto ele a brandia com violência diante do corpo. Mas não era muito fácil de controlar, pois, depois que começava a se movimentar, ficava mais leve, mas parecia ganhar vida própria, alçando movimentos cortantes no ar. Aquilo exigia a força de seus braços e pernas mas, embora cansado, não estava disposto a deixar que aquelas criaturas, que pareciam monges amaldiçoados, impedissem Marcelo de chegar até *Bela* a tempo. A ira e a raiva que tanto mancharam sua reputação no passado, não tão distante, o ajudavam agora a querer fatiar aquelas criaturas...

Eduardo, despertado do primeiro choque do contato com a criatura, ouviu Mônica respirar fundo ao seu lado e correr na direção onde Marcelo e Eric lutavam. Ele então encarou a criatura que, com certeza, era quem estava torturando *Bela*. Ainda não tinha certeza de como agir com uma espada e não aprendera a matar ou, sequer, ser violento, mas não podia permitir que aquela sua educação tão refinada e contida o impedisse de tentar salvar a vida de *Bela*. Segurando a espada com as duas mãos, partiu para cima do homem desarmado, ou melhor, desprovido de armas visíveis, porque aquele ser tinha uma arma ainda mais poderosa... A criatura no manto negro parecia ignorá-lo, como se ele não representasse perigo algum e olhava fixamente em direção à janela do quarto de *Bela*... Eduardo girou a espada contra o corpo alto e magro, mas acertou apenas o tecido da túnica. O homem o olhou. Pelo menos conseguira a atenção dele, mas não podia, exatamente, comemorar aquele feito. Principalmente quando o homem o fitou diretamente nos olhos, o que fez Eduardo paralisar, como se estivesse em choque...

Mônica viu que Eric lutava com dois homens e Marcelo lutava com um terceiro. Ela tinha uma espada nas mãos e não poderia simplesmente ignorar o que acontecia. Precisava manter a luta em igualdade, pelo menos seria um para cada um. Aproveitou que Eric mantinha dois dos atacantes concentrados nele e em seu machado, que voava no ar, se aproximou pelas costas do homem alto, muito mais alto que ela, com os cabelos escuros e desferiu um golpe em suas costas. Ela sabia que não havia colocado força suficiente, pois estava insegura e nos treinamentos sempre tinha que ser comedida. E agora, além de tudo, estava com medo, embora estivesse determinada a não se deixar dominar por ele. A espada de Mônica rasgou o manto da criatura e o acertou de leve nas costas, mas foi suficiente para atrair a atenção para si. O que percebeu não ser uma boa ideia quando aquele rosto encovado, esverdeado, com olhos totalmente negros se voltou para ela...

Marcelo se desesperou quando viu Mônica, tão miúda, aparecer correndo com a espada na direção de um dos homens e atingir o manto fazendo o agressor se virar para ela. Aquela fração de segundo de distração, o fez esquecer-se da proteção ao flanco direito e sentiu quando sua carne foi rasgada pela ponta da espada do oponente. A dor lancinante o fez ver estrelas por um momento, mas ele não podia se concentrar nela, tinha que eliminar aquele ser sombrio, não podia perder aquela batalha tão perto de casa, tão próximo de tentar quebrar aquele feitiço, de libertar *Bela*, de abrir um caminho de volta para o outro Mundo, de libertar todos aqueles que estavam ali...

Eric decepou a mão de seu oponente que segurava a espada. O homem de cabelos claros não emitiu qualquer som que demonstrasse ter sentido alguma dor. Apenas o encarou por um instante com os olhos negros e então deslizou, como se seus pés não tocassem o chão, pelas sombras em direção ao bosque. Eric não podia perder tempo observando seu inimigo fugir, viu que Mônica tivera a espada arrancada das mãos e estava caída sentada no chão tentando alcançá-la. O ser das sombras ergueu sua espada para desferir um golpe mortal sobre a pequena loira diante dele. Eric gritou.

– Filho da puta! – e, virando seu machado como que para cortar um tronco de árvore, passou a lâmina afiada pelo pescoço do ser, cortando cabelos, pele e osso e separando a cabeça do corpo. Mônica se encolheu e gritou quando viu a cabeça voando em direção à trilha de pedras e rolando para baixo. O corpo envolto pelo manto ainda ficou de pé por alguns segundos. Então, a espada caiu de suas mãos e ele despencou sobre os cascalhos com o sangue escuro escorrendo em profusão.

Marcelo enfiou sua espada entre o pano negro do manto do adversário e sentiu que o atingiu perfurando carne e osso, puxou a espada e se viu encarado pelos olhos escuros antes de a criatura deslizar para o lado da trilha em direção ao bosque. Ele correu para onde Eduardo, com a espada na mão, parecia uma estátua.

Eduardo estava realmente paralisado. Diante dele apenas o breu dos olhos daquela criatura que o tragavam para uma escuridão assustadora, onde havia escondido seus piores pesadelos, suas lembranças mais amargas. Lembranças como aquela que o fazia olhar para suas mãos ensanguentadas de menino e de ver, diante dele, no banco da frente do carro, o corpo inerte de seu pai, todo engolido pelas ferragens e o sangue que escorria da cabeça dele. Em seu desespero, sem que pudesse se mexer com as pernas presas pelo banco da frente do carro, olhava para os lados, sua irmã, com sangue no corpo, chorava. Do lado de fora do carro, sobre o asfalto negro da estrada, o corpo inerte de sua mãe... Uma dor imensa atingiu seu peito, arrancando dele um soluço e provocando as lágrimas que desceram pelo seu rosto. Aquela dor voltava e o atacava como se ele ainda tivesse 8 anos e gritasse pelo pai... De repente tudo sumiu, as imagens, os olhos negros daquela criatura... Piscando com força, ele viu Marcelo, que retirava a espada do corpo do ser das sombras que se virou para seu atacante pronto para prendê-lo em um sonho de desespero e dor, mas ele parou; o sangue escorrendo pelo manto negro. Com uma voz dura e sussurrada, a criatura das sombras apenas disse:

– O Rei... – e deslizou, como a sombra que era, como se não necessitasse de pés para se locomover, sumindo na direção do bosque.

Marcelo caiu de joelhos segurando com os dedos o sangue que escorria do ferimento em seu abdome. Havia dor, amortecimento, cansaço...

– Marcelo! – Mônica gritou, e ela e Eric correram até ele.

– Fernanda foi ferida... – ele falou em meio a um gemido, olhando na direção do muro, e Eduardo, com o rosto pálido, saiu correndo para dentro dos muros.

Eric passou o braço de Marcelo pelos ombros e o ergueu. Mônica pegou a espada dele e, a pedido de Eric, recolheu a bolsa de couro que estava caída junto à trilha e seguiu atrás deles.

Eduardo correu para o ponto de observação ao lado do farol. Fernanda estava encostada junto ao muro. Ele rezou para que ela não estivesse morta, e quando se aproximou viu, com um alívio que fez suas pernas baquearem, que ela se mexia segurando com a mão um ferimento no braço esquerdo.

– Fernanda! – ajoelhou-se ao lado dela e viu as lágrimas que escorriam pelo rosto branco. – Está ferida! – disse olhando para o corte fundo no braço dela sob o rasgo na manga do vestido. Rasgando mais um pedaço da capa, que já servira a muitos propósitos, ele, delicadamente, envolveu o ferimento num curativo tosco, mas com a intenção de estancar o sangramento. Ela gemeu e o encarou com dor.

– Foi uma adaga... depois eu não consegui mais segurar o arco Edu! Me perdoe! – ela soluçou. Sentia que havia falhado com *Bela* ao não conseguir atingir mais algum inimigo.

Eduardo, lentamente, a ajudou a se erguer e pegou o arco dela do chão.

– Você foi incrível, Fe... e Marcelo está de volta – ele falou tentando animá-la e a viu suspirar aliviada. – Vamos cuidar desse ferimento.

## Capítulo XCIV

## Contrafeitiço

Marcelo entrou pela porta do castelo apoiado em Eric, com o sangue escorrendo pelo corpo. Cambaleante, buscando forças que já não sabia possuir, ele subiu as escadas escorando-se pela parede. Entrou no quarto de *Bela*. Zin ergueu-se e foi até ele com olhos marejados, viu que ele estava ferido e sangrava.

– Senhor... – ela falou sentida, mas com aparente alívio. Marcelo foi até a cama.

*Bela* não tinha cor alguma no rosto. Um filete de sangue escorria do nariz delicado. Por um momento ele não quis se aproximar mais. Demorara muito? Não correra o suficiente? Sentou-se ao lado dela na cama e logo o lençol começou a se cobrir de vermelho.

Marcelo sentia o sangue escorrendo do ferimento e suas pernas não aguentavam mais o peso do corpo. Poderia desistir agora... já estava tudo perdido. Ele sentiu a mão pequena de Zin tocar seu braço.

– Se alguém pode fazer alguma coisa, é o senhor... – ela apertou o braço dele delicadamente. – O senhor é o Rei...

Ele olhou para ela e para Adriana que, pálida, o olhava com lágrimas no rosto. Respirou fundo e sentiu uma dor aguda no ferimento, mas primeiro tinha que tentar... não iria desistir depois de tudo o que acontecera, depois de ter deixado André para trás...

Todos estavam no quarto e olhavam para Marcelo e *Bela*, segurando a respiração. Não sabiam o que esperar daquilo. Somente Eric tinha uma ideia do que deveria acontecer, mas, mesmo ele, estava com a respiração presa. Havia muita coisa em jogo. Admirou a força e determinação de Marcelo e, embora lutasse contra aquilo, sabia que tinham o Rei diante deles. Eduardo havia perguntado sobre André enquanto subiam as escadas. Eric disse que ele estava bem e explicaria mais tarde.

Marcelo fechou os olhos, concentrando-se em todos eles e na sua responsabilidade. Pediu a bolsa de couro a Mônica e retirou de lá os dois colares, apertando-os na palma da mão. Encostou seu rosto ao de *Bela*... ela estava tão fria! A respiração era tão... fraca! O que ele devia fazer? Concentrou-se procurando se lembrar das palavras de Meg.

Olhou para os colares sobre sua mão trêmula. Pegou aquele que talvez representasse *Bela*, tão alva, tão linda e delicada, o diamante, e o colocou no próprio pescoço, sujando-se ainda mais de sangue. Depois, com a vista já falhando, colocou a ônix sobre o coração dela e prendeu o cordão no pescoço delicado. Aquela pedra era ele... Ele era o Senhor de negro... Esperava que a dor que sentia não estivesse atrapalhando seu raciocínio, aquele que ele tentara organizar enquanto corriam pelo bosque. O colo alvo de *Bela* ficou rubro com o sangue que estava nas mãos dele. Mas a pedra não mudou de cor... ele acertara a escolha e ainda havia uma esperança...

No quarto, parecia que o ar havia parado... ninguém ousava respirar com medo de estragar o contrafeitiço que, com certeza, era o que ele fazia.

Marcelo olhou para o rosto abatido dela e passou a mão suavemente pela pele fria e macia colorindo-a de vermelho. Agora tinha que cumprir a parte mais difícil. *O nome... o nome...* ele a beijou nas pálpebras, encostou a testa à dela e falou baixo: *Me ajude...* Sentiu que iria perder os sentidos a qualquer momento, o quarto todo girava. Fechou os olhos e viu... *Bela corria pelo campo usando o vestido branco. Sorria. Linda com a pele luminosa, os pés descalços, os cabelos negros voando atingidos pelo vento, no pescoço ela usava a meia-lua de ônix. Ela abriu os braços e então ele se viu... todo vestido de negro e a meia-lua de diamante brilhando sobre o peito. Ele a abraçou sentindo o corpo macio e quente. Tomou o rosto dela entre as mãos e disse: Luana...*

Eric, que estava ao lado dele, pensou que ele tivesse perdido a consciência encostado ao rosto de *Bela*, mas então, Marcelo abriu os olhos e olhou firme para o rosto dela.

Se alguém podia fazer aquilo era ele, o Rei. Era isso que ele era naquele mundo, naquele momento, o Rei... Então, respirando fundo falou:

– Luana... acorde para seu Rei... – e deslizou os lábios selando a frase com um beijo suave nos lábios pálidos.

Todos no quarto ouviram o longo suspiro que saiu dos lábios dela. Marcelo a olhava com o rosto muito próximo ao dela. Ele a ouviu suspirar e acariciou seus cabelos. Esperou. Todos esperaram. Então ela, lentamente, levantou a mão e tocou a pedra ônix em seu peito, apertando-a, depois abriu os olhos violeta, seus lábios pálidos se desenharam num sorriso, e ela levou a mão ao rosto dele numa carícia suave e sentiu sob os dedos as lágrimas que desceram pelo rosto de seu Rei.

– Marcelo... – ela falou com a voz fraca. Ele sorriu e então tombou ao lado da cama.

Eric e Eduardo correram para ajudá-lo. Eles o ergueram e o colocaram ao lado de *Bela*/Luana na cama.

– Ele... conseguiu! – Fernanda falou entre lágrimas, esquecendo-se da dor em seu braço.

– Marcelo... – Mônica foi até ele e acariciou seu rosto sujo de sangue. Ele estava inconsciente.

Ela o admirava, tinha dito que iria atrás do contrafeitiço, arriscou-se naquele bosque desconhecido e voltara para libertar *Bela* do feitiço. Não acreditava em contos de fada, mas se ele não fosse o príncipe encantado, quem seria? Ele a fazia acreditar que nem todos os homens eram iguais, como pensava antes de ser jogada nesse novo Mundo insano...

– Ele precisa do cuidado do bosque, guerreira – Zin a afastou e se colocou ao lado dele. – Majestade... confie na natureza, logo ela mandará a cura. – falou começando a tirar a túnica que ele usava.

– *Bela*? Quer dizer, Luana? – Adriana se sentou ao lado da jovem despertada na cama, que estava nitidamente fraca e confusa. – Como se sente? – perguntou afetuosa com um sorriso banhado por lágrimas de alívio e passou o pano úmido limpando o rosto da jovem que estava sujo de sangue.

– Bem... e Marcelo? – Luana perguntou por ele num fio de voz e Adriana pegou sua mão e a colocou sobre a mão dele ao seu lado. Ela virou o rosto e o olhou. Era muito bonito, como o vira em seus sonhos... Viu também aquela pequena criatura que cuidara dela com tanto carinho e que agora cuidava dele. – Zin? Ele vai...? – ela engoliu com secura e seus olhos violetas encheram-se de lágrimas.

– Ele vai se curar, senhora – a mulher pequenina falou com um sorriso e deixou nu o dorso forte e ferido. A lâmina da espada cortara-lhe profundamente a carne. – Agora, todos vocês... vão se limpar, seu senhor irá se curar! – virou-se para os jovens parados em choque no quarto. Todos estavam com feições assustadas, cansadas, confusas. – Adriana, traga água e um caldo para a senhora, por favor – pediu delicadamente, e a jovem correu para atendê-la e foi até o jarro com água que havia no quarto.

– Mas temos tanta coisa para... – Eduardo começou a falar olhando para Luana e Zin o olhou zangada.

– Perguntas depois. A cura primeiro – falou firme e ele se calou. – Arqueira, vamos curá-la também – sorriu para Fernanda, que estava pálida e atônita sentada ao lado da cama.

Luana apertava a mão de Marcelo e sentia sua pele quente. Ele a salvou, de todas as formas... não desistiu dela.

– Tome, Luana... – Adriana estendeu diante dela um copo de barro com água e só então Luana se deu conta de quanta sede e fome sentia.

Luana fez um esforço para se sentar e Eric se aproximou rapidamente para ajudá-la, para assombro de Mônica, que não esperava aquele comportamento delicado dele.

Eric ainda estava estarrecido com o que acontecera. Não havia acreditado realmente que Marcelo conseguiria. Aquele detalhe do nome era muito difícil, quase impossível, mas Marcelo falara tão confiante e uma única vez, assim como, ao que parecia, acertara o colar que deveria dar a *Bela*, ou melhor, Luana. De onde Marcelo tirara aquele nome? Ele usara a única chance, sem nem gaguejar! Eric ajeitou *Bela* sobre o travesseiro e seu cavalheirismo foi premiado com um lindo sorriso no rosto que voltava a ficar rosado. Se arrependimento matasse... ele cairia morto ali mesmo. Como pôde tê-la agredido com aquele beijo estúpido? Seu rosto ficou vermelho de vergonha, talvez pela primeira vez em sua vida...

– Obrigada, Eric. – Luana falou pegando na mão dele. A pele dela era suave, macia e agora quente. Ele esticou o corpo rapidamente, antes que passasse ainda mais vergonha.

– Co... como sabe...? – ele gaguejou atordoado.

– Sei o nome de todos vocês... – ela sorriu olhando para aquele grupo no quarto. – Eu sentia e ouvia tudo... – ela olhou rapidamente para Mônica, que sentiu o rosto esquentar terrivelmente. Tinha sido uma idiota! Aquilo a fez dar dois passos em direção à porta e seu corpo encontrou com alguma coisa que batia na altura de seu quadril.

– Este castelo é muito frio. É sim – uma voz aguda soou entre o grupo e todos se voltaram em sua direção. Eric reconheceu a voz...

– Luri? – ele falou atordoado. Se bem se lembrava, ela havia dito que não podia sair do bosque.

– Oh... olá grandão! – ela lhe ofereceu o sorriso sem dentes. O rosto verde e os grandes olhos azuis e vermelhos surpreendia a todos os outros ali.

Eduardo ficou tonto e parecia que havia bebido.

– Esses... olhos... eu...

– Olá! – Luri olhou sorridente para ele. – Você parece mais bonito hoje – falou alcançando a cama.

– Demorou tanto e ainda fica conversando – Zin a puxou pelo braço e as duas pequenas criaturas se olharam felizes, enquanto todos as olhavam perplexos.

Luri era uma versão verde, aparentemente mais nova e um pouco menor de Zin. Eram diferentes, mas com certeza eram parentes.

– Você está velha – Luri falou e se posicionou ao lado de Marcelo.

– Você está feia – Zin falou cruzando os braços diante do peito e apertando os lábios. – Ele precisa de você – ela tocou no peito de Marcelo.

– Majestade – Luri pegou na mão dele com reverência. – Demorou tanto, não foi, Zin? – ela olhou para a outra figura pequena, que concordou enfaticamente movimentando a cabeça. – Mas ele é o mais bonito que mandaram, é sim! Tem o melhor sorriso de todos... – falou com admiração e depois olhou para Luana, que observava a tudo como se ainda sonhasse. – Senhora! – exclamou falou animada. – Seus olhos são lindos!

– Obrigada – Luana respondeu a olhando perplexa. Aquela pequenina mulher parecia um vaso de plantas!

– Vai ficar conversando? Não vê que o Rei sangra? – Zin repreendeu Luri.

A pequena criatura verde dos grandes olhos azuis e vermelhos colocou suas diminutas mãos sobre o ferimento causado pela espada do ser das sombras e tocou toda a extensão do corte. Todos olhavam para a cena ainda totalmente atordoados. Então, a pele de Marcelo sob as mãos de Luri começou a se colorir de verde-escuro, da mesma cor que era a pele dela.

– O senhor é o melhor Rei, Majestade... é sim. É o certo. Estou muito feliz por derrubar os muros invisíveis... estou sim – ela sorria enquanto pressionava a pele dele. – E é muito bonito. É sim – ela concluiu e todos ouviram quando ele gemeu.

Luana pegou na mão dele, entrelaçando seus dedos. Queria que ele soubesse que ela estava ali.

Luri afastou as mãos do local do ferimento, que estava coberto por uma gosma verde, mas não havia mais sangue. Foi inevitável a exclamação dos presentes diante daquele pequeno milagre.

– Ele vai precisar descansar agora – ela falou e olhou para Fernanda, que ainda estava sentada na cadeira do outro lado da cama, com os olhos arregalados de espanto. – Me deixe ver seu braço, arqueira – Luri foi para o lado dela, que estava sem palavras ao olhar para aquele ser mágico. – Não foi nada, não é? – ela sorriu com a boca banguela e os olhos brilhantes. – Só um carinho basta – disse retirando o curativo precário que Eduardo fizera e passando a mão delicadamente sobre o local ferido pela adaga. Era um corte, fundo. – Você é boa com o arco. É sim! – disse encarando Fernanda. A jovem sentiu um formigar no local ferido e uma pequena pontada, e então viu sua pele se colorir de verde musgo no local do ferimento e logo não havia mais dor, apenas uma gosma verde no local.

– Obrigada! – ela falou surpresa e feliz ao perceber que estava curada.

Eduardo queria se sentar, assim como Adriana, que também estava sem palavras assistindo ao espetáculo de cura realizado por aquele pequeno ser do bosque, mas não havia mais cadeiras naquele quarto, então, eles tiveram que se contentar em ficar encostados contra a parede. Luri se virou para Luana.

– É uma honra servi-la, senhora – pegou na mão de Luana, que a olhava com total admiração. – Meu senhor correu, correu sim para chegar a tempo – ela olhou para Marcelo ao lado dela na cama. – Ele tem pernas boas e um coração forte.

Luana sentiu que seu corpo parecia preencher-se de energia enquanto Luri a segurava pela mão. A fraqueza que até então sentia nas pernas e nos braços, talvez pela falta de comida, foi deixando lentamente seu corpo.

– Obrigada, Luri – Luana acariciou o rosto de samambaias. E, apertando na sua mão a mão de Marcelo, disse ainda: – Obrigada por cuidar dele.

– As ninfas queriam levar ele e o grandão ali – ela apontou para Eric, que estava parado encostado à parede do quarto. – O grandão quase foi...

– Zin... – Eric fez uma careta. – essa baixinha aí é sua irmã? – sorriu, depois de respirar fundo e decidir que, se estava louco, então todos também estavam. – Ela fala como você...

– Sim. Sim. – Zin sorriu com os três dentes na boca e Luri a olhou com os olhos arregalados de espanto.

– O que é isso que você ganhou? – apontou para os dentes amarelados.

– Não sei e não gosto deles – Zin respondeu entortando a boca.

– Eu achei que você ia ficar amarela... – Luri tocou na pele envelhecida de Zin. – Mas ficou feia, ficou sim.

– Toda a família é assim? – Eduardo conseguiu falar, tentando ainda recuperar o fôlego.

– Zin ficou feia por que foi escolhida para guardar o portal – Luri respondeu. – Ela era muito nova e boba. O Rei demorou muito a chegar, não foi? – ela falou e Zin concordou com a cabeça. – Mas agora ele está aqui e você pode voltar para casa.

Zin baixou a cabeça pensativa e olhou para todos dentro do quarto; fixou o olhar na cama, passando por Marcelo e depois por Luana.

– Vou ficar até o Rei me mandar para casa. Se ele não me quiser aqui, irei embora – respondeu determinada. – Agora, vão, vão... deixem o Rei descansar – ela falou para o grupo e gesticulou como se os empurrasse para fora. – Senhora? – ela olhou para Luana, que ainda tinha sangue no colo e no rosto. – Precisa se limpar.

– Vou ficar até ele acordar, Zin. Se não for incomodar, poderia me trazer água e um pano? – falou com um sorriso e viu o olhar indecifrável de Mônica, que já estava à porta. Sabia o que Mônica sentia, ouvira seus desabafos e ameaças, mas precisava ficar com Marcelo. Ele não a deixara e ela não o deixaria, devia isso a ele.

– Sim! Mas precisa se alimentar, senhora – Zin falou com preocupação.

– Isso pode esperar – Luana falou com determinação e Zin apenas se inclinou respeitosamente.

– Trouxe a arca com seus pertences, senhora – ela apontou para o canto do aposento, e só então todos viram que o último baú ainda fechado estava ali. – Sua chave – ela apontou para a lareira.

Luana olhou confusa para a arca e depois para a chave.

– Não vai abrir? – Fernanda perguntou curiosa. Todos queriam saber afinal o que guardava o último baú.

– Vou cuidar dele primeiro – Luana falou séria, segurando a mão de Marcelo, e viu os olhares de satisfação de Zin e Luri. Então, Zin começou a empurrar o grupo para fora.

– Eu queria perguntar umas coisas a Luana! – Adriana olhou para a baixinha fazendo uma careta.

– Terá muito tempo para isso... Agora vão se limpar, descansar, que para amanhã vou fazer um assado especial – falou fechando a porta e caminhando pelo corredor com Luri ao seu lado.

Luana se viu sozinha naquele quarto com Marcelo desacordado ao seu lado. Apesar de fazer uma ideia do que estava acontecendo com eles, estava confusa demais... Respirou fundo e encostou a cabeça no travesseiro. Era tudo uma loucura, sem dúvida. Quanto tempo será que ficara dormindo? E como pôde sentir e ouvir tudo o que acontecia à sua volta? Ela tentara gritar várias vezes, dizer que estava viva, mas o corpo parecia apenas uma casca que não obedecia sua vontade. Ainda havia aqueles sonhos terríveis... balançou a cabeça. Não, não pensaria naquilo novamente. Era melhor tentar apagar aquelas imagens torturantes. Agora estava salva e o principal responsável por isso ter acontecido estava ali ao seu lado. Apertou a pedra de ônix junto ao peito e, depois, a olhou cuidadosamente. Ela tinha um brilho especial, tinha um aspecto forte e lhe dava segurança.

Olhou para o quarto. Não era um grande aposento, mas estava bastante aquecido. Colocou os pés no chão frio de pedra e sentiu um arrepio correr pelo corpo. Respirou fundo e caminhou até a lareira. Tocou a pequena chave dourada, depois a segurou entre os dedos.

– Senhora... – Luana se virou assustada ao ouvir a voz de Luri. A pequena criatura estava no meio do quarto e segurava um grande jarro de barro entre os braços. O objeto era quase do tamanho da pequenina e liberava uma fumaça com um aroma de flores e pinho. Zin entrou no quarto em seguida, segurando panos de linho limpos e roupas pretas.

– Um banho perfumado, senhora – Zin falou e foi até uma grande tina de madeira no lado oposto do quarto. Luana arqueou as sobrancelhas.

– Isso... não estava aí... – apontou para a tina. – Estava? – perguntou confusa. Sua cabeça ainda estava meio pesada... será que não reparara naquilo um pouco antes, quando olhou pelo quarto?

– É para seu banho e para lavar o senhor... – Zin sorriu depositando os panos sobre a cama ao lado de Marcelo. – Nós vamos ajudar. Agora abra sua arca e encontrará suas roupas.

Luana olhou para a chave em sua mão e depois foi até a arca. Enquanto isso, Zin e Luri terminavam de despir Marcelo. Luana se ajoelhou diante do baú, destrancando o cadeado.

– Sou capaz de apostar que os vestidos de *Bela* são brancos... – Fernanda falou enquanto se enxugava no banheiro.

– É Luana, Fe... – Adriana falou de dentro da banheira. As jovens aproveitavam a mesma água quente depois que Eric e Eduardo as ajudaram a içar os baldes.

– Viram o jeito dela? *Vou ficar com ele até acordar...* – Mônica falou fazendo uma careta, imitando a voz de Luana.

– Você não ficaria, Mônica? – Adriana olhou para ela com um leve sorriso. – Ele cuidou dela... quebrou o tal feitiço, quase morreu por causa disso e... – ela disse e jogou a água morna no rosto – além de tudo, é maravilhoso... – sorriu. – Você não ficaria com ele?

– Eu disse que ela era safada e ninguém acreditou... – Mônica deu de ombros terminando de tirar o vestido. Tentava controlar a vontade de socar Luana até fazê-la dormir de novo. Não gostou do jeito dela, com aquele sorriso, aqueles olhos... sem que percebesse apertou os lábios com força.

– Ele é o príncipe encantado, sem dúvida nenhuma... – Fernanda suspirou terminando de fechar o vestido. Mônica não disse nada, mas pensara a mesma coisa e aquilo a irritava profundamente.
– Espero que ele se recupere bem... – Adriana falou preocupada.
– Ele vai, Drica! – Fernanda falou confiante. – Olhe para meu braço... – esticou o braço que estivera ferido. – Não tenho mais nada! Luri é incrível!
– Ela parece uma planta – Mônica falou pensativa.
– Acho que ela *é* uma planta... – Fernanda levantou os ombros.
– E você encara isso assim? Uma planta com cara, braços e pernas e... tudo normal? – Mônica entrou na banheira assim que Adriana saiu. A água já estava um pouco fria, mas ela estava tão suja e cansada que nem se importou.
– Mônica... se a cada coisa estranha que virmos aqui ficarmos em choque... é melhor ficarmos dormindo. – Fernanda falou e a Adriana riu.
– Fe... realmente você mudou muito desde o celeiro... – Adriana balançou a cabeça. Fernanda estava longe de ser aquela desesperada que despertara apavorada.
– Drica... só eu sei – Fernanda sorriu e suspirou olhando para os dedos ainda feridos, devia ter pedido para Luri curá-los também, mas aquilo era sinal de orgulho para ela. Havia mudado mesmo e gostava muito da *nova Fernanda*...

## Capítulo XV

## Despertados

Luana retirou um vestido branco de dentro do baú. Havia vários vestidos ali, todos bem claros, alguns eram brancos e outros creme, um deles era de tecido prateado. Lindo! E claro que era para ser usado em alguma festa. Havia ainda duas botas de couro com o cano curto, camisas para usar por baixo do vestido, uma camisola longa de tecido grosso e uma capa vermelha. Um pergaminho enrolado preso com uma fita de couro e uma chave sob o nó. Havia uma linda tiara de ouro com desenhos delicados e uma pequena bolsa de tecido vermelho com algum objeto pesado dentro.

– Senhora... é bom tomar o banho agora – Luri falou ao lado dela.

– Os vestidos são lindos! Obrigada. – ela sorriu colocando um dos vestidos diante do corpo e se virou a tempo de ver o corpo todo nu de Marcelo, que era lavado por Zin com a água perfumada. Ela sentiu o rosto queimar e se voltou rapidamente para a lareira.

– Senhora... seu banho está pronto – Luri falou já ao lado dela e viu seu rosto vermelho. – Está sentindo alguma coisa? – perguntou segurando na mão dela.

– Estou bem, Luri... – ela respirou fundo e apertou o vestido diante do corpo. – O Rei vai acordar agora? – perguntou e sua voz saiu trêmula sem olhar para a cama. – Eu não queria tomar banho... – imaginava que ele poderia acordar a qualquer momento e surpreendê-la enquanto estivesse na banheira.

– Ele vai descansar. Venha, vou ajudá-la – Luri parecia ignorar o constrangimento que aquela situação causava e puxou-a pela mão para perto da tina.

A água estava quente e bastante perfumada e Luana precisava desesperadamente de um banho. Evitando olhar para a cama, ela se despiu e entrou rapidamente na tina. Deu um suspiro ao sentir a água em seu corpo. Aquilo era muito bom... ficou ali sentada com os olhos fechados sentindo aquele aroma de flores e pinho.

Zin terminou de limpar o sangue do corpo de Marcelo e, com bastante habilidade, colocou uma calça limpa.

– Majestade... está limpo e bonito – a pequena mulher falou satisfeita e bateu no peito forte dele. – Vou preparar um caldo para a senhora.

Luana abriu os olhos vendo que Luri já não estava ali e Zin chegava à porta.

– Zin... por favor... – ela se ergueu da banheira antes que a mulher pequena saísse. Zin olhou para ela. – Pode, por favor, pegar aquele linho? – apontou para a cama ao lado de Marcelo, que felizmente parecia ainda dormir.

Zin deu de ombros e pegou o pano estendendo-o para ela. Com o corpo tremendo, Luana pegou o pano, agradeceu, colocou-o ao redor do corpo e correu até o baú. Zin saiu do quarto.

Luana se enxugou rapidamente e enfiou as pernas pela abertura do vestido e o puxou até os ombros, respirando aliviada. Com os dedos trêmulos conseguiu amarrar a fita. Assim que estava vestida, voltou a olhar para a cama e, aliviada, viu que Marcelo não se mexera. Suspirou profundamente e, mais calma, enxugou os cabelos. Ouviu Marcelo dar um gemido baixo e foi até a cama. Estaria passando mal? Ajoelhou-se ao lado dele. Sobre a camisa preta estava aquela pedra com o mesmo formato que a dela, porém translúcida. Tocou a pedra e ela brilhou suavemente. Ia puxar a mão quando sentiu que Marcelo a segurou pelo pulso impedindo-a de se afastar. Luana não tinha certeza se ele havia despertado, pois seus olhos ainda estavam fechados. Espalmou a mão sobre o peito dele e sentiu o coração batendo acelerado.

– Você está bem? – ela perguntou com a voz trêmula, sentindo o próprio coração querendo fugir do peito. Ela o ouviu suspirar e então um belo sorriso apareceu no rosto dele antes de abrir os olhos.

– Estou ótimo – ele falou e encarou os olhos violeta brilhantes. Seus dedos acariciavam suavemente o pulso dela. Tocara várias vezes a pele macia e aveludada de Luana, abraçara aquele corpo perfeito apertando-o junto ao seu, mas agora era muito diferente. Levantou a outra mão e acariciou o rosto dela, que estava vermelho. Só ele sabia quanto custara se controlar quando abriu os olhos e se deparou com aquela visão dela nua diante da lareira. Poderia ter falado alguma coisa, mas preferiu assisti-la tentar secar o corpo rapidamente e vestir-se visivelmente constrangida e nervosa. Não querendo assustá-la, fechou os olhos enquanto ela terminava de amarrar o vestido. Mas não conseguiu suprimir aquele gemido... – E você?

– Confusa, mas muito bem – ela sorriu sem conseguir desviar o olhar daqueles olhos verde-claros e límpidos. – Eu... devo minha vida a você... – sua voz saiu trêmula.

– Todos trabalharam duro... – ele suspirou tentando não se concentrar tanto na pele dela, nos lábios, no colo... tinha que desviar a atenção de alguma maneira. Tocou o local onde havia sido ferido, mas não sentiu nada, nem dor, nem nada. Levantou a camisa e ficou admirado.

— Luri fez isso — Luana respondeu tentando não deter o olhar no abdome firme e forte. O corpo nu de um homem não era uma coisa da qual ela se lembrava de ter vislumbrado antes.

— Luri esteve aqui? — ele arregalou os olhos. — Mas ela disse que não podia sair do bosque! — falou surpreso soltando a mão dela e se sentando na cama.

— Parece que agora pode — envergonhada, ela ajeitou os cabelos junto à nuca.

— Este é um lugar muito estranho mesmo... — ele balançou a cabeça.

— É o seu reino — ela afirmou e o viu puxar a respiração profundamente e passar a mão pelo cabelo e depois sorrir com o canto da boca.

— Espero que o portal para o nosso mundo tenha se aberto também — ele fitou os olhos dela e depois desceu os olhos para a pedra ônix no colo alvo levemente arfante. — Ainda bem que acertei que colar tinha que te dar... — levou a mão aos cabelos dela e se ajoelhou diante dela sobre o colchão de palha. Luana se ajeitou de joelhos sem jeito. — Obrigado por revelar seu nome para mim, Luana... — falou suavemente e ela sentiu seu corpo todo estremecer.

— Era... o mínimo que eu podia fazer — ela sorriu e baixou os olhos. — Obrigada por não desistir de mim, Marcelo... — apertou as mãos que teimavam em tremer. Imaginava que seria mais fácil olhá-lo nos olhos, mas estava redondamente enganada. Ela engoliu com dificuldade. — Eu... enquanto estive... dormindo, sentia e ouvia tudo que acontecia... — levantou os olhos e viu que ele a olhava sério e concentrado. — Sei que você não me deixou morrer de frio — sorriu e seus olhos violeta brilharam intensamente — que me defendeu mesmo eu sendo um *peso morto*...

— Luana... — ele a interrompeu e segurou no rosto delicado dela. Era linda demais para existir realmente, talvez fosse uma miragem provocada por aquele mundo. Não se arrependia nem um minuto por tudo que fizera ou passara. — Conseguimos, você está bem e é isso que importa. — Queria atender à sugestão de Meg e beijá-la acordada para que ela retribuísse e chegou a imaginar aqueles lábios macios correspondendo ao seu beijo.

A porta abriu e Zin apareceu segurando uma cuia fumegante.

— Majestade! Já está de pé! — ela falou sorrindo. Ao lado dela estava a pequenina Luri, que também sorriu satisfeita quando viu Marcelo erguer-se saindo da cama.

– Então... aí estão minhas duas heroínas favoritas! – ele sorriu e foi até elas.

Luana o observou enquanto se deixava cair sentada na cama sentindo o coração dando violentos trancos no peito. Viu-o se inclinar apoiando-se em um dos joelhos diante das duas pequeninas, retirar a cuia que Zin carregava nas mãos, colocando-a no chão ao lado dele, tomou uma das mãos dela e uma das mãos de Luri e as beijou.

– Obrigado – deu aquele belo sorriso.

Zin olhou para Luri e as duas ficaram com os grandes olhos cheios de lágrimas. O Rei se ajoelhava diante delas e as agradecia com sinceridade.

– Eu disse que ele era o certo, não disse? – Zin falou para sua irmã e Luri concordou entusiasticamente.

– Eu disse que ele era o mais bonito, não disse? – Luri falou animada.

– Agora pode sair do bosque? – Marcelo, sorrindo, ergueu-se pegando do chão a cuia com o caldo.

–Sim. Sim. E Zin pode voltar para casa – Luri falou e Zin a olhou invocada, pegando a cuia da mão dele e a estendeu para Luana, que a segurou aspirando aquele aroma de ervas. Seu estômago roncou. Estava faminta.

– Casa? – Marcelo olhou para a mulher pequena que realmente se parecia com Luri, mas tinha um aspecto mais humano e menos herbal.

– Majestade... não dê ouvidos a Luri... – ela olhou séria para a irmã. – Agora é bom comer e descansar.

– Onde estão todos? – ele falou erguendo o corpo que ainda estava cansado, mas curado. – Fernanda está bem? – lembrou-se da jovem arqueira ferida.

– Estão no salão terminando de comer – Zin respondeu. – A arqueira está curada. Mas é melhor o senhor descansar...

– Não Zin... eu preciso falar com eles – falou sério passando a mão pelo cabelo. Se não fosse todo aquele grupo, ele jamais teria conseguido. Olhou para Luana que, ávida, terminava de tomar o caldo. – Quer conhecer o grupo? – sorriu e admirou o rosto corado dela.

– Claro... – ela falou colocando a cuia sobre a lareira. Passou a mão pelos cabelos negros tentando ajeitá-los.

## Capítulo XCVI
## O Rei e Sua Rainha

– Então... André foi o tal pagamento... – Eduardo falou enquanto tomava um gole de vinho. O caldo estava muito bom e ele estava exausto, seu corpo todo doía e não sabia exatamente por que, pois não lutara com ninguém, ficara tal qual um idiota dominado pelo ser das sombras.

– Quatro luas cheias? – Adriana perguntou e Eric assentiu. – Não tem jeito de ele voltar antes?

– Foi um acordo – Eric respondeu virando o vinho na boca de uma só vez. Precisava dormir. Estava bastante cansado, suas pernas doíam muito.

– Será que todo esse sacrifício valeu a pena? – Mônica falou amarga.

– Claro que valeu, Mônica! – Fernanda falou otimista. – Vamos torcer para que André seja bem tratado...

– Caros súditos! – eles se viraram ao ouvir a voz de Marcelo à porta do salão. Ele tinha um sorriso largo no rosto. Ao lado dele, Luana.

– Majestade! – Eduardo falou animado fazendo uma leve reverência colocando uma mão sobre a barriga e a outra às costas. – Que bom que já está acordado! – depois olhou com enorme admiração para Luana, que parecia sem graça diante do grupo. – Alteza... – sorriu, tomou a mão dela e beijou. – Não posso descrever em palavras sua beleza... – falou galante e viu a careta que Marcelo fez depois de balançar a cabeça.

– Eduardo é assim meio estranho... – Marcelo falou ao lado dela.

Fernanda se aproximou e sem qualquer cerimônia abraçou Marcelo. Ele passou os braços em torno do corpo dela e deu um beijo carinhoso em sua testa. Ela sorriu e seus grandes olhos brilharam.

– Minha arqueira favorita... está bem? – falou com um sorriso.
– Fiquei com medo quando a vi ser ferida... – disse passando a mão nos cabelos castanhos dela.

– Luri me curou – ela abriu um belo sorriso. – Eu sabia que você ia conseguir – disse animada.

Adriana também se aproximou, tomou o lugar de Fernanda e o abraçou com carinho. Enquanto Fernanda tomava as mãos de Luana nas suas.

– Luana! Finalmente vamos poder conhecê-la – disse animada. – Sou Fernanda – sorriu e Luana sentiu uma grande afeição por ela. Tinha certeza de que seriam amigas.

– Eu sei... – Luana sorriu e se lembrou de ter ouvido os lamentos desesperados de Fernanda quando estiveram no celeiro em chamas e no estábulo. A garota que estava diante dela parecia outra pessoa. Estava feliz e confiante. – Fiquei sabendo que tem ótima pontaria.

– Exageros! – Adriana brincou, mas não havia dúvida que grande parte daquela batalha fora vencida pela perícia de Fernanda com o arco. – Como está se sentindo? – perguntou a Luana.

– Estou tão bem! – Luana sorriu. – Obrigada, Adriana, por ter cuidado tão bem de mim – falou com delicadeza e viu o rosto cor de jambo ruborizar.

– Não fiz nada – Adriana falou humildemente.

Eric se aproximou deles e Marcelo o encarou, depois sorriu agradecido.

– Você é vaso ruim, hein? – Eric falou com um sorriso zombeteiro.

– Meu pai dizia isso... – Marcelo levantou a sobrancelha.

– Cara... você se superou... acertar o nome na primeira! – Eric manifestou sua admiração. – E não era Maria!

– Eu tive uma ajudazinha... – Marcelo falou e pegou na mão de Luana. Ela estava gelada. Aquela apresentação toda a deixara nervosa.

Eric olhou para Luana. Estava sem graça em falar com ela, ainda se sentia culpado por ter bancado o cafajeste.

– Luana... – ele pigarreou e sorriu sem jeito. – Está... muito bonita.

– Obrigada – ela sorriu de volta.

– Estou morrendo de fome e você? Consegue comer mais um pouco? – Marcelo falou e olhou para Luana, que concordou, então eles foram até a mesa redonda. Ainda havia um lugar vago, o de André. Parecia que nunca teriam a mesa completa...

Marcelo foi até Mônica do outro lado da mesa. Ela estava quieta e séria. Fora a única a não ir se apresentar a Luana e a falar com Marcelo.

– Você foi muito corajosa lá fora, Mônica – ele sorriu e, apesar da resistência dela, segurou em sua mão e a beijou. – Serei bastante precavido em nossos treinamentos – disse dando uma piscadela e a viu ficar com o rosto vermelho.

– Fico feliz em ver que se recuperou completamente – ela deu um sorriso fraco. Não queria expor o que estava sentindo. Não daria esse gosto a um homem.

– Novo em folha... – ele abriu os braços com um largo sorriso no rosto.

Todos se sentaram e se serviram de vinho. Então, Marcelo levantou seu copo.

– Um brinde ao mais corajoso de todos nós... André – falou sério – E que ele esteja inteiro daqui a quatro luas cheias...

– Ou casado – Eric completou com seu copo no ar e sorriu.

– Ou isso – Marcelo completou esperando que realmente André estivesse bem. Ele respirou fundo. – Quero dizer que nada teria acontecido se todos não tivessem ajudado... cada um colaborou com uma parte e acho que foi por isso que nosso grupo sobreviveu... – não gostava de falar muito, mas tinha que mostrar o quão agradecido estava pelo trabalho conjunto que haviam realizado. – Não teríamos conseguido se André não se dispusesse a ficar como pagamento, se Eric tivesse partido com as ninfas... – fez uma careta e Eric também, mas parecia ligeiramente arrependido por ter deixado duas mulheres para trás. – Se o Edu não tivesse se destacado como um general e inventor sem precedentes... Se Adriana não ficasse ao lado de Luana cuidando dela com tanto carinho, se Mônica não nos mostrasse como uma mulher e uma espada podem combinar... e se Fernanda não fosse tão maravilhosa com aquele arco!

– Se não tivéssemos um Rei como você, Marcelo... nenhum desses talentos nos salvaria. Você acreditou que nós iríamos conseguir e... aqui estamos! – Eduardo ergueu seu copo na direção dele e todos o imitaram. Marcelo apenas sorriu e depois se virou para Luana, que o olhava com total admiração.

– Luana... bem-vinda ao grupo mais estranho que já conheci – brincou e ela sorriu ficando com o rosto vermelho.

– Eu devo minha vida a todos vocês... obrigada – falou com os olhos brilhando.

– Luana! Esse vestido estava no seu baú? – Fernanda se sentou ao lado dela. Luana assentiu e Fernanda olhou para Adriana e Mônica. – Eu sabia! São todos brancos, não são?

– Há uma capa vermelha – Luana respondeu.

– Vai combinar perfeitamente com sua pele e seu cabelo! – Fernanda disse sorrindo.

– Eu vou precisar de um pente... – Luana mexeu envergonhada no cabelo que ajeitara apenas com os dedos.

– Temos um! – Adriana falou do outro lado.

– Havia uma arma em seu baú? – Eduardo perguntou curioso.

– Acho... que não... – respondeu confusa.

– Algum brinquedinho de pelúcia? – Mônica falou com ironia e Luana a olhou sem entender.

– Nenhuma arma mesmo? – Eric perguntou.

– Que tipo de arma? – Luana o olhou confusa. Por que esperavam que ela encontrasse alguma arma?

– Um arco, como o meu, por exemplo! – Fernanda respondeu.

– Eu não sei usar armas... – ela falou olhando para o grupo.

– Oh, que meiga... claro que não! Como uma pessoa tão delicada pode pensar em usar uma arma, não é? – Mônica falou exagerando no sarcasmo, enquanto a encarava.

Marcelo primeiro olhou para Mônica, que estava com o rosto vermelho e os olhos estreitados, numa clara intenção de ser rude. Depois ele se virou para Luana.

– O que mais havia em seu baú? Por que cada um aqui ganhou uma arma... eu ganhei uma espada, assim como a Mônica e o Edu. Fernanda ganhou o arco, Eric, um machado, Adriana, duas adagas e André... um cajado. – ele falou e viu o olhar confuso dela.

– Não havia nada assim... – respondeu e ouviu Mônica rir baixo. – Havia uma tiara dourada com runas... um rolo de couro com uma chave junto à fita, mas as runas diziam: *abrir só depois da quarta Lua Cheia*... e uma pequena bolsa vermelha que... não abri. – ela falou e todos se calaram e se olharam.

– Uma coroa! – Fernanda quebrou o silêncio e arregalou os olhos olhando para Marcelo. – Não é lindo isso? – falou para Adriana, que sorriu.

– Havia um pergaminho? – Marcelo perguntou depois de pigarrear ao ouvir que havia uma coroa. – Mas não é para abrir? – cerrou as sobrancelhas intrigado.

– Diz que é para abrir só depois da quarta Lua Cheia – ela respondeu apreensiva. – Mas será que devemos...?

– Não – Marcelo pegou na mão dela. – Acho que devemos seguir o que está escrito lá. Acho que só podemos abrir quando André estiver com a gente. – olhou para todo o grupo. As peças pareciam se encaixar.

– Esse jogo me assusta – Adriana falou atônita. – Como se cada passo nosso estivesse sendo monitorado... como se soubessem o que iríamos fazer.

– Drica... acho que o enredo básico está montado, mas nós podemos improvisar, não acha Marcelo? – Eduardo olhou para ele.

– Essas... *dicas* podem estar há tempos prontas, só esperando quem conseguisse dar o passo seguinte – Marcelo falou pensativo.

– Mas as roupas servem na gente perfeitamente! Como os baús podem pertencer a qualquer um que veio antes? – Adriana falou confusa, olhando para o vestido verde que usava.

– Já se perguntaram como Zin levou a chave que sobrou até o quarto onde Luana estava? – Mônica falou e ficou de pé. – Ela deve ter armado tudo, colocado as roupas nos baús, assim como as armas e essas... coroas. Ela vem coordenando tudo e nos enganando...

– São acusações graves, Mônica – Marcelo se levantou. – Eu não acredito nisso, sinceramente.

Ela se aproximou dele e levantou o queixo, encarando-o.

– Você diria isso se não tivesse aparecido uma coroa em *seu* baú? Majestade? – os olhos dela se estreitaram. – Aceitaria receber ordens de qualquer um? – falou e olhou para o rosto confuso de Luana, que não fazia a menor ideia do por que Mônica ter se irritado tanto.

– Vamos chamar Zin aqui e ouvir o que ela tem a dizer – Marcelo, sem se alterar, falou sério.

– Estou aqui, Majestade – a voz de Zin veio de trás deles.

– Zin... – Marcelo respirou fundo, não queria magoá-la, em seu íntimo sabia que ela fazia de tudo para protegê-los. – Você saberia dizer como esses baús apareceram? Saberia dizer como as coisas que estão dentro deles foram parar ali? Você pode pegar as chaves? – procurou ser delicado ao perguntar. Todos olharam para a mulher pequena que tinha os olhos fixos em Marcelo.

– Senhor... eu sou a guardiã do portal... por milhares de luas estive presa nesse castelo esperando sua chegada. Sabia que um rei iria chegar... muitos vieram, mas ninguém conseguiu... ninguém tinha o seu coração e sua alma.

– Ela não está respondendo à pergunta – Mônica falou ríspida.

– Guerreira... não é essa a resposta que deseja. Você deseja saber por que a coroa da Rainha não estava em seu baú – Zin falou direta e com a voz calma.

Todos se viraram para Mônica e a viram ficar vermelha. Luana, entretanto, empalideceu e ficou de pé. Compreendeu o porquê da animosidade de Mônica.

– Luana? – Marcelo pegou no braço dela e sentiu que ela tremia. – Está sentindo alguma coisa? – olhou-a preocupado.

– Eu... – ela mordeu o lábio inferior. – Vou buscar essas coisas que estavam no meu baú... elas podem estar no lugar errado – falou se virando para sair.

– Eu vou com você! – Fernanda falou e saiu com ela.

– Foi você quem colocou as coisas nos baús, Zin? – Adriana perguntou.

– Não... eu só cuido deles – ela respondeu com os olhos lacrimosos.

– Mas como a chave do baú de Luana foi aparecer lá no quarto? Nenhum de nós conseguiu segurar aquela chave! – Eric falou desconfiado.

– A... chave estava lá há muito tempo, guerreiro. Ela procurou a dona – a pequena mulher respondeu.

– Não acredito nisso... – Mônica falou nervosa. Entretanto, não olhara mais para a chave que sobrara sobre a lareira, então não fazia ideia de quando ela havia sumido dali.

– Luana... não há erro nenhum, posso te garantir – Fernanda falou ao lado dela enquanto subiam as escadas. Via que Luana estava nervosa. – Eu pensei nisso quando vi aquele arco junto com minhas coisas, mas percebi que ele era perfeito para mim!

– Fernanda... estou tão confusa e assustada! – Luana confessou com os olhos cheios de lágrimas.

– Todos nós ficamos assim quando acordamos, Luana! Você acordou agora... não vai ser fácil, posso te garantir, mas vai melhorar com o tempo – Fernanda pegou na mão dela oferecendo um sorriso cordial.

Elas entraram no quarto e Luana abriu o baú. Retirou de lá o pergaminho com a chave, a pequena bolsa vermelha amarrada com uma fita e a tiara de ouro.

– É linda! – Fernanda sorriu olhando para a delicada coroa e a colocou sobre os cabelos de Luana. Olhou satisfeita para o resultado. – É sua. Definitivamente.

– É apenas uma tiara... – Luana pegou a tiara nas mãos e a analisou. Ela entendia o que as runas desenhadas no metal diziam, mas não disse nada.

– Eu gostaria que fosse uma coroa para combinar com a coroa do nosso rei... – uma feição matreira apareceu no rosto de Fernanda. – Ele é lindo! E vocês dois juntos... – ela suspirou e viu Luana ficar com o rosto vermelho.

– É melhor descermos – Luana falou, e saíram do quarto.

– Então... magicamente, os baús apareceram justo quando o celeiro pegou fogo e você soube que nós havíamos chegado... – Mônica parecia uma promotora interrogando um suspeito.

– Foi. Foi sim – Zin respondia a tudo sem se alterar ou perder a expressão serena, mas às vezes assustava-se com a agressividade na voz de Mônica.

– E agora, você, que esteve confinada neste castelo por... quanto tempo mesmo? – a loira fuzilou Zin com os olhos escurecidos.

– Milhares de luas – Zin respondeu.

– Ah, sim... milhares de luas... e agora pode finalmente voltar para sua casa, que é aquele bosque onde moram criaturas verdes estranhas e seres das sombras que, supostamente, são pessoas como nós, mas não tiveram a felicidade de ter um rei tão encantador... – completou ácida.

– Nenhum deles era Rei realmente – Zin falou confiante e olhou para Marcelo com admiração.

– Eu preciso dormir... – Eduardo falou esfregando o rosto. – Acho que não entendo mais a língua que estão falando...

Luana e Fernanda reapareceram no salão. Colocaram sobre a mesa o pergaminho, a coroa e a bolsa vermelha.

– Isto estava em meu baú – Luana falou e olhou para Marcelo, que tinha uma expressão indecifrável.

Os olhos de Mônica pousaram naquela delicada coroa com desenhos iguais aos que haviam na coroa que Marcelo recebera. Era mais delicada, mas não havia dúvida de que formavam um par.

Marcelo viu os desenhos do lado de fora do pergaminho.

– Como sabe o que está escrito aqui? – ele perguntou a Luana, que o olhou confusa e se perguntou como ele não entendia.

– Eu... só sei. Você não sabe? – o olhou interrogativa.

– Você disse que são runas e eu... nunca fui muito... esotérico. – ele levantou os ombros. Mas com certeza era melhor não desobedecer àquela ordem.

Eduardo pegou o pergaminho e olhava aqueles desenhos, mas não entendia absolutamente nada. Para ele era como se estivesse lendo japonês, chinês ou alguma outra língua iconográfica.

– O que há no saco? – Eric perguntou.

– Deixe que a senhora abra, é mais seguro – Zin falou quando o viu levar a mão até a pequena bolsa de tecido vermelho.

Luana pegou o saco de veludo e o abriu.

Uma pequena bola negra de vidro caiu sobre a mão dela. Cabia perfeitamente em sua palma. Os dedos delicados e claros envolveram a esfera e ela brilhou. Todos se afastaram automaticamente. Luana abriu a mão e o pequeno orbe flutuou alguns centímetros de sua mão e o som no salão foi de exclamação.

– O... que ela faz? – Fernanda perguntou curiosa olhando para a esfera, que começou a rodar lentamente, e suaves linhas prateadas começaram a girar dentro dela acompanhando a rotação.

– Não... sei! – Luana respondeu aflita olhando para aquela cena inacreditável da esfera girando diante dela.

– Uma esfera do poder! – Zin murmurou.

– Es... fera do poder? – Luana repetiu sentindo medo daquilo.

– Não existe nenhuma há milhares de luas... – Zin falou olhando admirada para o orbe que flutuava e girava.

– O que ela faz? – Eduardo perguntou hipnotizado pelo movimento daquele objeto.

– Quase tudo – Luri, que aparecera no salão, falou com sua voz aguda.

Eric, curioso e admirado, estendeu a mão e a ponta de seu dedo tocou na esfera.

– Não! – Zin gritou e ele se afastou assustado.

A esfera saiu daquele movimento suave e, como se tivesse sido lançada de um canhão, disparou pelo salão a toda velocidade, instintivamente, todos se abaixaram. O pequeno globo, agora pouco mais que uma luz prateada, bateu contra uma das paredes do salão e pedras caíram ao lado da lareira com um grande estrondo. Depois se chocou com a parede do outro lado deslocando mais pedras. Marcelo acompanhava o movimento da esfera pelo salão e percebia que era uma arma poderosa, mas estava fora de controle. Arrastou-se e passou a mão pelo ombro trêmulo de Luana que, abaixada, olhava apavorada para o orbe destruidor.

– Você deve poder controlá-la, Luana... – ele falou e ela o encarou assustada. – Se não, ela não estaria entre suas coisas... – ele se encolheu quando o orbe se chocou com mais pedras. – Mande-a parar... – sugeriu sem ter certeza de nada, mas foi a primeira coisa que passou pela sua cabeça.

– Eu não vou conseguir... – ela falou assustada.

– Tente – ele falou e sentiu quando ela respirou fundo.

Luana viu quando a esfera deslocou-se no ar rapidamente indo em direção a Eric, que se encolhera junto à parede. Ela se levantou abruptamente surpreendendo Marcelo.

– Pare! – ela gritou trêmula estendendo a mão.

O orbe parou no ar imediatamente a centímetros do braço de Eric, que protegia sua cabeça. Girou por um momento e foi na direção dela. Luana, tremendo, viu Marcelo, que se levantou ao seu lado, pronto a defendê-la do ataque da esfera. Ela mantinha a mão estendida. Não sabia se era aquilo que deveria fazer, mas o que mais poderia fazer?

Todos olhavam para ela quando a esfera parou sobre sua mão girando lentamente. Luana suspirou e envolveu a esfera entre os dedos apertando-a. Seu coração batia acelerado e sentiu que a pequena esfera quente apagou-se em sua palma. Ela soltou a respiração e colocou a esfera dentro da bolsa vermelha. Ela ainda tremia quando ouviu as exclamações assustadas e admiradas no salão.

– Meu Deus! – a voz de Fernanda saiu num sussurro.

– Desculpem... – Luana falou com a voz trêmula – Eu... não sabia.

– Foi... minha culpa – Eric falou com a boca pálida. Sabia que a esfera se descontrolara por que ele a tocou. – Não deveria ter encostado nela – completou cheio de culpa. Aproximou-se de Luana e pegou as mãos trêmulas dela nas suas. – Me desculpe. Por favor. Obrigado por controlá-la...

Luana respirou fundo, apertou as mãos dele e sorriu.

– Como poderíamos saber, não é? – falou e levantou os ombros.

– E será que é agora que eu acordo? – ouviram a voz de Eduardo. Luana se virou para ele e sorriu.

– É uma bela arma, não acha, Mônica? – Eric encarou a jovem loira que estava boquiaberta.

– Com certeza não é um brinquedinho... – Adriana completou com um leve sorriso, já recomposta do susto.

– Há muito que aprender antes de usar a esfera, senhora – Zin falou, tomando a mão de Luana.

– Realmente incrível... – Marcelo falou admirado, nunca vira nada igual a não ser em filmes.

Zin foi até a mesa e pegou a tiara. Inclinou-se solenemente diante de Luana e estendeu a fina coroa em sua direção.

– Majestade... – ela sorriu, e Luana ficou com o rosto vermelho olhando para ela.

– Pegue, Luana – Fernanda falou baixo ao lado dela. Automaticamente, Luana olhou para Marcelo e ele apenas sorriu levantando os ombros.

– Obrigada, Zin – ela falou e a segurou ao lado do corpo, sem fazer menção a colocá-la, não queria que percebessem como tremia. – É... um belo adorno – sorriu timidamente.

Mônica, com os lábios comprimidos formando uma fina linha, olhou para ela com os olhos apertados e respirou fundo.

– Estou cansada – ela falou e saiu do salão pisando duro.

– É melhor mesmo irmos dormir... foi um dia cansativo para todos – Adriana falou calma.

– Com certeza – Eduardo concordou imediatamente. Aquele cansaço já estava produzindo alucinações.

Antes de saírem do salão, Luana olhou para Marcelo. Ele apenas sorriu e se inclinou suavemente. Ela sorriu sabendo que os dois tinham muito a conversar, mas teriam que esperar um momento propício. Muita coisa havia acontecido e estavam todos exaustos e confusos.

– Cara... parece que tô drogado... – Eric falou ao lado de Marcelo olhando para o corredor por onde o grupo saía.

– Nem me fala... – Marcelo falou e suspirou. – Acho melhor a gente descansar mesmo – bateu no ombro largo de Eric.

Luana guardou a coroa, o pergaminho e o orbe em seu baú e retirou de lá a camisola.

– Acho que quando estivermos descansados, vamos conseguir pensar melhor em tudo o que aconteceu – Fernanda falou sentada na cama de Luana. – Aquela tina já estava ali? Eu não me lembro... – encarou a tina com a sobrancelha arqueada.

– Acho que foi Zin quem trouxe... – Luana falou apertando a camisola diante do corpo. Mônica entrou no quarto.

– Bem... agora que já acordou, não precisa ficar com o quarto – ela falou olhando em volta. – Olha só, até uma banheira apareceu aqui! – segurava a raiva que sentia daquela mulher.

– Mônica... pode ficar no quarto se quiser – Luana falou com um leve sorriso. – Eu fico com as meninas... já passei tempo demais isolada.

– Isolada não é o termo correto, não é mesmo? – Mônica a encarou fuzilando-a com os olhos. – Você tem tido companhia em seu sono... até levantar da cama levantou num autêntico sonambulismo!

– Eu... – Luana sentiu seu rosto esquentar. Sabia que Mônica não gostava dela.

– Mônica... não precisa ser rude, não é mesmo? – Fernanda foi em defesa de Luana.

– Eu... realmente posso dormir no outro quarto – Luana suspirou e se virou pegando sua capa do baú, depois o trancou.

– Eu conheço seu jogo, Luana e não gosto dele... – Mônica parou diante dela. Era mais baixa que a recém-despertada.

– Não sei do que fala, Mônica, mas sei que não gosta de mim... não sei por que exatamente. Não desejo a ninguém o que... eu... – ela suspirou com os olhos lacrimosos. – Eu vou para o outro quarto – falou e saiu.

– Mônica... por que fez isso? – Fernanda a encarou furiosa antes de sair.

– Espero que pense melhor antes de tentar magoar alguém de novo, Mônica... – Adriana falou e saiu atrás das duas.

– Mas ela não pode fazer isso! – Fernanda disse quando entraram no quarto.

— Não me importo Fernanda... é verdade — Luana sorriu balançando a cabeça. — Estou muito bem aqui com vocês! — disse olhando para o camisolão em suas mãos. — Nossa! Isso é realmente estranho!

— Será que seus sonhos ruins terminaram? — Adriana perguntou com autêntica preocupação.

— Não sei... — Luana se sentou na cama. Não queria pensar naquilo, nos pesadelos, mas iria dormir uma hora ou outra. — Pelo menos irei acordar, não? — sorriu. — Se eu gritar, não se assustem...

— Talvez não precise disso... é só se deitar com Marcelo — Fernanda falou colocando a camisola. — Com um homem daquele do seu lado, não há como sonhos ruins aparecerem — concluiu e Luana ficou visivelmente encabulada.

— Devo tê-lo constrangido muito, não é? — perguntou insegura.

— Não mesmo! — Adriana falou e ela e Fernanda riram. — E você é a Rainha dele! — completou e viu que Luana baixou os olhos.

— Essa... é uma coisa meio absurda, não? — ela falou olhando para as próprias mãos. — Acho que ele não gostou muito disso — levantou os ombros.

— Dê um tempo para que as ideias sejam digeridas... — Adriana falou pegando nas mãos dela.

— Claro — ela sorriu timidamente.

— Nada melhor do que umas boas horas de sono — Fernanda disse esgotada e foi até sua própria cama e se deitou.

Luana iria dizer que já dormira demais, mas não iria ser rude com aquelas que estavam ao seu lado e a apoiavam. Ficou sentada na cama até que suas companheiras de quarto se entregaram ao sono, o que foi muito rápido. Então tirou o vestido e colocou a camisola...

Mônica se fechara no quarto que abrigara a ex-adormecida. Tentava provar a si mesma que não eram ciúmes o que sentia, que o que a deixava daquele jeito era ver uma pessoa que era delicada demais, que parecia atrair todos para si como abelhas a um pote de mel e que tinha aquela aparência frágil, levando todos a querer protegê-la, transformando-a no centro das atenções e cuidados. Como odiava mulheres assim! E então... ela ganhara a coroa de Rainha! Ridículo! Esmurrou com raiva o travesseiro onde Luana estivera dormindo. Agora aquele quarto era dela e ninguém a tiraria dali. Se Luana tinha direito a usar aquele quarto, ela também tinha. E não deixaria espaço para que aquele cômodo se transformasse num "ninho de amor". Não mesmo!

Enxugou as lágrimas do rosto e se enfiou debaixo das cobertas praguejando. Estava exausta e irritada. Quase morrera para proteger aquela idiota! E ainda por cima tinha uma dívida para com o troglodita do Eric.

Sabia que se ele não tivesse cortado a cabeça daquele ser das sombras, ele a teria matado. Eric também a deixara irritada com aqueles cuidados todos com Luana... ajeitá-la no travesseiro? Ser todo delicado e se desculpar com ela? A quem ele queria enganar? Ela conhecia tipos como ele e sabia que não mudavam jamais. Uma vez cafajeste, sempre cafajeste...

– Edu... cê tá bem cara? – Marcelo perguntou quando entrou no quarto. Eduardo estava muito calado, coisa que não era nada comum. Ele já estava deitado, mas seus olhos fitavam no teto do quarto.

– Será que um dia a gente vai voltar para casa? – Eduardo falou e suspirou. – Será que aquela porta finalmente vai abrir e nos veremos no quintal de casa? Devemos tentar usar a chave?

Eric e Marcelo se olharam. Não tinham certeza de nada. Não sabiam o que esperar daquele lugar. Jogaram as botas para o lado.

– Não podemos deixar André para trás... por isso acho que devemos obedecer o que diz no pergaminho – Marcelo tirou a túnica e ficou apenas com a camisa que usava por baixo. – Achei interessante a Luana decifrar aquelas runas. Será que ela era alguma cartomante? – deu um sorriso e balançou a cabeça.

– O que sei é que ela é o oposto da baixinha birrenta – Eric falou, esticando-se na cama. Era muito bom esticar o corpo cansado.

– Sabem... eu perdi meus pais quando tinha 8 anos... sofremos um acidente e eu os vi morrer na minha frente – seus olhos marejados ainda olhavam o teto. – Eu e minha irmã passamos a morar com os pais do meu pai... mas sempre fomos um peso. Eu sei que eles nos amam, nos deram a melhor educação, mas... – suspirou. – Aquele ser das sombras hoje me fez ver as cenas do acidente. Eu tinha tentado esquecer, mas estava lá guardado...

– Eu... sinto muito, Edu. – Marcelo falou sentido, não imaginava que um rapaz tão alegre podia guardar uma história tão triste. Sabia que ele se preocupava com a irmã, que ficaria ainda mais solitária.

– Mas eu tenho me sentido tão bem aqui... eu posso ser o que sou! Falar o que penso! Fazer coisas que sempre tive vontade! – ele se virou para Marcelo e passou a mão pelo rosto para enxugar uma lágrima que escorrera.

– É mesmo uma loucura... – Marcelo respirou fundo. – Veja a minha situação... eu nunca gostei de grupo, de coordenar nada, sempre achei que sozinho era melhor. Deixei minha família para morar sozinho e olhem para mim agora – sorriu. – Rei de uma terra maluca, com um monte de gente a minha volta e vi que nosso trabalho em conjunto foi o que nos salvou... eu não conseguiria nada sozinho! E... sinto falta da minha Harley... – desabafou e ouviu Eduardo rir.

– Mas ganhou uma garota linda! – Eduardo falou e viu que Marcelo ficou sério.

– Muito linda... – Eric se pronunciou e os dois olharam para ele. – Não sou cego, né? – falou e viu Marcelo balançar a cabeça.

– O que será que temos em comum para que viéssemos parar nesse lugar? – Eduardo falou.

– Talvez o fato de não termos nada em comum seja o motivo – Marcelo deu de ombros.

– É capaz... – Eric concordou.

# Capítulo XCVII
# O Beijo Mágico

Luana olhava para os raios de sol que passavam pela janela. Apesar de ser dia, todos dormiam. Precisavam descansar daquela longa noite, mas ela não conseguia dormir, talvez por que tivesse dormido demais por muito tempo. Perguntava-se como tinha ido parar naquele lugar... Na verdade não se lembrava de onde estivera antes de começar a ouvir as vozes aflitas do grupo no celeiro. Suspirou e se levantou. Colocou sua capa vermelha e vestiu a bota de couro. Saiu do quarto. O castelo estava silencioso. Ela desceu as escadas até o salão. Viu os buracos nas pedras causados pela pequena esfera, o que mais aquela arma faria? O que teria que aprender sobre ela? Poderia realmente controlá-la? E aquela tiara, significava mesmo que ela era a Rainha? Como aquilo era possível? Marcelo pareceu não ter gostado muito daquilo ou era apenas sua insegurança? Sentiu o coração acelerar e segurou o pingente de ônix. Caminhou até a cozinha e viu a pequena Zin dormindo ao lado do fogão de lenha. Estava encolhida sob uma pesada coberta de pele. Luana apiedou-se daquela pequena mulher. Não poderia deixá-la dormindo ali, aquilo era cruel demais! Ninguém percebera aquilo? Decidiu que aquela seria a última noite que Zin dormiria sozinha naquele lugar.

Saiu da cozinha se sentindo chateada. Ninguém merecia um tratamento daqueles... No terreno de trás da cozinha havia algumas galinhas e porcos que andavam livremente sob o sol. Eles se afastaram quando ela passou por eles.

Havia uma montanha que limitava as terras do castelo. A alta muralha de pedras que protegia o castelo saía da montanha. Ela olhou admirada para aquela construção. Viu os grandes portões e o pátio. Saiu caminhando lentamente e viu os cavalos que, soltos, comiam a grama crescida perto dos muros. Eram lindos! Sabia que Marcelo a carregara sobre um daqueles animais. Aproximou-se lentamente de um deles. Era negro, com o pelo brilhante. Ele não se importou com a proximidade dela e ela, relutante, começou a acariciar-lhe a crina. Ele pareceu gostar daquilo. Luana sorriu satisfeita. Estava feliz sentindo o sol no rosto, o cheiro de mato, o contato com um animal tão bonito...

– Pretende me matar do coração? É isso mesmo? – ela deu um pulo e se virou ao ouvir a voz séria de Marcelo atrás dela. Ele estava com a boca pálida, os cabelos despenteados, descalço e a olhava com uma preocupação enorme.

– Marcelo... eu... – ela sentiu o rosto esquentar. – Não sei o que... eu fiz? – encolheu-se como se fosse apanhar e ele a olhou de forma interrogativa.

– Luana... – ele pegou no braço dela e sentiu que ela tremia. Estaria com medo dele? – O que faz aqui fora sozinha? – perguntou procurando se acalmar.

Ele não conseguira dormir, ficara virando na cama e sentira aquele pingente pulsar... pensara em ver se estava tudo bem com Luana. Abrira a porta do quarto dela e descobrira que Mônica ocupara a cama. Fora até o quarto das garotas e vira que ela não estava lá. Desesperara-se. Correra pela escada e fora até o salão, não a encontrara. Correra para a porta, mas estava fechada. Correra por todo o castelo e nem sinal dela. Então ele fora até a cozinha, passara por Zin adormecida e saíra pela porta dos fundos. Seu coração já saía pela boca quando a viu... parecia uma miragem. A capa vermelha, os cabelos negros, a pele branca ao lado do garanhão negro, acariciando-lhe a crina...

– Desculpe... eu não conseguia dormir... não achei que... – a voz dela tremia.

– Desculpe se a assustei. – ele falou passando a mão pelo rosto dela. – Mas não sabemos se estamos seguros aqui. Ainda não conhecemos bem o lugar e se aquelas criaturas sinistras ainda podem rondar por aqui...

– Sinto muito – ela falou e seus olhos violeta brilharam.

– E você teve umas crises de sonambulismo...

– E fui me deitar ao seu lado... – ela completou e suspirou. – Me desculpe. Eu não ajudei você, não é? Mas eu estava num sonho muito ruim... e tudo era um sonho, então... – a voz dela tremeu. – Eu sabia que eles não viriam se você estivesse ali...

– Quer que eu fique com você para que consiga dormir? – ele sorriu e a viu ruborizar. – Acho que eu também estou precisando de uma companhia... fiquei mal-acostumado – viu o olhar confuso que ela lhe dirigiu. – Prometo apenas dormir ao seu lado... acha que pode confiar em mim? – levantou a sobrancelha, pensando que agora que estava acordada, ela se sentiria insegura com ele ao seu lado, o que seria perfeitamente compreensível, pois ele mesmo não sabia como seu corpo reagiria depois de ter sido agraciado com aquela visão do belo corpo nu dela. Ela sorriu e pegou a mão dele.

– Melhor entrar, senão você vai ficar doente... – olhou para os pés descalços dele.

Os dois voltaram lentamente para o castelo.

– Você viu onde Zin dorme? – ela perguntou o olhando séria.

– Na cozinha. Aliás, ainda está dormindo – ele respondeu, e ela parou diante dele encarando-o furiosa.

– Acha isso normal? Ela nos trata tão bem e como a tratamos? Deixando que durma ao lado do fogão? – o rosto dela ficou vermelho e seus lábios macios se contraíram.

– Eu... nem... – realmente ele nem se preocupara com aquele detalhe. Achava que Zin se sentia confortável ali.

Luana respirou fundo e entrou no castelo passando pela cozinha e olhando penalizada para a pequena mulher. Balançou a cabeça e caminhou rapidamente para o salão.

– Luana... – Marcelo a segurou pelo braço fazendo-a se virar. – Está me culpando por Zin dormir na cozinha? – ele a encarou atordoado.

– Você não é o Rei? – ela falou e sua voz tremeu. – Então é o culpado por não ter se interessado – os olhos violeta faiscantes pareciam querer fuzilá-lo e ele não entendeu a intensidade daquela raiva.

Ele soltou o braço dela e passou a mão pelo cabelo. Depois suspirou.

– Não pedi para ser Rei! Não quero isso! Não sei como ser Rei! Não sou um cara confiável... – ele falou nervoso. – Uma coroa com uma enorme responsabilidade foi jogada na minha mão... e eu não sei o que fazer com ela! Eu não lutei para trazer André de volta! Simplesmente aceitei um acordo absurdo! Que porcaria de Rei deixaria alguém para trás? – desabafou e viu que os olhos dela se encheram de lágrimas.

– Desculpe... eu não tinha o direito de acusar você. Afinal, eu sou a culpada por André ter ficado para trás... Sou culpada por você e Fernanda terem se ferido... – uma lágrima desceu pelo rosto dela.

– Não! – ele a pegou pelos ombros forçando-o a encará-lo. – Não foi isso que eu disse! Estou querendo dizer que... – respirou fundo. – Que droga, Luana! Você não tem culpa de nada! – falou nervoso. Era muito difícil ele perder o controle em uma discussão, mas não sabia como fazê-la entender que dizia que ele não era bom o suficiente.

A pedra pendurada ao pescoço dela pulsava como se estivesse viva, como se um coração batesse dentro do mineral negro. Ao mesmo tempo em que ela levou a mão ao colo, Marcelo também tocou o diamante que carregava. Os dois se olharam confusos.

– Sentiu... alguma coisa? – ele perguntou olhando para a mão dela apertando a pedra.

Luana olhou para sua pedra.

– Está... pulsando... – balbuciou assustada.

– A minha também... – ele falou arqueando as sobrancelhas. O que era aquilo agora?

– Nós... – ela engoliu em seco – a feiticeira disse se podíamos tirá-las?

Marcelo sentiu uma dor no estômago quando ela perguntou aquilo. Meg não dissera nada, mas ele não pensava em tirá-la do pescoço e não sabia explicar o porquê.

– Você... quer tirá-la? Ela incomoda você? – a voz dele saiu grave. Havia achado que a ônix o representava e o fato de Luana pensar em tirá-la era como se quisesse afastá-lo.

– Não... não sei... – ela olhou para ele e viu um brilho entristecido em seus olhos.

– Não sei o que pode acontecer se as tirarmos, mas não me sinto... muito seguro... – falou e Luana tocou em seu rosto delicadamente. Seus dedos macios e quentes contornaram o queixo dele e passaram pelos seus lábios.

– Eu não quero tirá-la – ela falou suavemente e Marcelo, tomando o rosto dela nas mãos, a beijou. Tocou os lábios macios suavemente com os seus forçando-a a respirar profundamente para aliviar aquela sensação que tomava seu corpo. Ela abriu os lábios aceitando totalmente o beijo, estendeu os braços e os passou pelo pescoço dele agarrando-se aos cabelos meio compridos.

Quando seus corpos se juntaram aquecendo aquele beijo, algo muito estranho aconteceu. As pedras que usavam provocaram uma sensação intensa de calor sobre o colo, elas pulsaram ainda mais e, como se fossem imãs que tentavam se encontrar, forçaram os cordões no pescoço dos dois. As pedras se juntaram com força, obrigando-os a aproximarem ainda mais os corpos. Uma onda de energia os envolveu e, assim, como as pedras, seus lábios precisavam ficar unidos, aquela sensação era forte demais, como se de repente um furacão os tivesse atingido com sua força, engolfando-os num redemoinho, num turbilhão, como se estivessem dentro de uma máquina de lavar que centrifugava...

Envolvidos pela luz forte e quente do sol que passava pelas grandes janelas, Marcelo e Luana estavam se beijando com intensidade, agarrados um ao outro e seus pés saíram do chão, literalmente... Levitavam a cerca de um metro do chão, no meio daquela luz e pareciam nem perceber.

Marcelo nunca sentira algo parecido em toda sua vida. Seu corpo todo pulsava e mal conseguia respirar. Ele sentiu quando seus pés descalços tocaram o frio chão de pedras, mas não havia sentido quando eles se afastaram do piso. Com dificuldade, afastou os lábios dos de Luana e fitou seu rosto. Ela estava com a face vermelha, assim como os lábios que estavam inchados, os olhos tinham um brilho mágico, como se pequenas estrelas cintilassem em meio àquele céu violeta; ela também respirava com dificuldade... baixou os olhos a tempo de ver as duas pedras ainda unidas formando uma lua cheia e azulada. A lua brilhou mais um pouco e, então, as duas metades se separaram caindo sobre o colo de seus proprietários que queimavam suavemente. Tocou o rosto dela com a mão trêmula e sentiu que o corpo dela também tremia.

– Luana... – falou com dificuldade. – Me diga que não estou louco... – disse afastando uma mecha do cabelo negro dela de cima do rosto.

– Não... – ela falou ofegante. – está louco... – tocou suavemente no rosto dele e sorriu. Luana teve certeza de que nunca havia beijado antes, mas que havia nascido para aquele beijo. Foi uma sensação tão maravilhosa! Perdera o fôlego e o controle sobre suas pernas, agradeceu silenciosamente a Marcelo por não tê-la soltado assim que interromperam o beijo, senão, cairia. A pedra ônix sobre seu peito ainda pulsava e estava quente.

– A magia está completa agora! – A voz de Zin os tirou daquele transe e eles se viraram para ela, que tinha um grande sorriso no rosto. – Para sempre! – ela apertou as pequenas mãos com força diante do peito. Parecia realmente muito feliz.

Sem soltar a mão da cintura de Luana, Marcelo se virou para Zin.

– Que... magia, Zin? – ele perguntou com a voz rouca, embora algo em seu íntimo soubesse do que ela estava falando.

– Das pedras, Majestade! – apontou para o peito deles. – Eu sabia que ainda não tinha terminado tudo...

– O feitiço? – Luana perguntou tentando controlar a respiração e mal se aguentando sobre as pernas.

– Está tudo completo agora, Majestades – Zin falou sorrindo satisfeita. – Mais tarde farei um assado para comemorar.

– Zin! – Marcelo chamou por ela, mas a pequenina sumiu em direção à cozinha. Ele voltou a olhar para Luana, que passava a língua pelos lábios vermelhos. – Você... entendeu alguma coisa? – sorriu nervoso.

– Nadinha... – ela também sorriu e ele a puxou para junto do corpo.

– Foi o beijo mais delicioso que já dei em minha vida! – ele falou junto ao rosto quente dela. Sentia o diamante pulsando loucamente sobre seu peito.

Luana colocou as mãos sobre o peito dele e o afastou suavemente.

– Acho melhor dormimos um pouco... – ela falou insegura com aquela sensação tão intensa que tinha certeza jamais sentira.

– Juntos? – ele falou com um meio sorriso não escondendo o desejo que sentia.

– Melhor... não... eu... – ela suspirou. – Foi meu primeiro beijo... – confessou timidamente ficando com o rosto ainda mais vermelho.

– Uau! Imagino os próximos... – Marcelo falou e tocou nos cabelos dela, mas compreendera a mensagem e o medo que ela sentia. *Uma virgem!* Pensou excitado. Sua Rainha era virgem, deliciosa e o beijo que deram os fez levitarem literalmente! Ele começava a adorar aquele Mundo!

– Marcelo... – ela respirou fundo e ele colocou o dedo sobre seus lábios que pareciam queimar. Com certeza nunca havia beijado antes.

– Não se preocupe... afinal, nos conhecemos hoje, não é? – ele sorriu. Não que aquilo fosse um empecilho. Ele saíra e transara várias vezes no primeiro encontro, aliás, recentemente, transara com Meg sem nem mesmo considerar aquilo um encontro. Mas sentiu que com Luana seria muito diferente e sentia aquilo em seu corpo e em sua alma, além de sentir naquela pedra que repousava quente sobre seu peito... – Mas se confiar em mim... posso ajudá-la a não ter sonhos ruins. Não sei se aqueles seres das sombras desistiram de você... – viu que o medo passou pelos olhos dela. – Confia em mim?

Luana olhou para ele. Como não confiar? Ele lhe fizera companhia no sono por tantas noites e a mantivera segura!

– Claro que sim... é só que... hoje... eu ainda não sei... – falou realmente confusa.

– Não vou deixá-los machucar você, prometo. – ele falou e ela sorriu.

## Capítulo XCVIII

## Baile Real

— Mas isso é muito interessante... – Fernanda falou para Adriana quando acordaram bem mais tarde e viram Marcelo, que dormia abraçado a Luana sobre a cama dela.

— Quem sonambulou hoje? – Adriana falou baixo e as duas riram. Depois saíram deixando os dois dormirem.

No corredor, encontraram com Eric e Eduardo.

— Viram nosso rei? – Eduardo perguntou, pois havia acordado e não vira nenhum sinal de Marcelo.

— Acho que sonambulou e encontrou a Rainha... – Fernanda sorriu e apontou para o quarto delas.

— Ah, sim... – ele balançou a cabeça e entortou os lábios.

Mônica abriu a porta do quarto e encontrou os quatro no corredor. Eles a olharam sérios.

— Precisamos conversar, Mônica – Adriana a impediu de passar por eles.

— Não tenho nada para conversar. Me dê licença, sim? – ela tentou passar e foi impedida pelo corpanzil de Eric. Ela levantou o queixo e o encarou. – Eu posso muito bem enfiar uma espada na sua barriga – ameaçou e viu que ele não se mexeu.

— E eu posso muito bem quebrar seu pescoço como se fosse uma galinha – ele a encarava.

— Parem com isso! – Adriana interferiu. – Vamos conversar lá em baixo, senão vamos acordar Marcelo e Luana. – falou e viu os olhos de Mônica se voltarem para a porta do outro quarto e seu rosto ficar vermelho.

O aroma de carne assada invadia o salão e todos ficaram com água na boca assim que entraram. Flores em pequenos e grandes vasos de barro enfeitavam o ambiente deixando-o colorido e alegre.

— Está tudo tão lindo! – Fernanda falou animada. – Parece que vamos ter festa!

— Seria muito bom, não? – Adriana falou observando os arranjos delicados. – Acho que estamos precisando de um pouco de animação por aqui.

– Não acredito! Frutas! – Eduardo exclamou quando Zin apareceu no salão carregando um cesto repleto de maçãs, uvas, framboesas e ameixas.

– Descansaram? – Zin falou com um sorriso desdentado.

– Sim! E parece que teremos uma festa por aqui! – Eduardo falou pegando uma enorme framboesa. Enfiou a fruta inteira na boca. Era suculenta e doce. – Delícia! – exclamou com a boca vermelha.

– Festa! É bom, não é? O senhor e a senhora vão adorar! – Zin falou entregando a cesta na mão de Eduardo, que a depositou sobre a mesa.

– De onde vieram essas frutas? – Eric perguntou pegando uma maçã vermelha e brilhante.

– Os súditos do bosque... aqueles que esperaram por muito tempo pela chegada do Rei e de sua Rainha! A grama vai crescer verde, os pássaros vão fazer ninhos, as flores vão aparecer! – falou animada apertando as mãos pequenas diante do corpo e seus olhos amarelos brilhavam demonstrando sua emoção.

– Não é no bosque que moram... outras criaturas? – Mônica falou amarga. – Umas que quiseram nos matar ontem? Também são súditos? Estarão celebrando com alegria? Ou teriam nos mandado comida envenenada?

– O bosque é lar delas também, mas meus irmãos estão mais felizes e mais fortes – Zin respondeu confiante.

– Quer dizer que se quisermos ir para o bosque... não nos perderemos mais? – Mônica questionou. – E o caminho de casa? Não era preciso acordar a *coisa* adormecida para que a porta para nosso mundo se abrisse? Podemos ir embora desse lugar horrível agora? – falou apontando para a decoração.

– Guerreira, cuidado para as sombras não tomarem seu espírito... – Zin balançou a cabeça penalizada e saiu do salão.

Todos ficaram olhando para Mônica, que se sentou e pegou um cacho de uvas e começou a comer. Adriana se sentou ao lado dela a olhando séria.

– O que há com você, Mônica? Estamos preocupados... – Adriana perguntou e viu os olhos verdes se voltaram para ela.

– Ela está com ciúmes de Luana é isso... viu que ela ganhou uma coroa e a inveja mata – Eric falou ríspido olhando para Mônica. Ela ameaçou responder, mas ele não deixou. – Ela quer que Marcelo olhe para ela do mesmo jeito que olha para Luana... quer que ele durma abraçado com ela e não com Luana... – levantou os ombros sentindo os olhos de Mônica fuzilá-lo, mas não se importava, já aguentara olhares piores do que aquele.

– Mônica... não está certo você ficar com o quarto de Luana. Tratá-la tão mal... e ela não fez nada pra você! Ela é tão doce! Como você pode ser tão amarga assim com ela? – Adriana falou com a voz suave.

– Não me venha com sermões, Adriana – Mônica se virou para ela com fúria. – Eu fui lutar com aquelas coisas lá fora para protegê-la! – levantou-se nervosa. – Se arrependimento matasse... Arrisquei minha vida... para quê?

– O que quer que ela faça, Mônica? – Fernanda a encarou muito séria. – Que lhe entregue a coroa e se ajoelhe aos seus pés agradecendo por esse sacrifício? É isso?

– Ela agradeceu a todos... – Eduardo falou, estava observando aquela discussão. Estava claro que Mônica estava com ciúmes e sabia que uma mulher ciumenta era algo perigoso. – E eu não me arrisquei só por ela... me arrisquei por mim, por nós... mas fico muito feliz em ver que ela está muito bem. Ela é linda, tem porte, leveza e serenidade. Uma verdadeira Rainha, mesmo que não use coroa. É isso – concluiu pegando outra framboesa.

– Oh, meu Deus... que eu consiga voltar logo para minha casa! – Mônica falou com irritação.

– Dormiu bem, princesa? – Luana ouviu a voz suave de Marcelo ao seu ouvido e seu corpo arrepiou. Ela se espreguiçou e viu que ele já estava totalmente vestido, usando sua bela túnica preta e dourada. – Teve bons sonhos? – ele perguntou sorrindo, pois ele tivera sonhos maravilhosos enquanto a teve em seus braços, sentindo o perfume da pele macia. Ela dormira rapidamente depois que se deitaram mostrando que confiava nele e ele não poderia decepcioná-la, mas não foi muito fácil pregar os olhos com ela ali.

– Foram sonhos maravilhosos... – ela sorriu se sentando na cama e passando a mão pelos cabelos.

A porta abriu e Luri apareceu no quarto. Ela sorriu para eles e ao lado dela havia mais uma criatura verde, com os mesmos olhos azuis e vermelhos e a pele de samambaia... ela sorria admirada e se inclinou levemente diante deles.

– Essa é minha irmã Lin, ela queria ver o Rei e a Rainha... – Luri falou animada. – Ela vai ajudar a arrumar a senhora para a festa.

– Festa? – Marcelo levantou a sobrancelha.

– Sim, sim! Vai ter música! – ela falou animada.

– Que bom! – Luana falou e se levantou, se sentia muito bem e sentiu um perfume de flores no ambiente. Aquilo a deixou feliz.

– Venha, senhora! – Luri a pegou pela mão. Marcelo a pegou pela outra mão antes que ela saísse do quarto. Ele se inclinou e a beijou suavemente.

– Vou esperar lá embaixo... – ele sorriu e viu o rosto dela corar.

– Sim, Majestade – ela falou sorrindo e foi levada por Luri para o outro quarto.

Eduardo e Eric saíram do castelo para verificar se estava tudo em ordem nas cercanias. Sabiam que aqueles seres das sombras ainda poderiam estar espreitando. Poderiam aparecer com o cair da noite.

– Precisaríamos de alguns guardas... – Eric falou sério enquanto subiam para o ponto de observação atrás do muro.

– Acho que teremos que fazer uma escala entre nós... – Eduardo constatou e terminou de subir a escada de pedras.

– Quanto tempo será que ainda ficaremos aqui? – Eric falou olhando para o horizonte diante deles. – Não abrimos nenhum portal? Não cumprimos a missão?

– Acho que nosso prazo são as quatro luas... mas se quiser podemos testar aquela porta de novo... – Eduardo falou fazendo uma careta e Eric arqueou as sobrancelhas, lembrava-se muito bem do choque violento que levara ao tentar abrir aquela porta.

– Quatro luas... – Eric balbuciou e balançou a cabeça.

– Deixou mulher para trás? – Eduardo perguntou e sorriu.

– Mulheres – Eric falou convencido.

– Sua vida era boa, lá no outro mundo? – Eduardo perguntou olhando em direção ao bosque. O sol brilhava iluminando as copas das árvores altas e algumas delas pareciam feitas de ouro. Era uma paisagem belíssima, apesar de saberem que nem tudo era tão belo naquele bosque.

– O que quer dizer com *boa*? Eu tinha muita grana, muita mulher, carros e... – ele suspirou. Usava o dinheiro de seu pai para pagar mulheres, festas, bebidas, drogas... nunca precisou trabalhar, nunca pensou em como sua mãe sofria com seu comportamento, nunca se preocupou com as mulheres que tratava como objetos descartáveis. – Não sei – concluiu balançando a cabeça.

– Eu também tinha grana... namorava um pouco, sempre tive conforto... mas também não sei. Eu gosto do que sou aqui, apesar de não termos luxo e estarmos longe da família.

– Se você pudesse escolher, não voltaria? – Eric o olhou interrogativo.

– Não sei – Eduardo sorriu levemente. – E você?

– Não sei – ele respirou fundo.

– Está tudo em ordem nos arredores? – eles se viraram ao ouvirem a voz de Marcelo atrás deles.

Viram que ele estava muito bem e disposto.

– Parece tudo em ordem, mas só vamos saber quando o sol se puser – Eduardo respondeu. – Seria bom acendermos aquelas tochas junto aos portões. Pelo menos nos dá mais visibilidade. Acho que temos que preparar várias tochas altas... como aquelas de *luau*, sabem?

– Precisamos montar um esquema de guarda – Eric completou e viu que Marcelo os olhava sério e atento. – Não temos soldados para colocar nos muros e então... sobramos nós mesmos.

– Vocês têm razão. Não podemos mais ser tão ingênuos. Quando chegamos aqui não sabíamos como viver num castelo atrás de uma muralha... os filmes que assisti tinham mais gente vivendo em torno do castelo, havia guardas... Agora precisamos pensar melhor e nos organizar. Vocês estão completamente certos. Vamos tomar essas providências – ele esticou o corpo e respirou fundo.

– Ficamos sabendo que dormiu com sua Rainha... – Eduardo falou e sorriu. – Você não perde tempo, hein? Ela mal acordou...

– Edu... eu só fiz companhia para que ela pudesse dormir... ela estava com medo de dormir... – ele falou, mas não conseguiu evitar o sorriso torto de satisfação.

– Tem certeza de que não é eunuco? – Eric perguntou fazendo uma careta.

– Absoluta e te digo que a missão de ajudá-la dormir é mais difícil do que passar pelo bosque... – Marcelo sorriu e Eric e Eduardo riram.

Mônica não falara mais nenhuma palavra e nem olhara para Fernanda e Adriana. Estava irritada demais com todos eles. Mantinha o olhar no fogo da lareira, enquanto sentia aquele aroma maravilhoso de carne. Viu quando Marcelo entrou no salão acompanhado por Eric e Eduardo. Eles riam e conversavam animados. Logo, todos estavam conversando animados no salão enquanto devoravam as frutas sobre a mesa.

Eles foram surpreendidos pela entrada de dois seres pequenos no grande salão. Tinham os corpos miúdos cobertos por penas coloridas. O rosto era comprido e fino e seus narizes e bocas eram projetados quase formando um cone diante do rosto e, se não fossem de pele e penas, pareceriam bicos. Os dois seres pareceriam grandes galinhas coloridas, se não tivessem pés e mãos com quatro dedos. Todos os olharam num misto de surpresa e confusão.

As duas criaturas se inclinaram solenemente diante de Marcelo.

– Majestade! É uma honra alegrarmos vossa festa! – uma das criaturas falou em tom formal e sua voz era melodiosa.

– Trouxemos música – a outra criatura penada deu um sorriso sem dentes, e seus olhos escuros miúdos, muito juntos, viraram uma fina linha.

– Não! Agora temos papagaios cantores! – Eric falou e começou a rir. – Esses amigos da Zin deviam montar um circo!

Marcelo ainda estava confuso quanto àquela festa. Mas estava feliz demais para tentar entender qualquer coisa estranha que fosse.

– Agradeço muito – Marcelo falou e sorriu. – Vai ser muito bom termos música.

Os outros que estavam no salão procuraram segurar o riso, embora fosse difícil, mas os seres anuros se postaram ao lado da mesa e sacaram dois instrumentos que pareciam flautas transversais de bambu. O som produzido foi esplêndido. Era alegre, afinado e fez Eduardo se lembrar de histórias de duendes e de faunos. O som tomou conta do salão e eles começaram a se sentir leves e felizes...

Marcelo foi até a cozinha. Zin abanava uma enorme brasa sobre o fogão onde havia um porco inteiro assado com ervas salpicadas sobre o couro. Ele se maravilhou com aquele aroma.

– Zin? – ele parou ao lado dela e ela sorriu.

– Majestade... está muito bonito. Mas hoje precisa colocar sua coroa, sim? – ela falou colocando as mãos na cintura roliça.

– Está se esforçando muito para essa festa. Não precisa de ajuda? – ele perguntou se lembrando das cobranças que Luana fizera.

– Não se preocupe, Majestade, está tudo certo – ela falou despreocupada.

– Conheci sua irmã... Lin – ele falou olhando ao redor. Havia muitas frutas, legumes e ervas pela cozinha.

– Sim, sim... ela veio ajudar.

– Zin... – ele respirou fundo. – Você está bem aqui? Não quer voltar para sua casa com suas irmãs? Ver sua família, sua casa? – ele se apoiou na mesa de madeira diante do fogão. A mulher pequenina o encarou séria.

– Majestade, esta é minha casa. Eu sou muito diferente de minhas irmãs agora. Vou embora se o senhor não me quiser aqui – ela apertou as mãos diante do corpo.

Marcelo se abaixou diante dela e pegou as mãos pequenas dentro das suas.

– Faça o que quiser, Zin... você não é uma escrava. Na realidade, você é a verdadeira dona deste castelo – ele sorriu.

– Não, não... ele é seu – falou enfática.

– Então, não quero mais que durma aqui na cozinha, no chão... – ele falou sério. – Arrumaremos uma cama para você no quarto das garotas.

– Gosto daqui, senhor. É quente e está perto dos animais e das plantas. Não precisa se preocupar – ela sorriu tranquila.

– Diga isso a Luana... – ele murmurou fazendo uma careta.

Luana terminou de se vestir com ajuda de Luri e Lin. Elas insistiram para que ela colocasse o vestido prateado e o enfeitaram com pequenas flores coloridas no decote e na base do corpete. Pentearam seus cabelos e arrumaram a tiara cuidadosamente sobre eles. Luana ouvia o som alegre de música que vinha do salão.

– Venha, senhora – Luri a puxou pela mão.

Marcelo voltara para o salão depois de ajudar Zin a levar o grande assado com batatas douradas. Todos admiravam a refeição com água na boca.

Eduardo acabara de mostrar que era um total fracasso naquilo que chamara de *dança dos faunos* e todos gargalharam às suas custas. Fernanda o apoiara dizendo que também não era muito boa como dançarina e ele se resignou.

Luana apareceu à porta e todos se viraram. Marcelo prendeu a respiração. Os cabelos negros estavam soltos e eram ornados pela delicada tiara, que era perfeita ali. Usava um vestido prateado com as mangas longas presas delicadamente aos pulsos, mas os ombros estavam descobertos. O decote suave do vestido era enfeitado com pequenas flores naturais coloridas e a meia-lua de ônix era o destaque no colo alvo. O corpete também recebera aplicação das flores delicadas. Ela parecia uma fada.

– Está... linda! – Marcelo falou com admiração e parecia que o pequeno diamante em seu peito pulsava.

– Luri e Lin... arrumaram umas flores porque disseram que eu precisava ficar mais colorida... – ela falou sem graça ao ver que ele a observava intensamente. Mal reparou que todos a olhavam com admiração.

Marcelo estava extasiado pela beleza dela. Pegou sua mão e, gentilmente, a levou aos lábios dando um beijo quente e demorado. Os dois ficaram se olhando por um minuto e foram despertados pelos comentários que começaram a ecoar pelo salão.

Fernanda se aproximou.

– Luana! Você parece uma princesa de contos de fada! – exclamou admirando-a de cima a baixo. – Está perfeita! Não é Marcelo? – olhou para ele.

– Perfeita – ele confirmou e seus olhos brilharam.

Luana estendeu a mão esquerda que segurava a coroa de Marcelo.

– Luri... pediu que eu lhe desse isso, ela disse que você esqueceu – ela falou com sorriso suave nos lábios.

– Não gosto de usar adereços... – ele falou fazendo uma careta.

– Só um pouquinho, para agradá-las... – Luana falou e ele suspirou. – Quer que eu coloque para você? – ofereceu e ele assentiu. Delicadamente, ela estendeu os braços e colocou a coroa sobre a cabeça dele. – Majestade... – inclinou-se sorrindo.

Fernanda, Eduardo e Adriana aplaudiram entusiasmados.

– Só mesmo Luana para te convencer a colocar isso na cabeça! – Eduardo bateu no ombro dele.

Marcelo olhou na direção da porta que levava à cozinha e viu Zin, Luri e Lin, que sorriam muito satisfeitas, assim como os músicos gêmeos.

Foi então, com uma festa para pouca gente, mas muito animada, que o Rei e a Rainha assumiram seu lugar naquele pequeno universo, que era o castelo.

Todos estavam satisfeitos e confiantes, percebiam que aquela experiência naquele mundo os estava transformando aos poucos. Todos percebiam que Eric se tornara menos exibicionista e mais cortês e Fernanda, então, havia se transformado muito! Estava feliz, com o rosto corado, perdera aquele ar desesperado, inseguro e agora, depois do jantar magnífico, ela dançava com Eric no salão. Eduardo a analisava sentado ao lado de Marcelo. Observava seu corpo esguio, os cabelos lisos cor de cobre até o meio das costas, o sorriso aberto e, embora ela tivesse dito que não sabia dançar, ele percebia que era uma mulher de muitos talentos.

– Feche a boca, senão vai escorrer baba... – Marcelo falou baixo ao lado dele e o fez se virar sentindo o rosto queimar. Automaticamente passou a mão pelo lábio e Marcelo riu.

– Eu... – ele ficou sem graça e respirou fundo. – Ela foi muito boa com o arco mesmo... você a ensinou bem.

– Acho que ela já tinha um dom natural... fiquei impressionado quando a vi sobre o muro com o arco apontando uma flecha em chamas... – falou com admiração. – Sua engenhoca para sinalizar também estava muito boa!

– Meio tosca, mas funcionou – Eduardo sorriu com modéstia.

– Você foi ótimo, Edu... de verdade. Comandou muito bem a defesa do castelo – Marcelo apertou o ombro dele.

– Valeu a pena – ele falou e olhou para Luana que estava em pé observando a dança de Luana e Eric, com as mãos apertadas diante do corpo e um sorriso luminoso no rosto.

– Com certeza – Marcelo virou o copo de vinho na boca enquanto a admirava.

Eles viram quando Fernanda foi até ela e a puxou pela mão para se juntar a eles na dança. Ela ficou sem graça e meio relutante, mas começou a acompanhar os passos malucos de uma dança desconhecida, mas que imitava algumas danças de filmes de época. Marcelo suspirou e automaticamente levou a mão ao diamante que pendia em seu peito sob a túnica. Viu, que ao mesmo tempo, Luana levou a mão à ônix sobre seu colo e olhou rapidamente para ele, forçando-o a se ajeitar na cadeira.

– Ora se isso não é uma baba escorrendo de sua boca... – Eduardo falou e riu. – Você é um cara esperto, Marcelo... fez um investimento e ganhou um prêmio divino... – falou olhando para Luana, que parecia uma fada dançando no salão.

– O que os dois senhores estão planejando aí? – Adriana falou, sentando-se ao lado deles e também olhando para os três que dançavam no salão. Mônica se sentou também. Estava muito calada e séria.

– Pensamos em como fazer para vigiar o castelo... – Marcelo desviou do assunto e Eduardo concordou rapidamente.

– Acham que aquelas criaturas podem aparecer novamente? – Adriana perguntou assustada.

– Não temos certeza – Marcelo respondeu e respirou fundo.

– E aquele papo de que a passagem para casa apareceria se acordássemos aquela... – ela apertou os lábios e olhou para Luana, que dançava e ria. – Luana? – completou quando viu o olhar sério que Marcelo lhe dirigiu.

– Acho que teremos que esperar André estar de volta para procurarmos isso, não acha? – Marcelo falou olhando-a nos olhos.

– Isso significa que temos que ficar quatro meses nesse lugar? – ela falou tensa.

– Pretende ir embora e deixar André para trás? É isso? – Marcelo endireitou o corpo e a encarou muito sério.

– Não! – ela se levantou com o rosto vermelho. – Só acho que não podemos perder o foco. Olha só o que estão fazendo! Vivendo essa fantasia ridícula de conto de fadas! – apontou para a coroa sobre a cabeça dele. – O rei e sua corte festejando... – sua voz transmitiu toda sua amargura.

– Sinto muito se isso a ofende de alguma forma, Mônica – ele ergueu a mão e tirou a coroa depositando-a sobre a mesa, depois passou a mão pelo cabelo. – Mas quer por uma coroa ou não, não vou deixar André para trás e fugir de volta para casa como um covarde qualquer. – ele falou e se levantou. – Edu... precisamos acender aquelas tochas.

Eduardo assentiu e os dois saíram pelo corredor.

Luana, apesar de não ter nenhuma lembrança de sua vida anterior a ouvir as vozes no celeiro, tinha certeza de que nunca se divertira tanto. Descobriu que adorava dançar! Eric dançava com ela e Fernanda e parecia muito bom naquilo. Seu corpo grande e musculoso não era empecilho para que executasse passos de dança. Ela relevara o ataque que ele lhe fizera quando ainda dormia e tentava compreender que ele lutava para mudar, sentira o arrependimento dele. Agora eles riam e se divertiam. A comida estava ótima e o vinho era muito bom. Fernanda era uma ótima companhia e ela se sentia feliz.

– Você sabe que a Mônica morre de ciúmes, não sabe? – Eduardo falou enquanto acendiam as tochas junto aos portões, depois de olharem por algum tempo na direção da trilha e do bosque, mas não havia ninguém por ali.

– Não dei motivos para isso – Marcelo levantou os ombros.

– Luana é perfeita – Eduardo falou com admiração.

– Edu... preciso te contar uma coisa – Marcelo parou ao lado do portão segurando o archote na mão. Então contou sobre o beijo mágico que dera em Luana. Eduardo ouviu tudo de boca aberta.

– Os pés realmente saíram do chão? – Eduardo arregalava os olhos.

– Literalmente, Edu... – suspirou.

– Uau! – Eduardo exclamou admirado.

– Essa é a sensação... – Marcelo sorriu.

– Estamos num universo mágico, não é Marcelo? – Eduardo comentou pensativo. – Desde o que aconteceu ontem, com aqueles seres das sombras... eu tenho pensado que estou dentro de um filme de fantasia e me perguntando se realmente não estou sonhando. Então aparece aquela criatura que parece uma samambaia ambulante, ela toca em você e cura um ferimento horrível... e cura Fernanda. – balançou a cabeça.

– Edu... eu queria te dizer que está sonhando... mas não posso. Eu senti muita dor, cara... não sei como consegui subir as escadas e fazer o contrafeitiço.

– Você é muito determinado, Marcelo... e confiante. Isso faz de você o Rei – Eduardo falou sério.

– Não acha que Mônica está certa? Que estamos brincando de faz de conta? – Marcelo se encostou ao portão.

– Não, não acho – Eduardo falou confiante. – Acho que estamos aprendendo a lidar com aquilo que temos e aquilo que somos. Lutamos com nossos monstros internos e estamos extraindo o melhor de tudo... eu acho isso incrível! Prova de que o ser humano é capaz de se adaptar a tudo...

– Tem certeza de que não era psicologia que você fazia na faculdade? – Marcelo sorriu e Eduardo levantou os ombros.

– Ouvi esses discursos várias vezes desde que perdi meus pais... – Eduardo balbuciou.

– Fico feliz em ter conhecido você – Marcelo falou sincero. Eduardo não era o tipo de amigo que teria no outro mundo. Era o tipo de pessoa que o irritava, pois falava demais e sempre tinha um discurso na manga, mas ele descobriu que Eduardo era um homem forte e íntegro, alguém em que poderia confiar totalmente, e era muito bom ter um amigo assim por perto naquela situação que enfrentavam.

– Eu também – Eduardo deu um largo sorriso cordial. – Hoje eu fico de guarda no muro, Majestade... – bateu no ombro de Marcelo. – Acho que você e sua Rainha precisam se conhecer melhor – piscou com cumplicidade.

– Valeu, Edu – Marcelo falou e foram terminar de acender as tochas.

Mônica lutava muito consigo mesma enquanto olhava para o grupo que dançava. Aquela experiência naquele mundo estranho estava mexendo muito com ela. Há muito tempo havia decidido que não se deixaria envolver por homem algum, que não sofreria por conta de um sentimento fútil, mas estava sendo testada, certamente. Olhou para a coroa que Marcelo deixara diante dela sobre a mesa. Ele não entendia... ninguém entendia. Não era a coroa o problema, era o muro que construíra em torno de si, que desmoronava e sabia que iria sofrer. Sabia que era teimosa. Sua tia dizia que isso era próprio do signo de Áries, as explosões, a teimosia, o querer lançar-se contra tudo e contra todos defendendo uma posição com inabalável convicção, mas ela nunca dera muito ouvido a essas conversas. Era o que era e que a aceitassem assim, mas alguma coisa mudava dentro dela, alguma coisa que necessitava de aceitação. Precisava sentir que a amavam e assumir aquilo era algo praticamente impossível. Ela deu um longo suspiro.

Adriana observava Mônica discretamente. Queria muito saber o que se passava na cabeça da loira miúda e feroz. Viu que ela apertou os lábios com força e seus olhos ficaram lacrimosos. Como poderia ajudá-la se não sabia como ajudar a si mesma? Olhando para Fernanda, Luana e Eric, que dançavam, ela pensava que um dia tivera aquela alegria, adorava festas, encontrar com amigos... mas acreditara que a maternidade lhe roubara aquilo tudo e culpara seu filho. Afastara-se tanto dele! Como foi capaz? Como pôde negar-lhe o carinho e a companhia? Como aquilo doía agora... Queria pegá-lo nos braços e dizer que o amava e pedir para que a perdoasse por ser tão relapsa. E agora nem sabia se algum dia voltaria para casa. As lágrimas escorreram pelo seu rosto sem que se desse conta.

– Adriana? – ela sentiu uma mão quente que segurou em suas mãos. Com os olhos turvados pelas lágrimas ela viu o rosto preocupado de Luana diante dela. – Está sentindo alguma coisa? – perguntou aflita. Adriana fungou e passou a mão pelo rosto, depois tentou sorrir.

– Eu... estou bem, Luana – ela falou e sua voz saiu trêmula.

– Drica... – Fernanda, ofegante e com o rosto vermelho, tomou uma das mãos dela nas suas – está sentindo falta de seu filho, é isso? – perguntou delicadamente e Adriana assentiu, as lágrimas voltando a rolar pelo seu rosto. – Nós vamos conseguir voltar, Drica! – falou tentando confortá-la e a ouviu soluçar.

– Deixe-nos cuidar de você um pouco – Luana sorriu e passou a mão pelos cabelos encaracolados de Adriana. – Você tem sido tão afetuosa e dedicada, que merece um pouco de carinho também. Que tal darmos uma volta e olharmos para o céu? Ele sempre me deixa mais alegre – pegou Adriana pela mão, fez um sinal para Fernanda e as três saíram pelo corredor para a porta do castelo.

Eric se sentou à mesa. Estava com o rosto vermelho e suado de tanto dançar, mas se sentia muito bem! Fernanda era divertida e alegre. Luana era uma mulher linda, delicada. Nunca conhecera alguém com aquele encanto. Invejava Marcelo por ter visto isso nela quando ainda era uma adormecida, um *peso morto*, como ele mesmo dissera. O "outro" Eric desejaria possuir aquela mulher a qualquer custo, mas o "novo" Eric só desejava protegê-la e vê-la sorrindo. Olhou para Mônica, que tinha os olhos fixos nas frutas sobre a mesa, ou estaria olhando para a coroa de Marcelo que estava ali? Ela era o tipo de mulher que ele evitava... aquela que era capaz de processá-lo por ter segurado em sua mão ou capaz de dar-lhe um pontapé num local bem dolorido se se sentisse ameaçada. Mas ela parecia frágil naquele momento. Seu rosto miúdo estava pálido, seus olhos verde-escuros estavam lacrimosos e seus lábios contraídos. Os cabelos dourados caíam sobre os ombros pequenos. Era bonita, mas perigosa, disso tinha certeza.

– Você... não gosta de dançar? – ele se arriscou a perguntar e ela demorou a perceber que ele falava com ela. Virou-se e só então pareceu perceber que só estavam os dois ali no salão.

– Não – ela respondeu e seu rosto ficou vermelho.

– Não sabe ou não gosta? – ele perguntou bebendo um generoso gole de vinho.

– Não sei e não gosto – ela falou seca tentando descobrir onde ele queria chegar com aquela conversa pretensamente civilizada.

– Eu gosto de dançar... – ele falou e olhou para os *penosos* que, depois de terminarem a música, deixavam o salão.

– Sorte sua – ela falou com desdém sem olhar para ele.

– Você não gosta de mim, não é? – perguntou e sorriu já prevendo a resposta dela.

– Deveria? – ela o encarou e levantou uma das sobrancelhas.

– Não, claro que não – ele falou e suspirou. – Só não entendo por que não gosta de Luana.

– Não gosto, nem desgosto – ela levantou os ombros tentando parecer indiferente.

– Você ficaria bem bonita se sorrisse de vez em quando – ele falou e a surpreendeu. Ela olhou para ele com os olhos apertados.

– Só sorrio quando tenho motivos... e, se não percebeu, não temos qualquer motivo para júbilo – falou e se levantou.

– Estamos todos vivos... – ele falou e também se ergueu, ficando ao lado dela. A cabeça de Mônica batia na altura do seu peito. Ela se sentia vulnerável e diminuta diante daquele homem grande e forte. – Mas claro que isso não é para ser comemorado, não é?

– Não... foi isso que eu disse – ela ergueu o queixo e o encarou.

– Acho que de todos os que estão aqui conosco... eu sou o que é capaz de entender essa sua amargura – ele olhou rapidamente para a coroa de Marcelo sobre a mesa. Marcelo desdenhava tanto o poder que chegava a irritar. Se fosse ele o Rei, faria questão de ostentar, de mostrar a todos e não se desvencilharia tão facilmente de um símbolo poderoso como aquele. Apesar de tudo, admirava o Rei.

– Com certeza é capaz – ela falou ácida. – Conheço seu tipo e adianto que não gosto nem um pouco dele – ela falou e se virou saindo do salão, deixando Eric sozinho.

# Capítulo XLIX

## Magia Antiga

Então... suas terras vão até onde a vista alcança? – Luana falou em tom de brincadeira olhando sobre os muros do castelo. Marcelo a abraçava pela cintura e encostava o queixo em seu ombro.

– Majestade... não quero desanimá-lo, mas lá à frente não é mais terra – Eduardo falou com o braço sobre os ombros de Fernanda. Todos viam que mais à frente existia apenas o mar.

– Talvez com um barco... – Marcelo brincou.

– Então seria um Viking – Fernanda falou e riu. Ela tinha um dos braços segurando o braço de Adriana, que estava mais calma.

– Não tenho a aparência de Viking – ele levantou a sobrancelha.

– Não! Edu tem aparência de Viking! – Fernanda olhou para ele e sorriu. – Veja esses cabelos... – tocou nos cabelos loiros dele. – E esses músculos! – brincou apertando o braço dele e o viu fazer uma careta. Perto de Eric e Marcelo, ele era um fracasso em termos de massa muscular.

– Esses músculos funcionam muito bem – falou fingindo estar ofendido. – Mas *esses* aqui funcionam melhor – mostrou a cabeça e todos acabaram rindo.

– Algum de vocês já tinha se imaginado em um castelo assim? – Fernanda perguntou olhando para construção atrás deles. – Eu já vi muitos castelos na Europa... sempre os achei lindos! Mas... jamais imaginei que um dia moraria em um...

– Esse tá meio caído, você não acha? – Marcelo falou fazendo uma careta.

– Ele é mais bonito que qualquer outro! – Fernanda falou e seus olhos brilharam. – Minhas amigas vão querer morrer de inveja quando souberem que morei em um castelo e que consegui armar e usar um arco...

– Será que nos encontraremos novamente lá no nosso mundo? – Eduardo perguntou sério e todos ficaram quietos.

– Por que não? – Adriana falou e sorriu. – Somos brasileiros não somos?

– O Brasil é muito grande, Drica... – Fernanda falou pensativa e se encostou ao corpo de Eduardo.

– Eu moro em São Paulo. E vocês? – Adriana perguntou olhando para eles.

– São Paulo é muito grande, Drica... – Fernanda suspirou. – Eu moro em São Paulo e nunca te vi.

– Eu também moro em São Paulo – Eduardo falou mais animado. – Nunca vi nenhum de vocês, mas e se a gente se esbarrou alguma vez e nem percebeu? Agora nós perceberíamos, não é mesmo?

– Marcelo? – Adriana se virou para ele.

– Também morava lá – ele respondeu sério.

– E você, Luana? – Fernanda perguntou e viu os olhos violetas ficarem cheios de lágrimas. – O que foi? – perguntou e Marcelo segurou no rosto dela a olhando preocupado.

– Eu... – ela respirou fundo – não sei de onde vim – sua voz tremeu. – Não tenho nenhuma lembrança de antes de ouvir a voz de vocês no celeiro. Sei que sou Luana e só! – completou e todos a olharam perplexos.

– Talvez... seja o choque do sono prolongado, um efeito colateral do feitiço – Marcelo falou passando a mão no rosto dela.

– É! É sim, pode ser – Fernanda completou rapidamente. – Vai ver como se lembrará de tudo!

– Espero que sim – ela sorriu respirando profundamente. Então seus olhos se voltaram para o bosque, assustados, ela ficou pálida e suas mãos apertaram com força o braço de Marcelo.

– O que foi? – ele perguntou preocupado.

– Eu... sinto uma presença vinda do bosque... – ela falou apoiando o rosto no ombro dele. – Uma... coisa forte... – colocou a mão sobre o peito. – Marcelo... – olhou para ele e havia medo em seus olhos.

Marcelo olhou para Eduardo e os dois olharam em direção ao bosque. Não viam nada. O sol acabara de sumir completamente no horizonte. Estava tudo escuro e apenas um trecho da trilha diante dos portões estava iluminado. Marcelo não acreditava que aquelas criaturas sombrias pudessem atacar Luana ainda acordada. Que tipo de poder teriam sobre ela depois de a terem dominado naquele sono encantado? Ele sentiu o coração acelerar.

– Venha... vamos entrar. Vai ver foi esse vento frio – ele falou e saiu acompanhado das garotas do posto de observação deixando ali Eduardo, que ficaria de guarda e já olhava com extrema desconfiança na direção do bosque.

– E então, Zin? – Marcelo perguntou depois que a pequena mulher examinou Luana, que ficara muito pálida e com a aparência cansada. Ela estava na cama grande novamente. Mônica pegara suas coisas e voltara para o quarto das garotas, tentando superar aquele sentimento terrível que tomava conta dela. Decidira que ficar isolada só pioraria o que estava sentindo. Tinha que passar por cima...

— Senhor... não conheço sortilégios, mas acredito que alguma coisa ainda tenta ferir a senhora — falou aflita apertando as mãos diante do corpo. — E o bosque guarda esse veneno... — balançou a cabeça com muita preocupação.

— Luri não pode descobrir? — Marcelo passou a mão pelo cabelo andando de um lado para outro.

— Marcelo... já passou — Luana falou vendo a aflição dele. — Pode não ter sido nada... — Marcelo olhou para ela mostrando que não o convencera.

— Edu está lá tomando conta, qualquer coisa ele nos avisa — Fernanda falou preocupada.

— Vou ficar lá com ele — Eric falou e saiu do quarto. Iria pegar seu machado e ficar pronto para trucidar qualquer criatura das sombras que ousasse se aproximar.

— Talvez seja alguma coisa que comeu — Mônica falou junto à porta. — Efeito da carne de porco, talvez. — levantou os ombros quando todos olharam para ela.

— Vai ver é verdade — Luana deu um sorriso fraco. — Fiquei muitos dias sem comer e hoje... passei dos limites.

Mônica odiou por ela ter concordado com sua hipótese ridícula. Não queria a simpatia de Luana e não queria ser simpática com ela.

— Onde está o sal de frutas quando se precisa dele? — Adriana brincou, mas estava nervosa.

— Vou trazer um chá, senhora — Zin falou e saiu do quarto rapidamente. Marcelo foi atrás dela.

— Zin... me diga, o que acha que é? — ele andava acompanhando os passos apressados da mulher diminuta.

— Não sei, senhor! — ela respondeu com o cenho franzido. — Mas é magia antiga...

— Magia antiga? Meg saberá? — ele pensou imediatamente na feiticeira. — Devo ir até ela novamente — falou sério e Zin pegou em sua mão.

— Fique com a senhora por enquanto, Majestade. Não deve se afastar — ela falou, encarando-o, e ele assentiu.

Uma semana se passara desde a festa. Embora Luana tentasse disfarçar e não reclamasse, todos percebiam que ela estava abatida. Ela assistia aos treinos de Fernanda e de Marcelo com Mônica, Eric e Eduardo.

Ajudava Zin sempre que essa deixava. Tentara controlar aquela esfera, conseguira fazer com que se iluminasse, que voasse pelo salão lentamente e voltasse para sua mão com um simples comando de voz, mas ainda tinha receios de como controlá-la ou do que ela poderia fazer. Enquanto isso tentava não sucumbir àquela sensação que parecia corroer sua alma e a enfraquecia. Marcelo perguntava constantemente o que estava sentindo e ela já não conseguia disfarçar. Alguma coisa no bosque a queria...

Marcelo se superava a cada dia, não apenas com sua espada ou aprendendo com Luana a controlar aquele orbe, que conseguira mandar de encontro ao *cabeça de feno* arrancando-lhe várias mechas de cabelo, mas também no controle do próprio corpo. Não era fácil dormir com Luana todas as noites e controlar o desejo que sentia por ela. As noites eram um tormento para ele, pois ela aninhava-se em seus braços, encostando o corpo ao seu, seu rosto ao seu pescoço e ele a protegia para que dormisse. Ele controlava o desejo em prol da segurança dela. Eles haviam se beijado várias vezes e cada beijo tinha um sabor único, mas sem efeitos especiais... Luana confiava nele completamente, tanto que se entregava ao sono em seus braços, enquanto ele custava a dormir.

Eric e Eduardo se revezavam na guarda dos muros e sequer questionavam o fato de Marcelo ter que ficar com Luana, todos concordavam que ela ainda corria algum risco nas mãos dos seres das sombras.

Luri apareceu no castelo e falou com Marcelo. Disse que os seres das sombras estavam estranhamente agitados, seu líder estava ferido, mas mesmo assim eles pareciam aguardar alguma coisa, espalhando pelo bosque uma espécie de expectativa sombria e que era sentida por todos os seres que o habitavam. Ela tentou curar Luana de seu abatimento, mas afirmou que era uma magia antiga que só poderia ser combatida com magia antiga, mas que não era do tipo dominada pelos seres do bosque.

Marcelo estava deitado e Luana estava encostada sobre seu peito.

– Me conte sobre sua família... – ela pediu aconchegando-se um pouco mais.

Ele acariciou os cabelos dela e suspirou.

– Sou o mais velho e tenho mais duas irmãs e um irmão. Meus pais são separados, mas se dão bem. Minhas irmãs são gêmeas e muito encrenqueiras e fazem Murilo, o caçula, de gato e sapato... Eu saí de casa por que precisava de privacidade, gostava de ficar sozinho... – contou pensando em sua família. Teriam dado por falta dele? O que estariam pensando? Olhou para o rosto de Luana e ela já dormia. Ele beijou a testa dela e deslizou o dedo delicadamente pelo rosto abatido. O que ele teria que fazer para protegê-la?

Aquela noite ele sonhou com Meg. Na manhã seguinte havia tomado uma decisão.

– Luana... – falou com ela assim que acordou. Ela estava muito pálida e não quis sair da cama. – Vamos até a feiticeira Meg. Precisamos arrumar a cura para isso que está te atacando – disse sério acariciando o rosto dela. Pensara muito quando acordou. Precisavam de alguém que entendesse o que estava acontecendo com ela e esse alguém era Meg, mas ele não poderia se afastar de Luana, então teria que levá-la até a feiticeira, já que a feiticeira se recusava a ir até o castelo.

– Eu... estou bem – ela falou e tentou se levantar da cama, mas faltava energia em seu corpo e Marcelo teve que ajudá-la a se sentar novamente senão cairia.

– Não tem discussão! Vou levá-la – ele falou nervoso e ela não teve como confrontá-lo. – Vou pedir a Zin para que traga um chá e pão pra você – deu um beijo nos lábios pálidos dela e saiu do quarto.

– É muito arriscado, Marcelo! – Eric falou nervoso quando ele contou o que pretendia fazer. – Se aquelas coisas querem Luana... vamos levá-la para onde eles moram?

– Não tem outro jeito, Eric! Preciso da ajuda de Meg e não posso deixar Luana... – ele andava pelo salão e passava a mão pelo cabelo. Não havia alternativa, para chegar até Meg tinham que cruzar o bosque onde estavam os seres sombrios e criaturas como o javali-gorila.

– Não podemos buscar a feiticeira? – Adriana falou atenta ao que discutiam.

– Ela não vem. Deixou isso bem claro na nossa última visita – Marcelo respondeu e respirou fundo. – Luri me disse que ela e seus irmãos abrem o caminho para que os cavalos possam passar e assim chegaremos mais rápido.

– Luana concorda com isso? – Fernanda perguntou.

– Ela não está bem, Fernanda. Não quer preocupar ninguém, mas hoje mal conseguiu sair da cama... – a voz dele tremeu levemente. – Vou preparar Harley, arrumar alguns suprimentos e pedir a Zin que...

– Não vão sozinhos, Marcelo. Vou com vocês – Eric falou sério e ficou de pé.

– Eu também – Fernanda falou determinada.

– Não tem por que ficarmos aqui, se vocês vão se arriscar no bosque – Eduardo se apoiou na mesa. – Vão precisar de toda força extra.

– Não obrigarei ninguém a ir, Edu – Marcelo o olhou sério e preocupado. – Talvez seja melhor que fiquem e, se não voltarmos, esperem a quarta lua e tentem voltar para casa.

– Não vou deixar ninguém para trás – Eric se pronunciou antes de qualquer um e surpreendeu a todos, afinal ele fora um dos que mais haviam desejado deixar aquele lugar e parecia não se importar com quem quer que fosse, mas isso havia sido muitos dias atrás... – Vou preparar minhas coisas – falou decidido e saiu do salão.

– Luana vai precisar de uma amiga por perto – Fernanda falou esticando o corpo. Percebeu que Marcelo iria dizer alguma coisa e o impediu antes que falasse. – Não vou negociar – concluiu e sorriu.

– É, Marcelo... nós vamos – Eduardo falou sem pestanejar.

– Acho que todos estamos precisando sair desse castelo um pouco – Adriana falou e sorriu.

– Adriana, não posso garantir que ficará segura. Aquele bosque tem muitos perigos! Tem criaturas monstruosas além daqueles seres de sombras... – ele falou preocupado. A jovem cor de jambo não era uma guerreira, mal conseguira usar a adaga que ficou com ela. Ela ficava a maior parte do tempo aprendendo a fazer remédios com Zin, como expô-la a perigos como os que encontrariam no bosque?

– Majestade, me perdoe, mas não preciso de sua autorização – ela ergueu a sobrancelha. – Vou preparar umas trouxas e pedir alguns remédios para Zin... – disse saindo em direção à cozinha. Se ficou com medo, não demonstrou.

Marcelo ficou sentado no salão. Colocou a cabeça entre as mãos. Todos iriam se arriscar e muito. Ele não queria, mas não tinha o direito de impedi-los.

– Talvez já estejamos mortos mesmo... – ele ouviu a voz de Mônica do outro lado da mesa. Ela até então não dissera nada e ele nem esperava que ela quisesse se aventurar no bosque para buscar ajuda para Luana. Ele a encarou.

– Pode ficar com Zin – ele falou sentindo muito cansaço e segurou a pedra sobre seu peito. – Ninguém a condenará, pode ter certeza.

– E serei a bruxa má dessa história? – ela o olhou zangada. – Não Majestade, eu irei com vocês.

– Como quiser, Mônica. – ele falou e ela saiu do salão com passos firmes.

# Capítulo XIX

## Lorde das Sombras

Depois de uma refeição reforçada, todos, com seus pertences devidamente ensacados e as armas presas ao corpo, foram até os cavalos. Luana levava a bolsinha com a esfera presa ao vestido. Fizera um esforço enorme para chegar até os cavalos, mas não queria que percebessem como se sentia mal. Eric ergueu-a pela cintura e a ajudou a se sentar diante de Marcelo na égua baia a quem o Rei dera o nome de Harley. Eduardo e Fernanda compartilhavam o cavalo malhado, batizado de Wallie por Fernanda; Mônica e Adriana montavam o garanhão negro, que recebera o nome de Wolverine, e Eric levava as sacolas consigo presas junto à sela da égua branca, a quem ele dera o nome de Lucy, segundo ele em homenagem a uma certa mulher que conhecera, e Mônica odiou aquilo, parecia que ele queria irritá-la ainda mais.

– Vou esperá-los com uma festa, Majestades. – Zin falou ao lado da égua de Marcelo. – Tudo ficará bem desde que fiquem juntos. – sorriu passando otimismo.

Marcelo sabia que Zin ficaria bem, afinal, segundo ela, morava ali há milhares de luas, mas mesmo assim ficava preocupado em deixar aquela pequena mulher sozinha. Pediu que ela colocasse as trancas que Eduardo fizera para os portões e que procurasse, dia sim, dia não, alimentar o sinalizador.

Era a primeira vez, desde que cruzaram aqueles muros do castelo, que todos saíam juntos. Fernanda e Adriana constataram que, desde que chegaram ali, não haviam passado pelos portões de volta ao lado de fora. O sol estava quente e não havia uma nuvem sequer no céu. Pelo menos não choveria. Desceram a trilha de pedras em direção ao bosque. Os cavalos que, inicialmente, pareciam apreciar o passeio, saindo do confinamento do pátio, ficaram apreensivos quando se aproximaram do grande paredão verde do bosque. Marcelo sentiu Luana estremecer e apertou o braço em volta de sua cintura.

– Nossa! – Fernanda exclamou olhando para aquela imensidão verde à sua frente. Era realmente impressionante!

– Majestade! – Luri e Lin apareceram junto à trilha. Seus rostos redondos e verdes pareciam apreensivos. – Abrimos o caminho! – ela falou e começou a passar a mão em Harley e falar alguma coisa junto ao seu focinho. Lin fez a mesma coisa com os outros cavalos e eles pareciam ter se acalmado. – Os *bocas-com-chifres* não vão aparecer porque nossos irmãos estão acompanhando o caminho – disse como se tivesse previsto a pergunta que Marcelo faria sobre a criatura com a qual tinham lutado no bosque.

Marcelo virou as rédeas de Harley e ficou de frente para o grupo. Lá estava ele de novo diante de pessoas, que seguiam seus passos sem pestanejar, e aquilo o incomodava.

– Se alguma coisa acontecer... voltem correndo para o castelo e fiquem seguros – ele falou sério e ninguém disse nada, apenas o olhavam igualmente sérios. Ele percebeu que ninguém fugiria. Aquilo o deixou apreensivo, mas também orgulhoso.

Um caminho largo com mato baixo havia sido milagrosamente aberto, o que fazia a trilha parecer menos sombria, apesar das árvores altas e cobertas por plantas parasitas que formavam uma cortina verde e que encobria os raios de sol. Com a trilha aberta, os cavalos puderam entrar no bosque. Andavam dois a dois. Eric acompanhava Marcelo à frente e sondava os arredores com bastante atenção. Os dois percebiam que era uma nova trilha, diferente daquela pela qual haviam seguido antes, mas não podiam relaxar. Sabiam que tipo de seres poderiam encontrar ali e, agora, tinham as garotas com quem se preocupar. Eduardo e as garotas seguiam atrás e estavam muito tensos enquanto penetravam nos bosques tão assustadores e que guardavam seres muito sombrios que haviam conhecido da pior maneira possível. Luri acompanhava os cavalos, como que para incentivá-los a irem em frente.

Marcelo sentiu a mão fria de Luana sobre a sua. Ela estava com medo, assim como ele, que, entretanto, lutava para não demonstrar. Tinha que parecer seguro e confiante para ela. Os raios de sol foram ficando mais escassos conforme avançavam pela trilha e o ar ficava mais frio e mais sinistro. Marcelo supunha que a cavalo deveriam levar meio dia para chegar até Meg e pretendia não parar. O som das aves era intenso, conforme eles passavam, como se estivessem surpresas pela caravana que seguia pela trilha. Marcelo e Eric haviam imposto uma marcha um pouco mais rápida ao grupo, os dois sabiam o que poderiam encontrar a qualquer momento. Duas grandes aves pretas e azuis com penas longas e brilhantes passaram voando baixo perto deles, assustando Adriana e Mônica. Adriana soltou um grito e depois olhou envergonhada para o grupo.

– Eu... tenho um probleminha com bichos que voam... – ela falou sem graça com o rosto vermelho.

– Por isso você olhava desconfiada para os músicos no baile? – Fernanda perguntou tentando espantar o medo.

– Eles pareciam gente com penas... era diferente – Adriana respondeu com um sorriso nervoso.

– Luri... esses seres das sombras... moram onde no bosque? – Eduardo perguntou olhando preocupado para os lados, não queria ter que encarar um daqueles seres novamente.

– Perto do grande abismo... mas caminham por essas matas muito rápido.

– Como vocês convivem com eles? – indagou curioso, achando muito difícil imaginar uma convivência pacífica entre seres de índole tão diferentes.

– Eles não podem nos ferir... nós moramos nas árvores, nas tocas, nos arbustos... estamos em toda parte e protegemos os nossos. Eles sabem disso e se nos deixam em paz, não derrubam nossas irmãs gigantes ou matam nossos irmãos de garras, deixamos que comam os frutos e folhas.

– Eles comem? – Adriana perguntou interessada, afinal pensava que aqueles seres eram mais espectros do que gente.

– Claro que comem. Mas não precisam de muito.

– Por isso têm aquelas caras de doentes... – Eduardo balbuciou se lembrando muito bem do homem que o encarara, forçando-o a enxergar seu pior pesadelo.

– Todos eles podem entrar nos sonhos? – Fernanda perguntou e olhou para Luana, que se virara sobre a sela e estava abraçada a Marcelo.

– Não... só o senhor deles, mas ele compartilha algo com os outros. Como as plantas que grudam nas outras... – respondeu pensativa.

Eduardo olhou para alto, onde as árvores eram tomadas por outras plantas como se teias verdes de aranha tivessem sido trançadas ali.

– Parasitas? – perguntou intrigado.

– Não sei, mas só que às vezes eles parecem que são uma só criatura... – a pequena elemental não sabia como explicar aquilo.

– E é esse tal *senhor* que ataca Luana? – Marcelo perguntou com raiva. Ele vira aquele homem, ele o ferira, mas pelo visto não foi o suficiente.

– Você sabe o que acontece com aqueles que matamos? – Eric perguntou com o cenho franzido, não estava gostando nem um pouco daquela história.

– Somem do bosque – ela levantou os ombros mostrando desinteresse pelo assunto.

– Ao menos isso – Eric resmungou respirando fundo.

Cavalgaram por horas e tiveram de parar para que os cavalos descansassem e bebessem a água de uma pequena nascente que foi apresentada por Luri. Marcelo e Eric se surpreenderam ao perceber como a trilha era muito diferente da outra que tinham seguido antes. A abertura do caminho parecia ter exposto mais daquela mata tão viva e cheia de mistérios. Havia uma grande energia que era representada por Luri, Lin, aves e outras criaturas que não se aproximavam. Mas havia também as sombras que escondiam aqueles seres que, apesar de parecerem humanos, eram assustadores e capazes de torturar, penetrar nos sonhos e ameaçar, como uma grande aranha venenosa pronta a atacar.

Com as armas em punho, todos esticaram as pernas e comeram pão e beberam água. Não era possível relaxar ou baixar a guarda. A escuridão agora é onipresente. As árvores se encontravam e não deixavam a luz do sol passar. Eles tinham sido obrigados a acender as tochas para enxergar o caminho e as luzes bruxuleantes só deixavam tudo mais sinistro.

Eduardo, que nunca cavalgara por tanto tempo, sentia um enorme desconforto entre as pernas. Não estava sendo fácil para ninguém, apenas Fernanda não reclamara do tempo de cavalgada, pois estava acostumada a horas de treinamento na hípica desde que era pequena.

Um vento mais frio começou a bater no rosto deles. Vinha do meio das árvores e soprava com força ameaçando apagar as tochas.

– Pode acender a esfera? – Marcelo perguntou a Luana e ela assentiu pegando o orbe da bolsa e o apertando entre os dedos.

– Ilumine a trilha – ela falou e a esfera flutuou e subiu cerca de dois metros acima e à frente do cavalo. Uma luz clara saiu do pequeno globo e a trilha se iluminou, dando-lhes uma visibilidade de cerca de cinco metros à frente.

– Quem disse que não tínhamos luz elétrica? – Fernanda falou maravilhada com o efeito daquela esfera.

Com o vento impiedoso o frio aumentou e eles tiveram que se enrolar nas capas.

– Ele... já sabe que estou aqui... – Luana falou e deu um gemido fraco segurando-se na capa de Marcelo.

– Luana... – Marcelo pegou na mão dela. – Olhe para mim... não deixe que ele entre em sua mente. Eu estou aqui... – falou com os lábios junto ao rosto dela. Temia que Luana tivesse ficado tempo demais sob o domínio dos seres das sombras e pudesse se transformar num "oco", como Meg dissera.

Todos ficaram apreensivos ao ouvir a fala de Luana e pegaram suas armas nas mãos, prontos para se defender de algum ataque. Eric rodou o machado na mão, já querendo cortar alguma cabeça.

– Não durma, Luana... – Adriana falou preocupada. – Pense em coisas boas...

– Isso, não feche os olhos, Luana... fale comigo e olhe para mim – Marcelo sentiu o coração acelerar ao prever que o perigo se aproximava. – Me diga como aprendeu a dançar tão rápido a dança esquisita do Eric... – falou sabendo que ela não tinha lembranças anteriores ao sono que a enfeitiçara, então não tinha coisas que a fizessem distrair os pensamentos para o passado. Os olhos violeta dela se voltaram para o rosto dele.

– Eu... fiquei observando... – ela deu um gemido mais alto e Marcelo a sentiu apertar a mão em seu peito. Ela tentava, mas estava sendo atacada e enquanto ainda estava acordada! –... a Fe estava tão... animada que... – o corpo dela se contraiu.

– Luana... – ele passou a mão no rosto dela. – Eu estou aqui – falou nervoso olhando para os lados. – Não... não feche os olhos – ele pediu aflito vendo que ela não conseguia travar aquela luta. Se ela dormisse, talvez não acordasse mais. Ela abriu os olhos violeta fitando o rosto dele.

– Meu Deus... – Fernanda murmurou apavorada.

– Onde estão esses covardes que ficam atacando uma mulher de longe? – Eric gritou nervoso com o machado em punho.

– Apresse o trote, Marcelo – Fernanda falou e eles bateram os pés nos corpos dos cavalos fazendo-os avançarem mais rápido pela trilha.

– Marcelo... – Luana falou pegando na túnica dele. – controle... a esfera... – pediu dando um gemido como se tivesse sido apunhalada. Seu corpo se contraiu.

– Luana! Abra os olhos, por favor... – ele pediu aflito tocando no rosto dela. – Peça para a esfera voltar... Luana! – pegou na mão dela, queria que ela mantivesse a atenção em outra coisa, mas ela não conseguia abrir os olhos o suficiente. – Vamos! – falou muito nervoso e a viu respirar com dificuldade.

– Obedeça... ao... Rei... – ela falou como se não houvesse ar suficiente. O orbe, obediente, girou e parou ao lado de Marcelo.

– Me mostre os seres das sombras! – ele ordenou ao orbe com a voz trêmula, apertando Luana nos braços. – Luana... não durma, por favor... – pediu mexendo no rosto dela e ela tentou abrir os olhos. – Fale comigo...

A esfera lançou-se para o lado da trilha e os cavalos se assustaram quando várias figuras com mantos negros foram iluminadas no meio das árvores. Eles estavam ali, espreitando, agindo sob as sombras, atacando Luana...

– Covardes! – Eric falou virando-se para o lado, com o machado já girando ao lado do corpo.

Fernanda deu os arreios para que Eduardo segurasse e armou seu arco. Ela tremia, mas tinha que atirar.

– Não queremos machucar seus súditos, Majestade... – uma voz grave, mas suave e segura veio do meio das árvores e as figuras de mantos escuros se aproximaram. – Só quero o que me pertence – um homem encoberto pelo capuz falou em um tom controlado e Luana deu um gemido alto e dolorido nos braços de Marcelo.

– Luana! – ele segurou no rosto dela. – Saia da mente dela! – enfrentou o olhar da criatura e viu um leve sorriso no rosto magro esverdeado. Era um homem jovem, esguio, com olhos e cabelos longos escuros.

– Ela pertence a mim, *Majestade* – a voz segura carregou-se de ironia ao pronunciar o título de Marcelo.

– Você tá brincando! – Eric falou furioso e saltou do cavalo com o machado apertado na mão.

Havia, à vista deles, cerca de dez seres usando aqueles mantos escuros, alguns mostravam que carregavam as espadas, que brilhavam à luz da pequena esfera. Do outro lado da trilha, os pequenos elementais se agitaram, mas era evidente que não eram seres bélicos. Um rosnado vinha do meio do bosque e Marcelo rezou para que não aparecesse também o javali-gorila.

– Entreguem-me a princesa e podem ir embora. – o lorde das sombras falou sem tirar os olhos de Marcelo, que apertava Luana diante do corpo. Os seres sombrios armados se aproximaram e Eric girou o machado na direção do líder do grupo, que agilmente deu um passo para trás afastando-se da lâmina brilhante e afiada da arma do guerreiro.

Uma flecha de Fernanda foi disparada e ela acertou a criatura que estava ao lado do homem que falava. Ferido no ombro, o súdito do lorde afastou-se, mas não gritou ou deu qualquer sinal de que sentira dor.

– Ninguém vai entregar ninguém! – Eric gritou com uma expressão assassina no rosto.

– Não olhe no rosto dele, Eric! – Eduardo falou e também desceu do cavalo. Fernanda preparava uma nova flecha no arco.

Um grito de terror veio de Adriana que, deixando a tocha cair, tombou para trás de cima do animal, fora atingida pelo olhar sombrio de uma das criaturas. Como que penetrando em sua mente e projetando imagens em seus olhos, Adriana foi levada a uma visão na qual via seu filho morto e ela sabia que era a culpada!

Mônica desceu, pegando-a pelo braço. Lágrimas escorriam pelo rosto da morena, que arranhara o braço na queda.

– Para que sacrificar um grupo todo? Entreguem-me aquela que me pertence e poderão ir em paz – o líder sombrio falou com calma e frieza.

– Ela não pertence a você! – Marcelo bradou enfrentando o olhar da criatura, mas tinha dificuldade em pegar sua espada às costas ao mesmo tempo em que segurava Luana, que se contorcia em seus braços. Os cavalos estavam cercados pelas criaturas sombrias. Marcelo via o seu grupo, que enfrentava os seres esverdeados, e enquanto alcançava a espada na cinta e a puxava, o lorde atacou novamente.

– Posso acabar com o sofrimento dela... – o homem falou ignorando o machado de Eric, que passou mais uma vez muito próximo de seu manto, antes que uma espada, usada por um outro ser de manto negro, o interceptasse. – Ou posso fazer coisa pior... – ele ameaçou e, imediatamente, Luana começou a arfar como se estivesse sufocando. – Posso torturá-la até que o corpo frágil não sirva para mais nada... – apertou a mão como que envolvendo o delicado pescoço dela e ela começou a se debater sufocando. Em seu desespero, ela se agarrou à túnica de Marcelo.

Fernanda atirou mais uma vez e a flecha acertou o braço do homem forçando-o a recolher a mão. Luana deu um suspiro e sua mão caiu frouxa sobre o corpo...

– Acerte o desgraçado que ameaça Luana! – Marcelo gritou para o orbe, que se lançou contra a criatura com velocidade, tornando-se um risco prateado de luz. Marcelo havia esquecido que tinha o orbe sob seu controle. Ficara travado, sentindo Luana agonizar em seus braços.

– Majestade... corra, já está perto do rio! – Luri gritou ao lado do cavalo.

– Luana... – ele segurava o corpo dela, que não se mexia. O pescoço tinha uma marca vermelha, como se as mãos da criatura estivessem estado ali. Desesperado, ele colocou o rosto junto aos lábios entreabertos dela... não respirava. Ele soprou dentro dos lábios dela numa ação desesperada.

– Vai, Marcelo! – Eric gritou enquanto se dirigia furioso para uma das criaturas. Mas parecia que mais criaturas apareciam a cada momento.

Luri saltou sobre Harley e passou a mão pequena sobre os lábios de Luana. Marcelo sentiu que ela soltou lentamente o ar, mas não retomou a consciência.

– Vá, Majestade... – Luri o encarou. – Eles seguem atrás do senhor – Marcelo olhou para trás e viu que todos estavam lutando contra os seres das sombras. Eric girava seu machado diante de três criaturas. Fernanda, de cima do cavalo, mirava e atirava contra as figuras de manto negro, Mônica protegia Adriana atrás do corpo e virava sua espada contra duas criaturas que as ameaçavam. Eduardo batia sua espada contra dois oponentes. Marcelo sentiu um aperto no peito, eles não tinham chance... Olhou para Luana em seus braços. – Não vai durar muito minha magia, senhor – Luri falou com os olhos arregalados.

Foi o pior momento de sua vida. Disso Marcelo teve certeza. Ou ele deixava Luana morrer em seus braços e descia para lutar ao lado dos outros, ou corria para tentar salvar Luana e deixava o grupo para trás, sabendo que não sobreviveriam. O orbe tentava atingir o líder daquele grupo sombrio e era rechaçado com alguma espécie de feitiço.

– Vai, Marcelo! – Mônica gritou e enfiou a espada em um dos seus oponentes.

Ele pegou as rédeas de Harley e gritou para o orbe: *ilumine o caminho*! Bateu os pés no flanco da égua e saiu em disparada para chegar à casa de Meg.

Eric olhou para Mônica e os dois assentiram juntos. Estavam dispostos a fazer o que fosse necessário, mas sabiam que a vitória era praticamente impossível. O grupo conseguiu se juntar, deixando Adriana segura entre eles e ao lado do cavalo de Fernanda de onde ela mirava e atirava. Ela acertava seus alvos e os via cair, mas isso não diminuía o perigo que os cercava. Viram quando o líder dos seres sombrios deslizou velozmente seguindo Marcelo. Fernanda ainda mirou na direção dele, mas ele se perdeu na escuridão.

– Venham seus desgraçados! – Eric gritou furioso atraindo os seres das sombras em sua direção.

Eduardo apertava a espada nas mãos que suavam. Podia ouvir e sentir a respiração de seus companheiros que estavam igualmente apavorados, mas mantinham-se firmes. Iriam morrer com certeza, mas ao menos teriam lutado por uma boa causa, embora aquilo não parecesse uma ideia tão brilhante assim. Não teve muito tempo para pensar demais, pois sua espada encontrou-se novamente com mais uma espada inimiga. A posição em que se encontravam, formando um círculo, ajudava a proteção da retaguarda, assim como protegiam Adriana. Wallie e os outros cavalos também davam-lhes uma proteção extra, impedindo a aproximação dos seres das sombras por outros flancos. Fernanda estava ficando aflita, pois havia apenas mais três flechas em sua aljava. Ela acertara vários seres com suas setas de cima do cavalo e, mesmo com a luz enfraquecida das tochas jogadas no chão, ela percebeu que sua pontaria melhorara excepcionalmente depois dos últimos treinamentos, suas mãos já não tremiam e fazer a mira se tornara algo bastante natural.

– Quantos ainda? – Mônica gritou nervosa depois de conseguir dar uma estocada em um dos seres afastando-o do grupo. A raiva que sentia de Luana era dirigida para seus braços e suas mãos. Iria morrer ali por causa daquela *princesinha*, e o pior é que havia concordado em ir até a tal feiticeira de livre e espontânea vontade. Ela era a única culpada por estar naquela enrascada, ela e seu coração idiota!

Adriana sentia as lágrimas correndo pelo rosto. Apertava a adaga na mão, mas tremia tanto que era mais provável que acabasse ferindo a si própria. Via a energia que todos empregavam naquela luta e sentia medo, muito medo... pensou em seu filho. *Eu te amo, filho!* Pensou apertando os olhos com força...

Então, um clarão avançou sobre o grupo forçando todos a fecharem os olhos na tentativa de ofuscar aquela luz muito forte, como um *farol de neblina* em uma estrada escura. Desnorteados, apertando as armas nas mãos, eles levaram um tempo para conseguir abrir os olhos novamente. Atordoados, perceberam que não havia mais nenhum ser sombrio em volta deles, em vez disso visualizaram uma figura conhecida, debaixo de uma capa bege e que segurava um cajado agora levemente iluminado nas mãos.

– André! – gritaram admirados. Percebiam que fora aquele cajado que emitiu aquela luz e espantou os seres sombrios.

– Desculpem, demorei – ele abriu um largo sorriso.

– Você... espantou aqueles... – Eduardo estava atordoado. – Como?

– Efeitos especiais... – ele brincou e Adriana correu e o abraçou. Fernanda desceu do cavalo e se juntou a ela.

– O cara que estava ameaçando Luana foi atrás deles... – Eric falou indo para seu cavalo, sentia que o perigo apenas se deslocara de lugar e Marcelo sozinho não iria conseguir vencer o líder dos seres das sombras.

– Como você soube...? – Eduardo estava bastante confuso e via o cajado que André segurava e que estava levemente iluminado, apenas o suficiente para que eles não ficassem na escuridão total.

– Lin foi nos avisar que vocês estavam vindo – ele respondeu.

– Vamos! Não temos tempo para conversar! – Eric falou irritado já em cima de sua égua.

Todos montaram rapidamente e André pegou uma carona em Lucy junto com Eric.

Marcelo apertava Luana junto ao corpo e Harley trotava a toda velocidade. A esfera iluminava o caminho. Ele viu quando o rio apareceu no final da trilha. O sol acabava de se pôr. Ele sabia que teria de subir pela margem pelo menos 50 metros até alcançar o vau.

– Não morra, Luana... não morra – ele falou junto ao ouvido dela e conduziu Harley até a passagem. Do meio do rio ele olhou para trás e viu aquele homem de manto negro junto à margem. Embora não tivesse ido atrás deles, Marcelo sentiu que ele estava ali para ameaçar... ele não desistiria. Lentamente, a égua caminhou pelas pedras do pequeno vau existente no rio. Marcelo não sabia se o lorde das sombras ainda atacava Luana na sua inconsciência e só podia tentar chegar o mais rápido possível até Meg. Alguma coisa lhe dizia que lá ela estaria segura, embora não tivesse certeza nenhuma daquilo. Quando Harley alcançou a outra margem e começou a descê-la, o ser sombrio se afastou sumindo entre as árvores.

Marcelo parou diante do casebre de Meg e ela esperava à porta. Com alguma dificuldade, ele apeou e, carregando Luana, entrou na pequena casa da feiticeira.

– Coloque-a ali – ela apontou para a cama de palha e Marcelo colocou o corpo inerte de Luana delicadamente sobre ela.

– Meg... ele a atacou, eu não sei se ela... por favor, você precisa salvá-la – pediu sentindo o corpo todo tremer.

A feiticeira ruiva sentou-se ao lado de Luana e passou a mão pelo rosto pálido, depois se deteve no pescoço marcado. Meg a segurou pelo pulso e arqueou as sobrancelhas. Marcelo a observava, sentindo fraqueza nas pernas.

– Eu tenho que voltar para ajudá-los – ele falou, passando a mão pelo cabelo, e viu que Meg se levantou e foi até o canto repleto de ervas e pegou um pequeno pote. Ela despejou o conteúdo espesso e amarelo na mão.

– Não é necessário. Eles estão vindo – ela falou, passando o creme pelo pescoço e pelo pulso de Luana.

– Meg... – ele falou com o coração acelerado e se sentou sobre o baú debaixo de várias ervas que pendiam do teto.

– Conheço essa magia... – ela observava atentamente o rosto de Luana. – Sua Rainha é bem bonita – comentou e viu que ele encostara a cabeça contra a parede. Estava bastante pálido. – Ela já poderia ter se transformado em um ser de sombras, num "oco" se não estivesse ligada a você... – tocou sobre a pedra ônix no colo claro de Luana. – Vejo que escolheu a pedra certa... elas já se juntaram? Você a beijou, certamente.

– Sim... elas se juntaram numa lua azul... – ele falou cansado.

– Isso foi bom! A magia que a aprisiona só não é mais forte do que a que vocês carregam. Isso é bom, com certeza – Meg sorriu satisfeita consigo mesma. Quando ela esteve com Marcelo dias antes, soube que precisava dar-lhe aquelas pedras, apesar de não terem nada a ver com o contrafeitiço do sono, e agora que as pedras estavam unidas, outra magia muito forte envolvia Luana e Marcelo. – Aquele orbe que está brilhando lá fora é seu? – perguntou e o viu se erguer.

– Não... é de Luana, mas me obedece – ele estendeu a mão. – Venha! – ordenou e o orbe entrou no casebre e pousou sobre a mão dele. Marcelo fechou a mão, depois pegou a pequena bolsa que estava amarrada ao vestido de Luana e guardou a esfera. – Onde... está André? – perguntou, finalmente lembrando-se que o amigo deveria estar ali, mas chegara tão desesperado que sequer percebera sua ausência.

– Foi buscar seus amigos – ela falou e colocou uma pedra transparente sobre a testa de Luana. Era redonda e achatada, parecia um pequeno CD de cristal. Imediatamente a pedra começou a mudar de cor e foi ficando cinza, escurecendo, até enegrecer totalmente. Marcelo ouviu Luana gemer baixo e se aproximou assustado.

– Ele a está atacando de novo? – ajoelhou-se ao lado da cama pegando a mão de Luana.

– Não agora... eu limpei um pouco a presença dele da mente dela – disse colocando outras duas pedras iguais à da testa, uma na palma de cada mão de Luana. As pedras também escureceram e Marcelo viu o peito de Luana começar a se mexer lentamente. Sua respiração ficava mais forte.

Meg trocou as pedras duas vezes e, a cada vez que fazia, as pedras translúcidas ganhavam a cor da noite. Luana voltou a respirar suavemente.

As vozes do lado de fora o libertaram daquela hipnose que o aprisionava enquanto olhava para Luana. Ele se ergueu e saiu do casebre.

– Marcelo! Como ela está? – Fernanda correu até ele e o abraçou. Ele a apertou nos braços, extremamente aliviado por vê-la bem.

– Meg está cuidando dela... – ele falou e olhou para André, que sorriu. Ele estava muito bem. – André... – aproximou-se e André o abraçou batendo em suas costas.

– Parece que ainda não acabou, não é? – André falou apertando os ombros tensos de Marcelo.

– Ela acordou, estava bem, mas de repente... – Marcelo suspirou. Olhou para o restante do grupo. – Me perdoem por deixá-los, eu... – sentia-se muito mal com aquilo.

– Você fez o certo e o que devia fazer – Eric apertou o ombro dele. – Nós os enfrentamos e esse baiacu apareceu e iluminou tudo, mandando aqueles verdes ridículos para as sombras... – olhou para André, que sorriu.

– Como ela está? – foi Mônica quem perguntou. Suas mãos pequenas estavam sujas de sangue.

– Não sei... mas voltou a... respirar – ele se sentou junto à parede da casa e abaixou a cabeça.

– Você está bem? – Mônica foi até ele e viu que ele estava muito pálido. Ele apenas assentiu. – Você fez o certo, Marcelo... – ela falou e ele fitou seus olhos verde-escuros lacrimosos.

– Vocês... foram ótimos de novo – ele falou para o grupo. – Obrigado por terem vindo – deu um sorriso fraco. Ele tinha que se render. Não conseguiria nada sozinho naquele lugar. Era uma contestação difícil para alguém que sempre tomava a frente das situações e não dependia de ninguém para resolver seus problemas. Ele devia *dar a cara a tapa*...

André entrou no casebre e, não demorou muito, saiu com uma caneca com um líquido espesso e amarelo que parecia mel. Ele a estendeu para Marcelo.

– Meg mandou você beber e disse que assim que Luana estiver estável ela virá para conhecer vocês – falou olhando para o grupo que olhava em direção à cabana precária. – Vamos acender uma fogueira por aqui para esquentar...

– Não somos convidados a entrar? – Adriana perguntou, olhando de André para a porta da pequena casa.

André deu um sorriso sem graça e passou a mão pela cabeça.

– Desculpem, mas ela não quer ser interrompida... e... a casa é muito pequena para todos.

– É verdade, é bem pequena – Eric falou e pegou alguns tocos de lenha do lado da janela da casa. – Deixem ela trabalhar.

– Preciso lavar minhas mãos – Eduardo, que ainda estava confuso e sentindo o corpo tremer, finalmente falou.

– Eu também – Mônica olhou para as mãos ensanguentadas.

– No rio... – André apontou à frente. – A água é fria, mas limpa – viu que Mônica, Eric e Eduardo foram lavar as mãos e se sentou ao lado de Marcelo, que olhava pensativo para a caneca em sua mão. – Então... você acertou o nome dela... incrível! Eu sabia que tinha dado certo, porque Meg sentiu o efeito da magia.

– Ela está te tratando bem? – Marcelo perguntou o olhando curioso.

– Muito bem – ele sorriu. – Aprendi um pouco a usar esse cajado...

– Você foi incrível! – Fernanda se sentou ao lado deles. – Você precisava ver, Marcelo... – enroscou-se afetuosamente no braço dele.

– Tenho certeza de que foi – Marcelo segurou a mão dela e a levou aos lábios. – Ela também é incrível com um arco, André... você não faz ideia! – sorriu e viu o rosto dela ficar vermelho.

– Eu... tive um bom professor – ela sorriu e deitou no ombro dele.

Adriana estava quieta e pensativa. Imaginava o sofrimento que aquelas criaturas infligiam a Luana. Ela estava atormentada por ter sido atacada por alguns segundos, como Luana poderia resistir ao ataque insistente?

# Capítulo XCI
## O Motivo e a Cura

Eles não faziam ideia de quantas horas haviam se passado desde que chegaram à casa de Meg. Em volta da fogueira, Fernanda e Adriana dormiam sobre suas trouxas. Eles tomaram uma sopa rala que André oferecera e esperavam Meg aparecer. Parecia que o tratamento de Luana era bastante difícil e Marcelo sentia o estômago arder de impaciência e nervosismo.

– Acha que ela vai te liberar quando completar a quarta lua? – Eduardo, um pouco mais recuperado e enrolado em uma capa nova que Zin lhe dera, perguntou a André.

– Ela não vai faltar com a palavra – André falou pensativo olhando para a chama da fogueira.

– Nas coisas de Luana havia um pergaminho com uma chave e um aviso de que deveria ser aberto só depois da quarta lua... – Marcelo falou apoiando as mãos sobre os joelhos. – Talvez seja a chave daquela porta na torre e que nos levará para casa... você tem que estar lá – olhou para André muito sério.

– Vou estar, não se preocupe – André deu um sorriso brilhante.

A porta do casebre se abriu e a figura branca de cabelos vermelhos apareceu sob a luz vermelha da fogueira. Marcelo ficou de pé, imediatamente, assim como os que ainda estavam acordados.

– Meg... – Marcelo a olhou com preocupação.

– Preciso falar com você – ela o olhou séria e depois se voltou para o grupo, que a olhava. – Como vão? Espero que descansem bem – disse e voltou para dentro da casa. Marcelo olhou para o grupo e, apreensivo, a seguiu.

– Ela realmente parece uma feiticeira... fiquei até arrepiado – Eduardo falou esfregando os braços.

– Será que Luana está bem? – Eric olhava preocupado para a porta que se fechara.

– Logo saberemos – Mônica falou voltando a se encolher ao lado da fogueira, mas seus olhos também se fixaram na posta envelhecida de madeira. Não gostou muito do jeito daquela mulher.

Marcelo entrou na casa e viu Luana ainda imóvel sobre a cama. Meg tirara o vestido dela e passara uma espécie de mel sobre o corpo e o cobrira com um lençol fino. Ele foi até a cama e fitou o rosto abatido dela.

– E então? – olhou para Meg, que tomava uma caneca de chá.

– Tenho coisas sérias a falar com você, Majestade... – ela se sentou sobre o baú bebericando o chá. – Ela já despertou e chamou por você, mas eu dei uma poção para que voltasse a dormir enquanto o lenitivo faz seu trabalho.

– Lenitivo? – ele a olhou com preocupação. – Quer dizer que não está curada?

– Essa é uma das coisas... – ela olhou para a jovem sobre a cama. Cruzou as pernas e encarou Marcelo. – Eu só acalmei os efeitos dos ataques que ela sofreu, mas não a livrei deles.

– Ela... está condenada? – ele sentiu a garganta apertar.

– Essa é a outra coisa... – Meg suspirou e olhou para dentro de sua caneca. – O que quer saber primeiro, o motivo ou a cura? – perguntou fitando-o nos olhos.

– A cura – ele respondeu sem pestanejar.

– A cura está no *Lago de Fogo* do reino de William – ela falou e viu o olhar confuso dele. – Ela precisa ser banhada no lago antes de um pôr do sol e diante dos olhos do feiticeiro que a encantou.

– Do feiticeiro...? – atordoado, ele se sentou na cama aos pés de Luana.

– E então vem o motivo que descobri... está pronto para ouvir e decidir? – ela levantou a sobrancelha e ele assentiu rapidamente.

– Qual será a notícia que ela vai dar? – Eduardo falou sentindo as mãos tremerem.

– Meg não faz rodeios... esse é um defeito e uma qualidade dela – André balançou a cabeça.

– Percebe-se que já a conhece bem, não? – Mônica o olhou curiosa.

– Como disse, ela não faz questão de rodeios... ela mostra o que é e dane-se – ele levantou os ombros.

– Uma mulher assim é boa na cama – Eric não conteve o comentário e viu o olhar gélido que Mônica lhe dirigiu. André ficou nitidamente sem graça.

– É incrível a capacidade que você tem... – Mônica resmungou com o rosto vermelho.

– Será que ela irá cobrar dessa vez? – Eric ignorou o comentário dela. – Quem devemos deixar mais? Edu? – ergueu as sobrancelhas e viu os olhos de Eduardo arregalarem.

— Talvez você — Mônica falou sarcástica olhando para o homem que a fazia desejar socar alguma coisa, ou alguém.

— Prefiro o castelo... — Eric entortou os lábios num meio sorriso. — Minha cama quente, o vinho... e o porco assado de Zin... — lambeu os lábios como que saboreando a carne de porco. — André, você é corajoso e tal, mas não eu conseguiria ficar nessa toca... acho que minha asma voltaria.

— Percebi que está muito melhor... — André falou despreocupado.

— Zin me curou... deu uma gororoba horrível para eu mastigar e tomar, mas estou muito bem! — ele sorriu esfregando a mão sobre o peito.

— Acho que ele se apaixonou pela baixinha... — Eduardo falou, dando o primeiro sorriso desde que saíra do castelo pela manhã.

Eles riram baixo e pararam quando a porta da casa se abriu e Marcelo saiu acompanhado da feiticeira. Estava com uma expressão de dor e angústia muito grandes, o que deixou todos apreensivos. Meg ficou em pé atrás dele. Eduardo sacudiu Fernanda para acordá-la e depois Adriana. As duas acordaram assustadas e olharam para o rei arrasado.

— Preciso falar com vocês... — ele disse e depois de suspirar passando a mão pelo cabelo, esticou o corpo como que tomando coragem. Todos o olhavam num silêncio tenso. — Quero que saibam que já tomei minha decisão, mas não quero influenciá-los de maneira nenhuma, portanto pedi a Meg que repita a vocês o que me disse — olhou para a feiticeira que ficou ao seu lado. Os olhos sagazes investigaram a todos do grupo, procurando neles detalhes que o fizessem diferentes de todos os outros que estiveram ali antes deles.

Meg via diante dela pessoas bem diferentes física e emocionalmente, em comum apenas a juventude e a curiosidade nos olhos. O Cosmo escolhera o que parecia ser um grupo bastante heterogêneo para firmar o reinado naquele universo. Ela respirou fundo e falou.

— A jovem Rainha está enfeitiçada. Um feitiço forte e antigo — olhou para todos a sua volta, que pareciam segurar a respiração. — Eu ministrei um lenitivo, mas não consegui curá-la. O que significa que ela ainda poderá ser atacada e torturada. Existe uma maneira de o feitiço ser quebrado. Ela precisa ser banhada no *Lago de Fogo* do reino de William, diante dos olhos do feiticeiro que a encantou — sua voz era calma e suas mãos muito brancas estavam postas diante do corpo.

— Meu Deus... — Fernanda murmurou e se agarrou ao braço de Eduardo.

— Podemos fazer isso! — Eric falou determinado e a feiticeira levantou a mão para que se calasse.

– É preciso saber a verdade para depois se decidir, guerreiro – ela o encarou séria.

– Então nos conte – Mônica falou ríspida e Meg lhe dirigiu um olhar gélido.

– Há incontáveis luas o Cosmo impõe um desafio a diferentes criaturas através dos deuses... – ela começou a falar e andar lentamente entre eles, observando-os. – Poderiam os frágeis seres, como os humanos, por exemplo, superar obstáculos fora do seu alcance de compreensão? Seriam mesmo tão inteligentes como apregoam? – olhou de forma penetrante para Eduardo, que sentiu o estômago se contrair. – Como fariam se lhes tirássemos o conhecido e lhes déssemos o desconhecido e inexplicável? Talvez essas sejam perguntas que motivam os deuses, mas talvez só exista um desejo de se divertirem colocando várias criaturas numa grande ratoeira e assistirem seu desespero em encontrar a saída – levantou os ombros. – Vocês, assim como eu, foram escolhidos e jogados nessa grande ratoeira... Foram tirados de suas casas confortáveis, do seio de suas famílias e jogados neste lugar tão desconhecido – parou olhando para Fernanda, que se agarrava ao braço de Eduardo. – Normalmente, os escolhidos são regidos por diferentes planetas e deuses... Acredito que isso faz parte da aposta entre eles – viu seus olhares confusos. – Existe uma porta de saída sim... assim como num labirinto que, com certeza, não será fácil de transpor. O jogo começa com um desafio... um confinamento, onde pessoas estranhas são obrigadas a se comunicarem para escapar – parou olhando para cima e encontrou os olhos sérios e impacientes de Eric.

– O celeiro... – Eduardo falou baixo, apertando a mão sobre a de Fernanda em seu braço.

– Sim, a porta de entrada... – Meg completou. – Entre os escolhidos, um não acordará a não ser que seu líder se manifeste e tenha sucesso em descobrir como fazê-lo. Esse líder é o Rei – ela falou e apontou para Marcelo, que estava pálido, sério, com os braços cruzados sobre o peito.

– Mas ele conseguiu acordá-la! – Fernanda falou revoltada e Meg a olhou séria, não gostando de ser interrompida.

– Os confinados não se conhecem, não sabem absolutamente nada sobre o passado e a vida de cada um...

– Ouvi dizer que você era objetiva, vá ao ponto – Mônica falou impaciente e Meg estreitou os olhos, olhando para a jovem impertinente e irritadiça.

– Luana não saiu de seu mundo – ela falou e eles se olharam atordoados. – Ela pertence a este universo – falou e os viu arregalarem os olhos.

– Eu sabia... – Mônica falou entre dentes.

– Então também deve saber que ela foi a escolhida deste mundo e enfeitiçada. Um feitiço poderoso com o claro objetivo de destruí-la. Dimitri, o lorde das sombras, a atormenta, porque ela foi prometida a ele. Ele tem o direito de reivindicá-la. Ele a quer e vai fazer de tudo para tê-la. Mas o encanto encontrou uma barreira que o enfraqueceu, quando seu Rei, vindo do outro mundo, entregou a ela sua alma e coração dentro da pedra que ela carrega no peito, assim como ele recolheu a alma e coração dela quando colocou em seu próprio peito a meia-lua de diamante.

– Você sabia disso, Marcelo? – Mônica estava completamente atordoada, assim como o resto do grupo.

– Não – ele falou e apertou a pedra sobre seu peito.

– Não, ele não sabia – Meg respondeu prontamente. – Foi minha intuição que me fez confiar as pedras a ele, e só por isso a jovem Rainha não sucumbiu ao lorde das sombras.

– Você... o enganou! O aprisionou! – Mônica falou com o rosto vermelho.

– A pedra poderia ser inofensiva... se ele não tivesse colocado o diamante sobre o próprio peito e as tivesse selado beijando a dona da outra metade – Meg mostrou não se intimidar pela acusação da pequena guerreira loira.

– O beijo mágico... – Eduardo olhou para Marcelo tomado de perplexidade.

– Ele... pode se livrar disso? – Mônica falou e sua voz tremeu.

– Claro! – Meg respondeu – Basta tirar o colar e destruir a pedra – ela olhou para Marcelo, que ainda apertava o pingente sobre o peito.

– Então tire isso! – Mônica falou nervosa. – Se livre desse encanto!

– Você não entende, Mônica! – ele falou também nervoso. – Se eu fizer isso, estarei condenando Luana à morte!

– Que se dane! Ela é deste mundo! Merece o que está passando! Ela já está em casa, enquanto nós estamos tentando achar a saída da ratoeira! Que ela seja entregue ao lorde das sombras e que ele faça bom proveito dela! – desabafou com os olhos cheios de água.

– Mônica... como pode dizer uma coisa dessas? – Fernanda falou chocada com o rosto banhado pelas lágrimas.

– Luana faz parte de algum acordo! – Marcelo ergueu a voz – Ela... foi dada em sacrifício e não faz ideia disso! Ela não sabe que pertence a este mundo! Meg acha que foi alguém da família que a entregou... – apertou os lábios com força e respirou fundo.

– Pobre Luana... – Fernanda soluçou.

– Provavelmente ela pertence ao reino de William, pois é lá que o feitiço pode ser quebrado e ela pode se libertar – Meg completou.

– Ela... está nos usando para ajudá-la a se libertar, é isso! Nós somos os idiotas que ela encontrou para que a livrassem! Eu senti... – Mônica falava irritada e Eric a pegou violentamente pelo braço, arrastou-a alguns metros do grupo e a colocou bruscamente ao lado de Wolverine.

– Vá embora, Mônica! Volte para o castelo, abra aquela maldita porta e volte para sua vida amarga e inútil! – ele gritou junto ao rosto dela e ela tremeu com aquela ferocidade, olhando-o atônita e assustada. Ele a soltou e ela caiu sentada ao lado do cavalo, com as lágrimas descendo pelo rosto. Adriana correu e foi ajudá-la a se levantar.

– Parem com isso! – Marcelo falou irritado e ficou no meio do grupo. – Não pode culpá-la por se sentir assim, Eric. Vá, Mônica... espere o portal se abrir e seja feliz como merece ser – encarou-a sério e depois olhou para o grupo. André estava pálido segurando o cajado. Eduardo apertava o ombro de Fernanda, que se desmanchava em lágrimas. – Vocês todos devem voltar ao castelo, Meg me concedeu sua liberdade, André... esperem a quarta lua, usem a chave que está no pergaminho guardado com Zin para abrir a porta da torre e voltem para casa! Eu... posso tirar esse colar e quebrá-lo... – apertou o diamante na mão. – Mas não quero! Eu não vou fazê-lo, por Luana e por mim! Mas eu falo por mim! Nunca me perdoaria se fosse o culpado pela morte dela. Nunca! Assim como não quero ser o culpado por algum mal que possa acontecer a vocês. Por isso, peço que voltem... por favor...

Todos o olhavam em completo silêncio. Meg os observava e viu Eric franzir o cenho, respirar fundo e depois encará-la.

– Quanto tempo acha que levaremos para resolver esse problema? – ele perguntou – Não existe a possibilidade de estarmos de volta para a quarta lua cheia? – falou sério e Marcelo percebeu que ele se incluía naquela incursão.

– Claro que existe, embora haja o risco de isso não acontecer – Meg respondeu com indiferença.

– Para mim está bom – Eric falou e cruzou os braços musculosos diante do peito.

– Eu partirei com o Rei pela manhã... – Meg falou, encarando-os. – Façam o que ele pediu e vão embora. Façam isso pela manhã que os seres das sombras não os perturbarão. – falou e se virou entrando na casa.

– Marcelo... – Mônica parou diante dele e segurou sua túnica. – Não vê que essa feiticeira está manipulando você? Ela e Luana podem estar juntas nisso, só esperando alguém metido a herói querer resolver! – os lábios dela tremeram e as lágrimas escorreram pelo seu rosto, o que a deixava com mais raiva ainda. Nunca chorava na frente de quem quer que fosse.

Marcelo respirou fundo e então passou a mão no rosto molhado dela.

– Obrigado por se preocupar tanto comigo, Mônica. Não esquecerei de você – ele falou e deu um beijo na testa dela.

– Seu idiota! Estúpido! - ela bateu no peito dele com força nas mãos pequenas fechadas. – Não vai provar nada assim! – gritou, e ele a segurou pelos pulsos, encarando-a.

– Não preciso provar nada, Mônica... nunca me importei com o que os outros pensam e não será agora que me importarei. Pense o que quiser de mim, me odeie se isso a fizer se sentir melhor – ele a afastou com delicadeza. Ninguém fazia ideia de quão difícil era para ele tomar aquela decisão, mas nada o faria desistir de salvar Luana.

– Eu vou com você – Eric parou ao seu lado e enfrentou seu olhar preocupado. – E vou fazer você voltar até a quarta lua, porque... vai que esse tal reino seja muito atraente e você esqueça o resto... – sorriu. – Tomo essa decisão sozinho e você não tem responsabilidade nenhuma, o que acontecer comigo vai ser por causa da minha decisão e nada mais. – falou quando viu a preocupação nos olhos de Marcelo.

Adriana estava confusa e paralisada. Tudo aquilo que ouvira parecia fazer parte de algum pesadelo. Talvez ainda estivesse dominada por algum ser das sombras. Mônica caminhara com passos pesados até a margem do rio e lá se sentou encolhendo as pernas e apoiando a testa sobre os joelhos. Eduardo e Fernanda haviam se sentado e olhavam para Marcelo como se não o enxergassem. Fernanda soluçava baixo. André olhava na direção do rio apoiando-se no cajado que estava apagado.

– Eu... sinto muito – Marcelo falou olhando para eles. Não sabia mais o que dizer, também não sabia pelo quê se desculpava. Mas compreendia estarem tão chocados. Quando Meg contou o que acontecia a Luana, ele também ficou perplexo e atordoado, mas bastou olhar para Luana sobre a cama e percebeu que, embora fosse uma decisão difícil, não havia dúvida sobre o que ele devia fazer. Poderia simplesmente ter saído dali na surdina com Luana e ninguém saberia exatamente o que teria acontecido, iriam culpá-lo por desaparecer... e por um momento chegou até a cogitar aquilo como o ideal, mas não costumava ser desonesto com ninguém e, principalmente, não era covarde. Fugir na calada da noite não era uma ação aceitável para ele. Tentara não pensar que talvez nunca mais voltasse para casa...

– Você não tem culpa de nada, Marcelo – Eduardo falou com a voz baixa, fitando a fogueira. – Mônica pode estar certa quando diz que a feiticeira te enganou, mas não acredito que Luana saiba sobre o que acontece com ela... – ele conhecera uma Luana que seria incapaz de uma armação mentirosa daquela.

– Eric e André viram quando Meg me deu os colares e o que ela disse. Eu teria que acertar qual era o de Luana e colocá-lo sobre o peito dela junto ao coração. Ela não me disse para colocar o outro colar no meu pescoço... eu fiz isso porque achei que era o certo a fazer. Eu beijei Luana porque quis, e muito! Quando a beijei de verdade, não aquele selinho que dei junto ao contrafeitiço, nossos colares se atraíram e se juntaram como se houvesse um imã neles... eles formaram uma lua cheia azul e nós levitamos a um metro do chão! Claro que aquilo não foi normal! Mas nada aqui neste mundo é normal! – ele falou nervoso, andando de um lado para outro.

– Você... gosta dela, Marcelo? – Fernanda perguntou fanhosa, enxugando o rosto, e Marcelo parou olhando sério para ela. – Gosta?

– Eu... faria isso por qualquer um de vocês... – ele falou depois de respirar fundo.

– Não... não ia me beijar de jeito nenhum! – Eduardo falou e deu um sorriso nervoso.

– Marcelo... – Fernanda pegou no braço dele e o encarou com o cenho franzido.

– Gosto, Fe, mas parece que todos gostam dela, só a Mônica que não – ele falou e ela apertou os olhos descontente com a resposta.

– Você foge do assunto... – ela balançou a cabeça. – Mas vou considerar isso uma fraqueza temporária. – respirou fundo.

– Vou sentir sua falta, Fernanda – ele sorriu acariciando o rosto dela.

– Não sei por que... eu vou junto – ela afirmou olhando nos olhos dele.

– Fernanda... – ele murmurou preocupado e ela levou o dedo aos lábios dele fazendo-se se calar.

– Eu vou porque eu quero. Porque sei que vai precisar de alguém que saiba usar um arco, porque gosto muito de você e de Luana. Além do mais, a vida é minha e faço o que quiser dela – ela viu os olhos dele brilharem. – E sou uma otimista, Marcelo, tenho certeza de que vamos voltar a tempo – concluiu e sorriu.

Marcelo não sabia o que dizer. Ele a abraçou e a apertou. Fernanda encostou a cabeça em seu ombro e o ouviu suspirar profundamente.

– Eu detesto essas sinucas de bico – Eduardo passou a mão pelo cabelo loiro. – Eu sou um sobrevivente, Marcelo, encaro a vida como uma segunda oportunidade todos os dias. Vou com vocês, com certeza – ele sorriu e Marcelo apertou o ombro dele.

– Não posso dizer que gosto disso – Marcelo falou com um sorriso preocupado.

– Embora Meg tenha me liberado, ainda tenho muito a aprender e já tinha me preparado para me ausentar por quatro meses e talvez nem ser liberado... – André fez uma careta olhando na direção da porta.

– Me preocupo com elas sozinhas... – Fernanda olhou para Mônica e Adriana, que conversavam perto do rio.

– Meg disse que amanhã cedo estarão seguras – Eric falou ao lado deles. – Zin cuidará delas.

– Adriana tem um filho... ela tem fortes motivos para ficar o mais próximo possível de casa – Fernanda falou olhando para as duas junto ao rio.

– Ela deve ficar – Marcelo concordou muito sério.

– Será que posso ver como Luana está? – Fernanda perguntou olhando para André.

– Vou falar com Meg – ele respondeu e entrou na casa.

Depois de devidamente autorizada, Fernanda entrou na casa, seguida por Marcelo. Fernanda viu a pequena casa cheia de ervas e potes. Na cama junto à parede, viu Luana. Marcelo reparou que Meg tirara aquele melado do corpo dela e o rosto bonito estava um pouco corado. Fernanda ficou olhando um minuto para aquela que pertencia àquele mundo estranho, mas era uma pessoa como qualquer um deles. Luana era encantadora e não sabia que fazia parte daquele universo. Quem a teria oferecido para um sacrifício?

Fernanda se sentou na cama e passou a mão no cabelo de Luana. Ela abriu os olhos.

– Oi, Luana! Como se sente? – Fernanda perguntou com um sorriso.

– Cansada – Luana respondeu segurando o lençol sobre o corpo.

– Mas vai ficar bem! – Fernanda falou carinhosa e viu um sorriso fraco no rosto de Luana. – Estamos aqui com você!

– Obrigada – Luana falou e viu Marcelo aparecer às costas de Fernanda. – Marcelo... – sorriu e uma lágrima escorreu pelo rosto dela.

Sentou-se apertando o lençol sobre o corpo. – Eu... nem sei mais como agradecer... – foi interrompida pelo dedo dele, que tocou em seus lábios.

– O importante é que está bem – ele sorriu deslizando o dedo delicadamente pelos lábios dela. Ela o segurou pela mão e encostou o rosto nela. – Esta é Meg, a feiticeira – ele deslocou o corpo deixando visível a jovem magra e ruiva.

– Meg. Obrigada. Não é à toa que Marcelo confia em você totalmente – ela falou e Meg sorriu e se inclinou ligeiramente.

– É uma honra servi-la, Majestade. Mas não está curada – ela falou e viu Luana olhar assustada para Marcelo. – Vamos levá-la até o *Lago de Fogo*, onde deverá se banhar.

– La...lago de fogo? – Luana perguntou confusa.

– Sim. O nome lhe diz alguma coisa? – Meg a investigou interessada e admirava os lindos olhos violeta da jovem Rainha, os quais faziam-na se lembrar de uma pessoa em especial...

– Não... – ela balançou a cabeça. – Deveria? – perguntou, ainda olhando para a feiticeira.

– Não, Majestade – Meg respondeu e olhou para Marcelo; ele pedira a ela que não revelasse ainda o motivo do encantamento.

– Estaremos de volta até a quarta lua? – Luana indagou preocupada. Fernanda sentiu um aperto no peito. Luana não fazia nenhuma ideia de sua origem e se preocupava em abrir a passagem para a volta ao outro mundo, sem saber que não fazia parte dele.

– É provável que sim – Meg respondeu e pegou uma caneca despejando nela uma água fumegante e um punhado de ervas aromáticas. Depois a estendeu a Luana.

– Eu preciso me vestir – Luana falou com o rosto vermelho olhando para Marcelo.

– Tá bom... já saio. – ele sorriu se levantando da cama. Na verdade, não era bem essa sua vontade, mas tinha que fazê-lo. Fernanda ficou lá dentro para ajudá-la.

– E então? – Eric perguntou, aproximando-se com Eduardo assim que Marcelo saiu da casa.

– Ela acordou e está bem – respondeu sério. – Só peço que não digam nada sobre a origem dela, por favor – pediu aflito.

– Claro que não diremos nada – Eduardo garantiu.

– André foi conversar com Mônica e Adriana – Eric falou apontando na direção da margem do rio onde viam as três figuras iluminadas pela luz do cajado de André. – Tomara que aquela baixinha azeda não resolva dar com a língua nos dentes... já estou perdendo a paciência com ela – disse arqueando as sobrancelhas.

– Ele está se deixando enganar, André! – Mônica falou entre soluços. Odiava chorar em público, mas toda aquela tensão, o que haviam passado desde que chegaram àquele mundo maluco, o medo que a atingira naquele bosque e aquela notícia de que Luana pertencia àquele lugar foram coisas difíceis demais de digerir.

– Ele quer salvá-la, Mônica – André falou calmamente passando o braço pelos ombros dela. – Tenho certeza de que ele faria o mesmo por você. Acredite. Ele não queria que eu ficasse para trás de jeito nenhum! Relutou, mas não havia alternativa. E eu tinha que contribuir.

– Eu não acredito que Luana esteja envolvida em algum complô, Mônica... – Adriana falou e suspirou. – Eu estive ao lado dela enquanto ela era atacada e esperávamos Marcelo voltar. Ela estava sofrendo muito! Eu achei que ela não iria sobreviver. Se não fosse a persistência e coragem dele... ela teria sido levada ali, pelo tal lorde Dimitri – falou e respirou fundo. Ela vira o sofrimento infligido pelo lorde a Luana e aquilo a havia afetado muito, obrigando-a a enxergar o que precisava ser com o filho e o quê deixara de fazer por ele.

– Talvez fosse bem melhor assim – Mônica falou passando a mão no rosto, com raiva.

– Você não fala isso com o coração, fala? – Adriana a olhava perturbada e Mônica apenas a encarou com os olhos verdes brilhando de lágrimas.

– Acho que se isso tivesse acontecido... teríamos perdido Marcelo também – André balançou a cabeça e fitou as luzes pálidas que eram emitidas pelo seu cajado. – Ele iria se sentir responsável, fracassado...

– Você vai com eles, não vai? – Mônica o encarou.

– Vou – André falou firme.

E a Fe e o Edu? – Adriana perguntou.

– Vão também. Estão decididos – ele respondeu olhando para o rio. Depois se levantou. – Vocês podem sair bem cedo. Meg garantiu que os seres das sombras não atacarão pela manhã. Chegarão em segurança ao castelo.

– E serei a bruxa má mais uma vez... – Mônica se ergueu com raiva e o rosto vermelho. – Não, André... não mesmo! Eu tenho que abrir os olhos daquele idiota! Tenho que fazer com que volte e entre por aquela porta!

— Mônica... — Adriana a olhava espantada. Até aquele momento estivera certa de que Mônica estava determinada a voltar para o castelo e não se envolver com aquela busca pela cura de Luana.

— Sinto muito, Adriana. Você deve voltar sozinha para o castelo — falou respirando fundo.

— Tá maluca? — Adriana arregalou os olhos amendoados. — Não vou sozinha pra lá de jeito nenhum! — ela olhou para André — Meg disse que é possível que a gente volte para a quarta lua, não disse?

— Disse, mas... Adriana. Acho que você é a única que tem um motivo forte demais para querer estar naquela porta e conferir se ela é mesmo o portal... afinal, isso também é uma teoria. — ele levantou os ombros.

— Mais um motivo para eu ficar com vocês! — Adriana falou ao lado deles.

— André — Meg falou atrás deles e todos se viraram. — Pode buscar meu pônei e a carroça atrás do monte? — pediu e se viu encarada pelos olhos verdes da loira pequena.

— Sim, claro — ele respondeu obediente e saiu imediatamente para atender ao pedido dela.

— Você usa de algum feitiço para manter os homens tão cegos e obedientes? — Mônica a olhou de forma bélica. — Conheço seu tipo.

— Conhece mesmo? — Meg sorriu ajeitando os cabelos ruivos que o vento espalhara pelo rosto branco com sardas. — Eu também conheço seu *tipo*, Mônica. — falou calmamente. — Uma mulher que teve uma desilusão amorosa e decidiu que não deixaria homem algum se aproximar novamente, mas se deparou com um exemplar extraordinário... — olhou na direção da fogueira onde Marcelo conversava com Eduardo. — entretanto... infelizmente ele não tem olhos para você e você não foi a Rainha escolhida pelo cosmo...

— Escolhida pelo cosmo, rá! — Mônica falou exasperada. — Isso é uma armação sua e daquela lá! — apontou para a casa e viu Luana, que saía acompanhada por Fernanda. — Mas não vou deixar que vocês impeçam Marcelo de voltar para casa.

— Você é regida pelo Deus da guerra, certamente... sua teimosia e intempestividade podem afastar as pessoas, se é que isso importa — Meg falou e virou as costas indo em direção à casa.

— Bruxa! — Mônica falou entre dentes e, com passos firmes e, seguida por Adriana, que estava atordoada, foi até o grupo em volta da fogueira.

Luana sentiu o vento frio que bateu em seu rosto quando saiu da casa aquecida da feiticeira. Seu corpo arrepiou-se e ela esfregou os braços. Marcelo foi até ela, passou a mão pelos seus ombros e Eduardo sorriu ao ver que ela parecia bem. Fernanda parou ao lado dele e se agarrou ao seu braço.

– Que bom que está bem, Luana – Eduardo falou, pegou a mão de Fernanda e Luana sorriu.

Eles viram quando Meg se aproximou, seguida por Mônica e Adriana. A feiticeira parecia irritada. Seu rosto sardento estava vermelho.

– Majestade – ela se voltou para Luana. – Não deve sair da casa. Há olhos sobre você agora. A noite o encobre e ele se aproveita. Minha casa é protegida por feitiços. Por isso peço que fique lá dentro até que o sol desponte, por favor – ela tomou o braço de Luana gentilmente.

– Eu... posso ficar com ela? – Fernanda falou vendo que Luana ficou tristonha ao ser forçada a se enclausurar.

– Como quiser – Meg falou e entrou na casa levando Luana pelo braço. – Ela estará segura lá dentro. – a feiticeira falou para Marcelo, depois de ver o olhar preocupado dele.

Luana olhou para Marcelo e ele acenou com a cabeça. Estava sério demais e ela sentiu um bolo no estômago. Ela era um fardo pesado demais...

– Odeio quem faz essa cara de frágil sofredora – Mônica falou assim que Meg fechou a porta.

– Já sabemos disso – Marcelo falou mal-humorado.

– Você ainda vai ver que eu estou certa – ela falou ajeitando a capa nos ombros e se sentando ao lado da fogueira.

Marcelo suspirou e olhou para Eduardo, que balançou a cabeça sinalizando para que Marcelo deixasse para lá os comentários ácidos da pequena loira.

André e Eric apareceram conduzindo uma carroça larga e alta, coberta com uma lona e puxada por um cavalo pequeno, mas maior do que um pônei, com as patas brancas grossas e fortes, o corpo marrom e a crina longa branca. Era um cavalo bastante simpático. André disse que ele se chamava Johnny.

Mônica e Adriana foram dormir dentro da carroça sobre as trouxas com algumas trocas de roupas que haviam levado para a viagem, enquanto os rapazes ficaram ao lado da fogueira. Marcelo dormiu encostado junto à porta da casa da feiticeira, Luana poderia precisar dele ou ser atacada pelo sonambulismo e ir direto para os braços do lorde das sombras e ele não iria permitir.

Quando o sol despontou, ele estava mais cansado do que se não tivesse dormido, pois tivera o sono interrompido várias vezes. Qualquer som mais alto o fizera despertar com um salto.

A porta da casa se abriu e Meg apareceu séria e compenetrada.

– Prontos para partir? – indagou, enrolando-se numa capa marrom escura, e os rapazes se sentaram atordoados. – Temos muito caminho pela frente, Majestade – olhou para Marcelo, que estava de pé junto à porta.

Luana e Fernanda apareceram à porta.

– Dormiu bem? – Marcelo perguntou olhando para Luana, e ela negou com a cabeça. Ele não sabia como ela havia precisado dele ao seu lado. Não que tivesse tido algum pesadelo ou estivesse sozinha, pois Fernanda se deitou com ela, mas ela precisava dele ao lado dela. Acostumara-se muito aos braços dele em torno dela, a sentir o perfume e o calor dele. Ele passou a mão pelos cabelos. – Eu também não – desde que chegara àquele lugar, tomou Luana nos braços para protegê-la no sono, e quando ela despertou continuaram a dividir a cama e ele se acostumou a tê-la aconchegada ao seu corpo, sua pele macia roçando na dele e seus cabelos perfumados tocando seu rosto. Como ele sentiu a falta dela naquela noite infernal!

– Peguem as trouxas com suprimentos que deixei arrumadas, por favor – a feiticeira falou e os rapazes se apressaram em pegar as coisas.

Mônica e Adriana despertaram e desceram da carroça. Marcelo olhou para elas.

– Sinto não poder acompanhá-las pelo bosque, mas Meg disse... – começou a falar e Mônica o interrompeu.

– Nós vamos junto. Não vai nos deixar para trás – respondeu ajeitando os cabelos loiros.

– Vai ser uma viagem extraordinária... – Eric falou sarcástico.

– Não posso discordar de você – Mônica o encarou com ferocidade. – Mas serei uma pedra no sapato, garanto.

– Não duvido – ele devolveu o olhar feroz.

– Por favor – a voz de Luana foi ouvida e eles se viraram em sua direção. Ela respirou fundo e apertou as mãos, que tremeram. Quando todos haviam voltado a atenção para ela, deu um sorriso trêmulo. – Agradeço de coração a disposição de todos vocês em me ajudarem a... encontrar a cura para esse feitiço – os olhos violeta se encheram de lágrimas. – Mas peço... por favor... voltem ao castelo. Meg... me levará e... só peço isso, por favor! Voltem ao castelo e esperem a quarta lua.

– Quer se livrar da gente, Luana? – Fernanda pegou na mão dela e sentiu que ela tremia e estava gelada.

– Não é isso, Fernanda! Já fizeram muito – ela olhou para Marcelo. – Eu fui despertada... não sei o que se passa comigo, mas vocês não precisam se arriscar mais – apelou nervosa.

– Se já acabou o discurso... peço que suba na carroça, por favor – Marcelo falou ao lado dela e estendeu a mão em sua direção.

– Marcelo... – ela falou sentindo um aperto no peito. Queria pedir que ele não se arriscasse daquela maneira, que a deixasse partir, mas olhar para os olhos dele a fez perder toda determinação em afastá-lo. Ela suspirou e segurou na mão dele. Sentiu o dedo dele acariciar sua mão suavemente.

– Estamos bem, não se preocupe – ele sorriu, enquanto a ajudava subir na parte de trás da carroça. Tentava parecer seguro, embora não tivesse certeza de que realmente estariam bem. O que sabia é que se afastavam do castelo, do conforto e, principalmente, da possível porta que os levaria de volta para casa.

Toda a bagagem foi transferida para a carroça coberta. Adriana e André se juntaram a Luana na parte de trás do veículo e Eduardo se sentou ao lado de Meg, que assumiu as rédeas do pônei.

Então, todos foram para leste seguindo a margem do rio e deixando cada vez mais para trás uma paisagem conhecida, mesmo que nela estivesse aquele bosque assustador. Iriam atrás de respostas e da cura para o feitiço que atacava Luana, no desconhecido *Lago de Fogo*...

## Leitura Recomendada

### Agridoce
#### Sabores do Sangue
*Simone O. Marques*

Anya é uma garota comum, estudante de gastronomia que mora em Florianópolis. Certa noite, ao passear pela praia, ela sente um aroma que a atrai terrivelmente: um perfume, uma mistura de fragrâncias que mexe com todos os seus sentidos. Na noite seguinte ela se vê perseguida pelo mesmo aroma e descobre que ele vem do corpo de um belo rapaz que sai do mar. Cedendo ao impulso, ela vai até ele. Surpreendendo-o, ela o lambe e encosta o nariz em sua pele. Atormentada pelo aroma, precisa experimentar; assim, alcança seu pescoço e o morde numa veia pulsante.

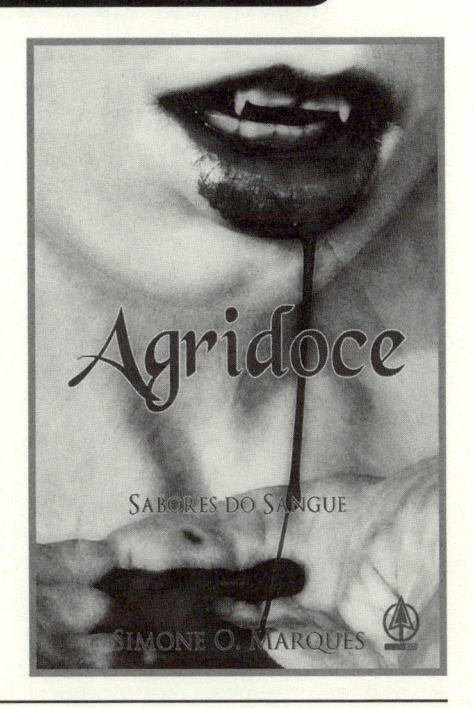

### Delenda
#### e o Vale dos Segredos
*Amanda Reznor*

Vale dos Segredos é um lugar. Tão real quanto eu ou você e o que habita o nosso imaginário. E, como todo lugar, preserva as digitais dos séculos que o tempo em vão tenta apagar. Mas elas, como impressões virtuais refletidas num ponto qualquer do universo, perseveram. Delenda é uma dessas histórias que rega o Vale.

www.madras.com.br

## Leitura Recomendada

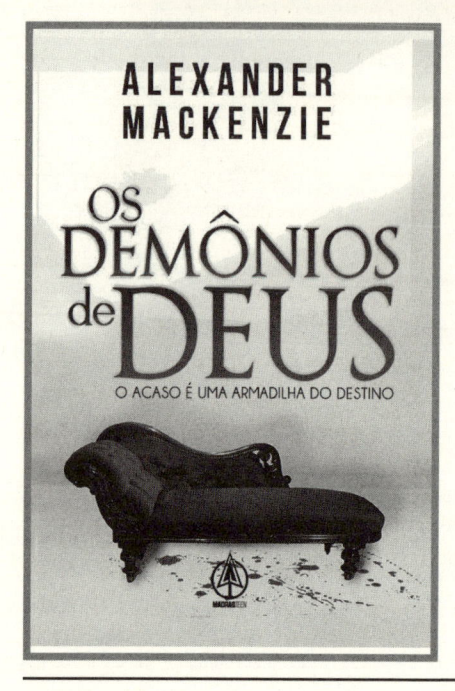

### Os Demônios de Deus
O Acaso é uma armadilha do Destino

*Alexander Mackenzie*

"– Preciso que vigiem os passos de Rachel e Willian Cohen. Houve uma turbulência momentos atrás! O ambiente foi selado."
O paciente que o Dr. R. Mazal, em Victoria, Canadá, estava prestes a atender iria mudar o rumo de sua vida, e as revelações, o curso de tudo o que sabemos sobre nós mesmos até hoje!
Ser compreendido sempre foi um desejo da humanidade. Decifrar a mente humana era a especialidade do Dr. R. Mazal. Todos queriam se deitar no divã do mais famoso psicólogo do oeste norte-americano... Inclusive Deus!

### Filhos de Lilith
O Despertar

*Elaine Velasco*

Alice não se lembra de seu passado, de quem era ou de onde veio. Fatos por ela desconhecidos sobre sua antiga família humana e sua ascendência a ligam diretamente a Lilith, a mãe dos súcubos e íncubos, senhora do inferno, esposa de Lúcifer e rainha das bruxas, tornando-a objeto de desejo de todas as criaturas da noite.

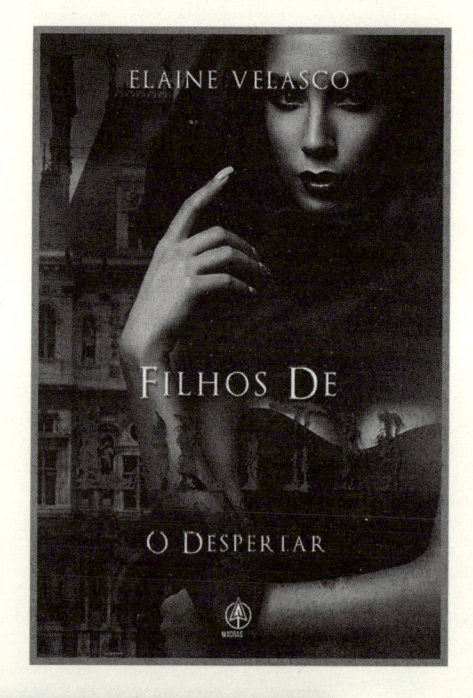

www.madras.com.br

# MADRAS® Editora

## CADASTRO/MALA DIRETA

*Envie este cadastro preenchido e passará a receber informações dos nossos lançamentos, nas áreas que determinar.*

Nome _____
RG _____ CPF _____
Endereço Residencial _____
Bairro _____ Cidade _____ Estado ____
CEP _____ Fone _____
E-mail _____
Sexo ❑ Fem. ❑ Masc.   Nascimento _____
Profissão _____ Escolaridade (Nível/Curso) ____

Você compra livros:
❑ livrarias  ❑ feiras  ❑ telefone  ❑ Sedex livro (reembolso postal mais rápido)
❑ outros: _____

Quais os tipos de literatura que você lê:
❑ Jurídicos  ❑ Pedagogia  ❑ Business  ❑ Romances/espíritas
❑ Esoterismo  ❑ Psicologia  ❑ Saúde  ❑ Espíritas/doutrinas
❑ Bruxaria  ❑ Autoajuda  ❑ Maçonaria  ❑ Outros:

Qual a sua opinião a respeito desta obra? _____
_____

Indique amigos que gostariam de receber MALA DIRETA:
Nome _____
Endereço Residencial _____
Bairro _____ Cidade _____ CEP _____

Nome do livro adquirido: *O Enigma da Adormecida*

Para receber catálogos, lista de preços e outras informações, escreva para:

**MADRAS EDITORA LTDA.**
Rua Paulo Gonçalves, 88 – Santana – 02403-020 – São Paulo/SP
Caixa Postal 12183 – CEP 02013-970 – SP
Tel.: (11) 2281-5555 – Fax.:(11) 2959-3090
www.madras.com.br

Este livro foi composto em Minion Pro, corpo 11,5/13.
Papel Off White 66,6g
Impressão e Acabamento
Orgráfic Gráfica e Editora — Rua Freguesia de Poiares, 133 —
Vila Carmozina — São Paulo/SP — CEP 08290-440 —
Tel.: (011) 2522-6368 — orcamento@orgrafic.com.br